...और अंत में प्रार्थना

वाणी प्रकाशन
21-ए, दरियागंज, नयी दिल्ली-110002
फोन : 011-23273167, 23275710, 41562622
फैक्स : 011-23275710
e-mail : vani_prakashan@yahoo.com
vaniprakashan@gmail.com

...और अन्त में प्रार्थना

उदय प्रकाश

वाणी प्रकाशन

प्रकाशन के उत्कृष्टतम 63 वर्ष

पेपरबैक पहला संस्करण : 2006
पेपरबैक दूसरा संस्करण : 2010
पेपरबैक तीसरा संस्करण : 2017
पेपरबैक चौथा संस्करण : 2026

vaniprakashan.com

वाणी प्रकाशन
4695, 21-ए, दरियागंज, नयी दिल्ली-110 002
फ़ोन : + 91 11 23273167, 23275710
शाखाएँ
अशोक राजपथ, पटना-800 004, बिहार
कॉफ़ी हाउस कैम्पस, महात्मा गांधी मार्ग, प्रयागराज-211 001, उत्तर प्रदेश
महात्मा गांधी अन्तरराष्ट्रीय हिन्दी विश्वविद्यालय, वर्धा-442 001, महाराष्ट्र
sales@vaniprakashan.in
vaniprakashan@gmail.com

...Aur Ant Mein Prarthana
by Uday Prakash

ISBN : 978-81-8143-947-5
Collection of Stories

मूल्य : ₹ 175

जी.एस. ऑफ़सेट, दिल्ली-110 095 में मुद्रित
वाणी प्रकाशन का लोगो मक़बूल फ़िदा हुसैन की कूची से

जसविंदर और
सफदर की स्मृति को

क्रम

आत्मकथ्य

उसके आगमन की आहट दूर से पास आती लग रही है। एक ऐसी अनुगूँज, जिसका स्वागत मैं न भी करना चाहूँ, तो भी क्या? अभी यहाँ इतना शोर है, चारों ओर असंख्य-अपार जीवन की गति (विधि) है, ब्रह्मांड और पृथ्वी की लौकिक-अलौकिक ध्वनियाँ हैं।

स्वयं मैं भी इतनी आपा-धापी और जल्दबाजी में हूँ कि कई-कई बार उस आहट को भूल जाता हूँ, जो निरंतर दूर से पास आती जा रही है!

लेकिन एकांत में, और ऐसे निविड़ अकेले अंधकार में जब दृष्टि आँख को देखने लगती है, जब आँखों की पुतलियाँ उस विस्तृत काल-सागर में नौकाओं की तरह तैरती हुई अपने आपको निहारती हैं, जब कान के पर्दों में दिल की धड़कन बजती है...जब शिराओं में समय रक्त के साथ बहता हुआ चारों ओर के पर्यावरण में मेज घड़ी की तरह बजता है–टिक ...टिक...टिक...

तब उसके आगमन की आहट स्पष्ट सुनाई देती है...नियति की वह शाश्वत गूँज...

एक बार बचपन में, जब मैं आठ-नौ वर्ष का था, मैंने उसे नदी के भीतर के जल में देखा था। कार्तिक का महीना था। ऋतुओं की शीतलता सबसे पहले पानी में उतरती है–फिर शायद हवा या पेड़ों की छाँह में। हमारा घर नदी के बिलकुल तट पर है। तट के इतना पास कि दीवाल और मुँडेर का प्रतिबिंब नदी की धार में डूबता-उतराता है और बरसात के दिनों

में अज्ञात जंगलों से बहकर आनेवाले साँप अकसर हमारे घर में घुस आते हैं।

उस दिन मैं तैरना सीख रहा था। नदी आगे जाकर गहरी थी। मैं छाती तक पानी में जाता, फिर तैरता हुआ तट की ओर लौट आता। जब आपका शरीर पानी की सतह पर पहली बार उतराना और आपकी सोची हुई दिशा की ओर धीरे-धीरे तिरता हुआ बढ़ना सीख जाता है—यानी आपके हाथ-पैर चप्पू और देह नाव बन जाती है, तो उस निमिष वही खुशी मिलती है जो किसी चिड़िया के बच्चे को पंख आने के बाद अपनी पहली उड़ान में मिलती है। चिड़िया का वह अनुभव कैसा होता होगा, इसे वह कभी-न-कभी व्यक्त जरूर करती होगी। अगर हम उसकी भाषा सीख जाएँ तो उसे जान सकते हैं। इटली के प्रसिद्ध फिल्मकार पासालिनी की एक फिल्म में (शायद 'प्रोफेसर', जिसमें एक कौआ बुद्धिजीवी बना था और आदमी की भाषा में अपनी राय व्यक्त करता था। वैसे बुद्धिजीवी के लिए इससे अच्छा दूसरा रूपक बन भी नहीं सकता।) चिड़ियों की भाषा सीखने का एक रोचक परंतु अंततः गंभीर प्रसंग था।

तो उस दिन मैं खुश था। मेरा शरीर बार-बार नाव बन जाता था और हाथ-पैर चप्पू। मेरे नीचे थी क्वार-कार्तिक के ठंडे नीले-हरे जल की गहराई।

लेकिन अचानक एक पल के लिए ऐसा हो गया कि मैं सब कुछ भूल गया। बिलकुल जीरो—शून्य! मैं अपनी लय खो बैठा जिसके द्वारा मेरे शरीर का भारी पदार्थ जल जैसे तरल द्रव की सतह पर तिर रहा था—अब तक। मेरी देह नाव बनना भूल गई और हाथ-पैर चप्पू।

तो अब मैं नदी में गिरा हुआ एक ठोस भार रह गया था। घबराहट में मेरे पैर पानी के नीचे धरती को खोज रहे थे, जिस पर मैं दम-भर टिक सकूँ और एक साँस ले सकूँ।

लेकिन नीचे धरती नहीं थी। वहाँ पाताल था। या फिर वहाँ सिर्फ अतल गहराई थी, जिसमें पानी ही पानी था।

फिर मैंने अपने चारों ओर घिरते हुए, अत्यंत सघन घनत्ववाले जल का अनुभव किया। अनंत-अपार-अथाह जल। मैंने आँखें फाड़ीं तो गहरा हरा रंग वहाँ फैला हुआ जल रहा था। शायद ऊपर, नदी की सतह पर कहीं सूर्य की धूप पड़ती होगी।

मेरी साँस के साथ अब हवा नहीं, हर बार पानी आ रहा था। मैंने जीवन में पहली बार (और अब तक अंतिम बार) खुद को डूबता हुआ अनुभव किया।

अब सब कुछ शून्य था। सिर्फ एक गहरी, छटपटाती हुई बेचैनी भर बची थी, जो शायद अमर होने जा रही थी। यह सोचना ही बहुत डरावना है कि कोई छटपटाहट हमेशा-हमेशा के लिए अमर हो गई है। एक यंत्रणा या एक बेचैनी से भरी पीड़ा, जो हर समय मौजूद रहे। कालातीत यंत्रणा। कुछ-कुछ बोर्खेस की उस कहानी की तरह, जिसमें अपनी अनिद्रा से घबड़ाकर और ऊबकर एक व्यक्ति अपनी खोपड़ी से पिस्तौल सटाकर अपने मस्तिष्क को उड़ा देता है। बोर्खेस ने अंत में लिखा है कि वह आदमी तो मर गया है, लेकिन इसके बावजूद वह सो नहीं सका है। पिस्तौल की गोली से उड़ाए गए मस्तिष्क के भीतर वह बेचैन अनिद्रा (इनसोम्निया) हमेशा के लिए अमर हो गई है।

कितनी दहशतनाक या शायद दर्दनाक है उस व्यक्ति की विडंबना, जो मर गया है लेकिन सो नहीं सका है। यानी उसकी मृत्यु के बाद भी जीवित है उसका जागरण।

तो उस दिन यही होता। सोन नदी के जल में मेरी वह अंतिम छटपटाहट अमर हो जाती। मृत्यु के बाद। लेकिन नदी के घाट पर कपड़े धो रही धनपुरिहाइन नाम की स्त्री ने इसे जान लिया। नदी की धार में तैरकर, खोजकर, उसने मुझे निकाला और जब मैं उसके परिश्रम के बाद दुबारा जिंदा हुआ तो उसे इतना आश्चर्य हुआ कि वह रोने लगी।

तब से मैं स्त्रियों को बहुत चाहता हूँ। सिर्फ स्त्रियाँ जानती हैं कि किसी जीवन को जन्म या पुनर्जन्म कैसे दिया जाता है।

लेकिन उस एक घटना के बाद से मृत्यु हमेशा मेरे आसपास रही है। मेरे बिलकुल करीब साँसें लेती हुई। यह कहना मेरे लिए मुश्किल है कि मेरे भीतर, मेरी चेतना में जीवन कितना है और मृत्यु की उपस्थिति कितनी है। संभवतः जैसा कुछ दार्शनिक कहते हैं कि मृत्यु को स्थगित रखना, टालना या उससे संघर्ष करना ही जीवन है। फेफड़े की हर हरकत, हृदय का हर स्पंदन, हर साँस का आना-जाना, देह या मस्तिष्क की चेष्टाएँ—सब कुछ मृत्यु के विरुद्ध संघर्ष के लक्षण हैं और यही तो जीवन है।

इसीलिए मैं चाहते हुए भी मृत्यु को हास्यास्पद नहीं बना सकता। मुझे ईमानदारी से अनुभव होता है कि मृत्यु को 'ह्यूमेराइज' नहीं किया जा सकता। किया नहीं जाना चाहिए। मृत्यु चेतना, विचार और इंद्रियों को अभिभूत कर डालनेवाली एक गंभीर, अनिवार्य उपस्थिति है। यह सत्य की आत्मा है।

और यह भी कि हर सर्जनात्मकता, कलाएँ संगीत, नृत्य, विज्ञान आदि एक स्तर पर इसी अंतिम परिणति के विरुद्ध मनुष्य की जीवंत चेष्टाएँ हैं। यानी सृजनात्मकताएँ एक अर्थ में मृत्यु का ही प्रतिकार हैं। मृत्यु के पार जाने, मृत्यु को लाँघने की गहरी मानवीय कोशिशें। इसीलिए भारतीय काव्यशास्त्र और चिंतन-परंपरा में रचना से निः सृत होनेवाले सुख को 'ब्रह्मानंद सहोदर' कहा गया है। प्रख्यात मार्क्सवादी कला चिंतक अर्न्स्ट फिशर ने संभवतः इसीलिए कहा था कि सृजनात्मकता और कुछ नहीं, अपने कालबद्ध और क्षणभंगुर अनुभव को शाश्वत (इम्मोर्टल) बनाने की एक गहन मानवीय चेष्टा है।

इसका एक बिलकुल ताजा उदाहरण है—कवि शमशेर बहादुर सिंह का देहांत। वह काया जो नश्वर थी (एक सच मुहावरा) वह मिट गई। लेकिन उनकी इन पंक्तियों को देखिए :

'मुझको प्यास के पहाड़ों पर लिटा दो
जहाँ मैं
एक झऱने की तरह तड़प रहा हूँ।

मुझको सूरज की किरनों में जलने दो
ताकि उसकी आँच और लपट में तुम
फौव्वारे की तरह नाचो
मुझको जंगली फूलों की तरह ओस से
टपकने दो,
ताकि उसकी दबी हुई खुशबू से अपने
पलकों की
उनींदी जलन को तुम भिगो सको,
मुमकिन है तो।'

भला कौन-सा वह नश्वर कवि होगा जो शमशेर की 'टूटी हुई बिखरी हुई' या 'अमन का राग' या 'एक नीला आईना बेठोस' जैसी अनश्वर और अमर रचनाएँ नहीं लिखना चाहता होगा। वरना तो तादूयुश रूजेविच के शब्दों में 'एक स्वर्गीय घटिया कवि, एक स्वर्गीय घटिया कवि है'। (अ शॉडी पोएट, हू इज़ डेड, इज़ अ डेड शॉडी पोएट)

बचपन से ही मृत्यु को मैंने लगातार अपनी आँखों से देखा है। बारह या तेरह वर्ष का था, जब माँ की मृत्यु हुई। उस वक्त उनकी उम्र सैंतीस वर्ष की थी। उन्हें श्वासनली का कैंसर था (नेल कटर)। सत्रह वर्ष का था, जब पिता की मृत्यु हुई। उन्हें दाढ़ और गाल का कैंसर था (दरियाई घोड़ा)। यह एक विचित्र संयोग है, जो कई बार मुझे नियति के हाथों लिखी गई हमारी वंशावली की तरह लगता है कि पिछली कई पीढ़ियों से हमारे परिवार ने छियालीस वर्ष की आयु-रेखा को पार नहीं किया। मेरे पितामह की मृत्यु भी पैंतालीस की उम्र में हो गई थी।

और यह भी एक तथ्य है (या शायद संयोग) कि सभी की मृत्यु कैंसर से हुई। बंबई के टाटा मेमोरियल अस्पताल में जब मैं भर्ती होऊँगा तो वहाँ के चिकित्सकों के लिए मेरे परिवार की यह 'मेडिकल हिस्ट्री' बहुत रोचक और महत्त्वपूर्ण लगेगी।

यह सच है कि अब, जबकि मैं चालीस पार कर रहा हूँ, दो शब्द सबसे ज्यादा मेरी चेतना में उपस्थित हैं–'मृत्यु और कैंसर'।

और यह भी सच है (या शायद यह भी संयोग है) कि जिस व्यक्ति से भी मेरी घनिष्ठता और गहरी आत्मीयता स्थापित होती है, कुछ दिनों बाद अचानक किसी आश्चर्य की तरह यह तथ्य उद्घाटित होता है कि, उसके परिवार में कैंसर का हस्तक्षेप कभी न कभी हो चुका है।

स्वर्गीय सफदर हाश्मी के पिता कॉमरेड हाश्मी (जो रक्त कैंसर से ग्रस्त थे) को जब मैं खून दे रहा था तो मैं उसी अनुभव से दुबारा गुजर रहा था, जो अपने पिता को खून देते समय मुझे हुआ था। शमशेर के बाद अपने सबसे प्रिय कवि केदारनाथ सिंह (जिनकी 'अभी बिलकुल अभी' की कविताएँ और सप्तक की कविताएँ पता नहीं कब से मेरी स्मृतियों में रच-बस गई हैं।) के परिवार के बच्चों को जब मैं देखता था, तो मुझे अपना ही बचपन याद आता था।

दिल्ली में बहुत कम लोग यह जानते हैं कि चर्चित रंगकर्मी प्रसन्ना से मेरी आत्मीयता के पीछे उस अतीत की भूमिका है, जिसमें कैंसर की उपस्थिति है।

(पाठकगण क्षमा करेंगे, यह एक ऐसा रुग्ण 'आत्मतर्पण' होता जा रहा है, जिसमें रोग, शोक, मृत्यु और अकेलेपन के असहाय अंधकार के अतिरिक्त और कुछ नहीं है। लेकिन इसे ऐसा ही रहने दीजिए। मृत्यु को 'मेट्रो चैनल' बना पाना मेरे वश में नहीं है।)

मृत्यु से इसलिए भय नहीं होता कि उसके साथ ही यह जीवन समाप्त हो जाता है बल्कि जैसा मिलान कुंदेरा ने अपने किसी साक्षात्कार में कहा था कि 'मृत्यु से इसलिए व्यक्ति डरता है क्योंकि उसके साथ ही उसके कुछ ऐसे नितांत निजी और एकांतिक अनुभवों और घटनाओं का अस्तित्व खत्म हो जाता है जो सिर्फ उसी व्यक्ति की स्मृति में मौजूद हैं और जिनका साक्षी उसके अलावा कोई अन्य नहीं।' कोई भी रचनाकार इसीलिए ऐसे एकांतिक अनुभवों को व्यक्त करके दूसरे को भी उनका साक्षी बनाना चाहता है। यानी अपनी भौतिक मृत्यु के बाद भी वह अन्यों की स्मृति में उन अनुभवों को जीवित रखने का प्रयत्न करता है। यह सच है कि किसी भी व्यक्ति की

अंतिम मृत्यु तब होती है, जब दूसरों की स्मृति से भी वह विलुप्त होता है। इसीलिए मेरे पिता और माँ और मेरी एक प्रेमिका की अंतिम मृत्यु तब होगी, जब मेरी मृत्यु के साथ मेरी स्मृति में मौजूद उनका अस्तित्व समाप्त होगा।

आप खुद ही सोचकर देखिए, मृत्यु को जीतने की दारुण चेष्टा भला कौन-सा आत्मचेतस् व्यक्ति नहीं करता? बुद्ध ने इसे अपने तरीके से किया, वैज्ञानिक अपनी तरह से करते हैं और हमारा तरीका अपना है। इस चेष्टा में सफलता भी मिलती है—अश्वत्थामा या मार्कण्डेय की तरह अमर होकर नहीं, बल्कि, सत्यजित रे की तरह 'पाथेर पांचाली' बनाकर, ताल्सताय की तरह 'युद्ध और शांति' लिखकर, पिकासो की 'गुएर्निका', लोर्का की 'पाँच बजे दोपहर', टैगोर की 'गीतांजलि', हुसैन की 'मकड़ी और दीमक', कुमार गंधर्व की 'झीनी-झीनी बीनी', बुनुएल की 'नाजरीना', शमशेर की 'अमन का राग' या 'टूटी हुई बिखरी हुई' या निराला की तरह 'राम की शक्तिपूजा' लिखकर!

तो, यह स्वीकार करने में कोई संकोच नहीं कि कैंसर और मृत्यु के आसन्न आगमन को अतिक्रमित करने या उससे टकराने की इच्छा ही मेरी कविताओं और कहानियों का मूल उद्‌गम स्रोत है...यह बात अलग है कि मेरे जैसे नगण्य, सामान्य और औसत लेखक के हिस्से में असफलता के ही आने की संभावना अधिक है, लेकिन अगर मेरी तमाम कविताओं और गद्य लेखन में त्रिलोचन की 'धरती का गद्य' किसी एक वाक्य में भी व्यक्त हो सका, कविताओं की किसी एक पंक्ति के रदीफ-काफिये, शमशेर की 'टूटी हुई बिखरी हुई' की किसी पंक्ति के पासंग भी हो सके, तो वह निमिष मेरी सफलता, मेरी अनश्वरता और रचना के माध्यम से मेरी कालजित शाश्वत का क्षण होगा।

जब माँ की मृत्यु हुई, मैं उस शून्य को सह पाने की स्थिति में नहीं था। दुबला-पतला था, चिड़चिड़ा था और संभवतः बहुत अधिक संवेदनशील था।

मैं उसी दिन मर जाना चाहता था।

लेकिन मैंने अपने से छः वर्ष छोटी बहन को देखा। वह इतनी छोटी थी कि माँ की अर्थी ले जाते समय फेंके जानेवाले ताँबे के सिक्कों को बीन रही थी और बताशे खा रही थी।

मुझे लगता है कि मैं कई वर्षों तक अपनी छोटी बहन को अकेला न होने देने के लिए जीवित रहा।

बाद में पिता के न रह जाने पर लगभग एक वर्ष तक मानसिक चिकित्सकों द्वारा 'स्क्रीजोफ्रेनिया' का इलाज चलता रहा। बड़े भाई थे, उनका परिवार हो चुका था। वे अपनी पत्नी, बच्चों और साले-सालियों में डूब गए थे। हम दो लोग अकेले और अनाथ थे। मैं और मेरी छोटी बहन।

लेकिन मरने का खेल मैंने तभी से खेलना शुरू किया। मैं अकसर आँख-साँस बंद करके मर जाता था। जब तक मेरी बहन घबराकर रोने न लगे, तब तक मैं जिंदा ही नहीं होता था। शायद अपने उस अभिनय के द्वारा मैं किसी और के भीतर मेरी वजह से पैदा होनेवाले दुःख में अपने होने की सार्थकता तलाशता था। इससे मुझे संतोष मिलता। बाद में मैंने हंगारी कवि अत्तिला योजेफ (जिसकी कविताओं का सुंदर अनुवाद विष्णु खरे ने 'यह चाकू समय' शीर्षक से किया है।) के बचपन के बारे में पढ़ा। वह भी साबुन का घोल पीकर मर जाता था और अपनी माँ को दुःख पहुँचाकर उससे बदला लेता था। (यादव जी, अब कृपया दिल्ली के 'अंडरवर्ल्ड' का यह प्रचार सुनने के लिए तैयार हो जाइए कि मेरा जीवन अत्तिला योजेफ के जीवन की नकल है। उन लोगों की सुविधा के लिए मैं कुछ 'क्लू' और दे देता हूँ, जिससे यह नकल साबित हो सके। अत्तिला योजेफ भी कविताएँ लिखता था। उसका ज्यादातर गद्य आत्मपरक और नास्टेल्जिक था। वह तरह-तरह के काम कर सकता था—चित्रकारी, फोटोग्राफी, अभिनय, टाइपिंग, ड्राफ्टिंग, अनुवाद, फिल्म निर्माण, पत्रकारिता आदि—इसके बावजूद उसे नौकरी नहीं मिलती थी। उसके विरुद्ध हंगरी के मीडियाकर लेखकों की जमात उसी तरह सक्रिय थी जैसी एक जमाने में पंडित सूर्यकांत त्रिपाठी

निराला के विरुद्ध जिसने अंततः उन्हें विक्षिप्त और फाका कश बनाकर ही छोड़ा था।)

अब पाठकों को लग रहा होगा कि यह 'आत्म तर्पण' खासा आत्मग्रस्त, 'पर्सनल' और कुछ-कुछ कटुता से भरता जा रहा है। तो, यहीं से बात बदल लें। लेकिन ठहरिए इसके पहले मैं एक सिद्धांत स्थापन कर लूँ। यह हर कोई जानता है कि औद्योगिक क्रांति के आसपास यूरोप में पूँजीवाद 'व्यक्ति की स्वतंत्रता' का नारा लेकर सामने आया था। समाज के आर्थिक धरातल पर यह 'स्वतंत्रता' इजारेदारी और तथाकथित पूँजीवादी लोकतांत्रिक निरंकुशता के रूप में प्रगट हुई और रचनात्मक स्तर पर आत्मकेंद्रित, समाज विमुख व्यक्तिवाद के रूप में। लेकिन आज के इस 'उत्तर औद्योगिक' या प्राविधिक युग के यथार्थ पर जरा गौर कीजिए, उसी पूँजीवाद ने जिस तरह से 'मास कल्चर' और 'मास सोसायटी' को जन्म दिया है, वह बुनियादी तौर पर व्यक्ति की स्वतंत्रता, निजता और वैयक्तिकता का सबसे बड़ा शत्रु है। आज के दौर में, जो कुछ भी 'पर्सनल' है, कम-से-कम संस्कृति में उसकी जगह नहीं है। व्यक्ति की जगह पर संस्थाएँ हैं, अकादमियाँ हैं, भवन हैं, प्रकाशन उद्योग हैं, सरकारें हैं और देशी-विदेशी फाउंडेशन हैं। मास मीडिया है जो सारे मनुष्यों को दर्शक-श्रोता मानकर उनमें एक जैसी रुचि और आस्वाद की आदत डाल रहा है। अगर आपमें से किसी ने अभी पिछले ही वर्षों में प्रकाशित रूसी लेखक जेनाव्येव का उपन्यास 'मैड हाउस' पढ़ा हो, तो वैयक्तिक प्रतिभा और संवेदना के विरुद्ध संस्थाओं की मूर्ख क्रूरताओं का हास्यास्पद चरित्र जानते होंगे। संस्कृति और कला कर्म अब 'थोक' का काम है।

क्या आपको नहीं लगता कि ऐसे समय में अपने नितांत एकांतिक और निपट अकेले अनुभव को व्यक्त करना इस पूँजीवादी समूहवाद का सार्थक प्रतिकार है? इसीलिए मुझे आज निर्मल वर्मा, शमशेर, अज्ञेय, मलयज जैसे लेखकों की रचनाएँ, जिन्हें हम कल तक (आज भी) व्यक्तिवादी कहकर कोसते थे, इस समूहवादी उपभोक्ता संस्कृति का प्रतिरोध करनेवाली रचनाएँ लगती हैं।

और इसमें भी मुझे संदेह नहीं कि समाजवादी सरोकारों से खयाली तौर पर प्रतिबद्ध आत्मघोषित लेखकों की रचनाएँ इसी उपभोक्तावादी समूहवाद का ही अंग हैं। ऊपरी तौर पर पूँजीवादी संस्कृति का विरोध करनेवाली इन कहानियों और कविताओं को आप देखें तो उनमें किसी समाजवादी राज्य के सरकारी सोप ऑपेरा के लक्षण दिखाई देंगे। उनमें ऐसा कुछ भी नहीं है जो वैयक्तिक है, निजी है, पर्सनल है। वह एक 'आइडियॉलॉजिकल मास प्रोडक्शन' है। विचारधारात्मक थोक उत्पादन।

तो, अब मेरे प्रतिक्रियावादी, आत्मग्रस्त, व्यक्तिवादी होने के खासे प्रमाण मिल गए। जब लेखक स्वयं हलफिया बयान दे रहा हो तो कहीं और से प्रमाण जुटाने की जरूरत ही क्या है ?

लेखक को एकांत चाहिए, यह अनिवार्य है। उसे अवकाश भी चाहिए। लेकिन कैसा एकांत? काफ्का ने संभवतः अपने किसी पत्र में लिखा है कि 'लेखक का एकांत किसी संन्यासी या संत का एकांत नहीं है! वह मृत्यु का एकांत है।'

यानी, मृत्यु रचना की पूर्व शर्त है। मृत्यु के बाद ही रचना संभव होती है। इसीलिए रोलाँ बार्थ लेखन को मृत्योपरांत गतिविधि (पोस्थ्यूमस एक्टिविटी) मानता है। अगर मिथुनरत क्रौंच युग्म के वध के साथ ही उस करुणा के आघात से वाल्मीकि मरे न होते तो संसार की किसी भी भाषा में कविता संभव ही न होती।

दूसरी बात यह कि वह भाषा भी, जिससे कोई महत्त्वपूर्ण रचना संभव होती है, मृत्यु की 'पश्चात भाषा' है। यह वह भाषा नहीं है, जिससे संसार का कारोबार और बाजार चलता है। रचना के तर्क भी वे नहीं होते जो प्रकट यथार्थ और जीवन व्यवहार के तर्क होते हैं। सर्जनात्मक तर्क-संगति उससे भिन्न होती है हालाँकि वह इसी सामाजिक जीवन और यथार्थ को व्यक्त करती है।

लेकिन कोई भी महत्त्वपूर्ण रचना सिर्फ सामाजिक यथार्थ के शरीर और उसकी प्रत्यक्ष आवयविक बनावट को नहीं बल्कि यथार्थ की आत्मा को भी अभिव्यक्त करती है।

और जो रचनाकार रचना की उस मृत्योपरांत तर्कसंगति को उपलब्ध कर लेता है वही 'लोकोत्तर धरातल' पर लौकिक यथार्थ की आत्मा को अभिव्यक्त करता है।

लगता है यह सिद्धांत-स्थापन कुछ ज्यादा ही गरिष्ठ हो गया। यह काम आलोचना को करना चाहिए। दुर्भाग्य से हिंदी की आलोचना, कुछ अपवादों को छोड़ लकवाग्रस्त, अल्पविकसित और मेंटली रिटार्टेड है। वह या तो जड़ ब्राह्मणवादी है या तांत्रिक पश्चिमोन्मुखी है। न तो उसका कोई अकादेमिक मूल्य है, न रचनात्मक महत्त्व, वह एक साहित्येतर विधा है, जो अखबारों के पन्नों में संपादक के सौजन्य से छपकर किसी अ-लेखक अध्यापक को साहित्यिक होने का भ्रम प्रदान करने का काम करती है।

रूसी उपन्यास 'मैड हाउस' (पागलखाना) में एक ऐसे राज्य का वर्णन है, जिसका समूचा कार्यकलाप उसके सांस्थानिक ढाँचे के माध्यम से चलता है। लेकिन चूँकि समूचा ढाँचा भ्रष्ट है इसलिए जिस उपयुक्त व्यक्ति को जिस संस्था में होना चाहिए, वह वहाँ नहीं है। उसे वहाँ पहुँचने से रोका जाता है। राज्य और उसकी प्रणाली के लिए यह जरूरी भी है। नतीजा दिलचस्प है। जो सौंदर्यशास्त्री है, उसे कृषि उपज मंडी में नियुक्त किया गया है। जो आढ़त और शेयर मार्केट विशेषज्ञ है, उसे साहित्य अकादेमी में बिठाया गया है। जो पत्रकार नहीं है, वह संपादक है। जिसे जहाँ नहीं होना चाहिए, उसे वहाँ रखा गया है। अगर इसमें कोई चूक हो जाए, अगर कोई भी उपयुक्त व्यक्ति अपनी सही जगह तक पहुँच जाए तो वह समूचा ढाँचा टूट जाएगा। तहस-नहस हो जाएगा। परिणाम है एक 'पागलखाना'। संस्थाओं, अकादमियों, विभागों वगैरह से निर्मित एक राजनीतिक-ब्यूरोक्रेटिक प्रणाली।

जरा हमारे अपने यथार्थ से इसकी तुलना कीजिए। साहित्य अकादेमी या क्ष त्र ज्ञ संस्था के प्रमुख या सचिव को जरा गौर से देखिए। क्या नेहरू और टैगोर की आत्मा चौधरी जी के लिए ही इन संस्थाओं का निर्माण चाहती थी।

आप सब, जिन्हें इस देश की गरिमा, इसके लोकतांत्रिक ढाँचे, इसकी नैतिक छवि, इसकी एकता और समरसता की फिक्र है सब इस बात पर सहमत होंगे कि हम सबको जल्द-से-जल्द बदल दिया जाना चाहिए। फौरन। तत्काल।

लेकिन वास्तविकता यह है कि सबसे ज्यादा जख्म आपको निराला के शरीर और आत्मा में मिलेंगे। चौधरी जी, हर्षद मेहता या मेमन बिरादरी के शरीर में नहीं, सैकड़ों वर्षों की औपनिवेशिक गुलामी की सुरंग से निकला यह समाज शक्तिशाली धूर्त, ताकतवर बेईमान, दौलतमंद देशद्रोही के सामने गिड़गिड़ाता है। किसी अशक्त लेकिन ईमानदार लेखक, चिंतक या समाज-सुधारक को देखते ही उस पर अपने दाँत गड़ाता है। और इस खेल में बहुतेरे शामिल हैं। वे भी, जिनकी रचनाएँ सबसे ज्यादा उपदेश झाड़ती हैं। वे भी जो अ़र्से से क्रांति के बारे में लिखते रहे हैं। वे भी जिन्होंने 'संवेदनशीलों' का गिरोह बना रखा है और जिन्होंने स्वयं को शमशेर, रूजेविच, रित्सोस या मीर गालिब का उत्तराधिकारी मान रखा है, वे भी जो एक साँस में अल्थ्यूसेर-देरिदा-मिशेल फूको, लेवीस्त्राह और मनुस्मृति, ध्वन्यालोक, ॠग्वेद तथा ऐतरेय ब्राह्मण का उद्धरण पिलाते हैं।

दरअसल हम जिस शताब्दी के अंत में हैं, उस शताब्दी की सारी नाटकीयताएँ अब खत्म हो चुकी हैं। हम ग्रीन रूम में हैं। अभिनेताओं का 'मेकअप' उतर चुका है। वे बूढ़े जो दानवीर कर्ण, धर्मराज या किंग लियर की भूमिका कर रहे थे, अब अपने मेहनताने के लिए झगड़ रहे हैं। वे अभिनेत्रियाँ जो द्रौपदी, सीता, क्लियोपेट्रा या आम्रपाली का रोल कर रही थीं, अपनी झुर्रियाँ ठीक करती हुई ग्राहक पटा रही हैं। आसपास कोई अख्मातोवा या मीरा नहीं है। कोई पुश्किन, प्रूस्त या निराला नहीं है। देखो उस खद्दरधारी गांधीवादी को, जो संस्थानों का भोज डकारता हुआ इस अन्यायी हिंस्र यथार्थ का एक शांतिवादी भेड़िया है।

'सरोज स्मृति' या 'राम की शक्तिपूजा' की काव्य संरचना में अंतर्व्याप्त रचनाकार की अशक्त, निहत्थी और निपट असहाय अवस्थिति कहीं नहीं

दिखती। ब्रूनो शुल्ज की 'स्ट्रीट ऑफ क्रोकोडायल्स' और 'सैनिटोरियम अंडर द साइन ऑफ अवरग्लास' का या काफ्का की कई कहानियों का असंगत और लगभग अर्द्धमूर्च्छा की दशा में पहुँचा सृजनात्मक लेकिन यंत्रणाग्रस्त मानस यहाँ नहीं है। यहाँ वह अंतर्द्वंद्व भी नहीं है, जो 'अँधेरे में' या 'ब्रह्मराक्षस' के मुक्तिबोध को हिंदी का मिल्टन बनाता है। यह एक संक्रांत काल है। लेखक का भाषा से, वक्ता का वक्तृता से, कर्त्ता का कर्म से विच्छेद हो चुका है। नतीजा है परम स्वतंत्रता। कथनी और करनी का चरम अलगाव। लेखन भी राजनीति या व्यापार की तरह ताकत हासिल करने का एक माध्यम है। लेखक के रूप में अब मिडिल स्कूल में मुदर्रिसी करनेवाले मुक्तिबोध नहीं, 'पॉवर मांगर्स' टहल रहे हैं। जो आई.ए.एस. अफसर है, वह रचनाकार है, जो आकाशवाणी या दूरदर्शन का अधिकारी है वह कवि है। वह दिन दूर नहीं जब प्रेमचंद और निराला की परंपरा के अधिकारी सट्टा बाजार के दलाल, घूसखोर प्रशासक और धूर्त नेता घोषित किए जाएँगे। ऐसी स्थिति में जरा ऑडेन के शिष्य और अंग्रेजी कवि रॉय फ़ुलर का वक्तव्य याद करिए, जिसने कहा था कि सामाजिक धरातल पर जो रचनाकार सबसे अशक्त भूमि पर खड़ा होता है, यथार्थ के समन्वित समग्र दबावों की अभिव्यक्ति की शक्ति उसी की रचना में सबसे अधिक होती है। आज की स्थिति के संदर्भ में कैसा लगता है यह वक्तव्य? इसके बाद शमशेर का वह शेर याद करिए :

जमाने में तो अपना जब तलक ये जीना होना है
तुम्हारी चोटें होनी हैं, हमारा सीना होना है।

हिंसा, ऐ.के. 57, सांप्रदायिक उन्माद, राज्य के शिखर से लेकर एड़ी तक पहुँची अनैतिकता और भ्रष्टाचार, शक्तिशालियों का दहशतनाक उत्पात, लोकतांत्रिक प्रणाली की समूची असफलता के आसन्न प्रमाण, अखबारों का झूठ, एक ओर अयोध्या और दूसरी ओर मध्य वर्ग के हर घर में पश्चिम के नव-औपनिवेशिक (जिसे उत्तर-आधुनिक भी कह सकते हैं।) उपभोक्तावादी संस्कृति का नंगा और पतनशील आक्रमण। एक ओर रथ यात्राएँ दूसरी

तरफ एड्स। एक तरफ 'जय श्रीराम' दूसरी तरफ 'कामसूत्र'। लगातार असुरक्षित होता जाता नागरिक जीवन। निरंतर कम होते जाते जीवन के मूल स्रोत।

मैं ही नहीं, कोई भी इस देश का लेखक कैसा महसूस करता होगा ऐसे दौर में। क्या हम सचमुच अगली शताब्दी को उत्सुक आशावाद के साथ देखने का साहस कर सकते हैं ? इस सदी के प्रारंभ में जो जनक्रांतियाँ हुई थीं, दीमकों ने उन्हें भी खा डाला। अब क्षुद्रताओं के अलावा बचा क्या है ?

यह समय जो है, वह पिछली सदी के मलबे और अगली सदी के ईंट-गारे से भरा हुआ समय है। इसमें महानताएँ पैदा नहीं हो सकतीं। लेखक को अपने आपको मलबा या ईंट-गारा मानकर विनम्र हो जाना चाहिए। मैं भी कोई नगण्य-सी दूब बनकर धरती पर उसकी जड़ों के साथ फैल जाऊँगा।

एक बात मुझे यह भी कहनी है कि एक-दूसरे को अपना प्रतियोगी मानकर जो द्वेषमय वातावरण लेखकों ने बना रखा है, उसे बदलना होगा। यह स्पष्ट हो चुका है कि रचना के धरातल पर कोई भी किसी का प्रतिद्वंद्वी नहीं होता। समकालीन रचना परिदृश्य एक विशाल शरीर है। समकालीन लेखक इस विशाल शरीर के विभिन्न अंग-प्रत्यंग हैं। कोई आँख है, कोई नाक, कोई उँगली, कोई हाथ, अब बताइए उँगली और आँख में कैसी प्रतिद्वंद्विता? सबकी अपनी अलग-अलग भूमिकाएँ हैं। अपनी भूमिका भूलकर दूसरे के प्रति विद्वेष इस रचना-शरीर को रोगी बना रहा है।

दुर्भाग्य से ऐसा खूब हो रहा है। 'टेपचू' लूशुन की 'आह क्यू' की नकल प्रचारित की गई। 'तिरिछ' मार्क्वेस की 'क्रॉनिकल ऑफ अ डेथ फोर टोल्ड' की। '...और अंत में प्रार्थना' दूरदर्शन पर दिखाई गई दो फिल्मों का काढ़ा। ऐसे लोग, स्पष्ट है कि ईमानदार नहीं हैं। यह तत्त्व वही है जो निराला को टैगोर की रचनाओं का चोर अनुवादक प्रचारित करता था। ये वे तत्त्व हैं जो साहित्य में घुसे हुए लंपट तत्त्व हैं। इनके बारे में पता करिए,

वे अपने दफ्तरों में चापलूस, परिवार में पत्नी-प्रताड़क और जीवन-व्यवहार में अनैतिक होंगे। उनकी हीनताओं और क्षुद्रताओं ने उन्हें ऐसा बना रखा है।

लेकिन यह तथ्य है कि कमोबेश हर शहर में लिलीपुटियंस का एक ऐसा रूयुमर मांगरिंग कारखाना होता है। दिल्ली में भी है। लेकिन इन अफवाहों की परिणति कभी-कभी बड़ी दुखद होती है जैसा स्पेन के प्रख्यात फिल्मकार लुई बुनुएल ने अपनी आत्मकथा 'मेरी अंतिम साँस' में लिखा है। स्पेन के अत्यंत प्रसिद्ध कवि फेदरेको गार्सिया लोर्का की लोकप्रियता के प्रति ईर्ष्यालु होकर स्पेन के तीन लेखकों ने एक कॉफी हाउस में बैठकर यह प्रचारित करना शुरू कर दिया कि लोर्का समलैंगिक व्यक्ति है। बुनुएल ने लिखा है कि जब एक अर्से के बाद लोर्का को इस प्रचार का पता चला तो उसे गहरा धक्का लगा और बुनुएल के सामने वह रोया। बुनुएल ने उसे समझाया कि तुम बेफिक्र रहो। तुम्हारी लोकप्रियता और प्रसिद्धि को सह न पाने के कारण कुछ लोग ऐसा कर रहे हैं।

लेकिन बुनुएल के अनुसार इस समूचे प्रसंग का सबसे दारुण प्रसंग यह है कि मैड्रिड में 1934 की एक सुबह चार बजे जब फासिस्ट लोर्का को उठाकर कहीं ले गए और बाद में उसे गोली मार दी गई तो उस पर मुख्य आरोप फासिस्टों के खिलाफ लोकतंत्रवादी होने का नहीं, समलैंगिक होने का ही था।

और लोर्का, जिसे पाब्लो नेरुदा ने स्पेन की जनता का हृदय कहा था, उसको गोली 'एनस' गुदा में मारी गई थी।

निराला को तो किन्हीं ज्योति प्रकाश नामक तत्त्व ने धीरे-धीरे विक्षिप्त ही कर डाला था।

प्रसिद्ध कवि ज्ञानेंद्रपति की एक बहुत ही अच्छी कविता है : 'कैसी हो चेतना पारीक'। एक अर्से तक यह प्रचार होता रहा कि यह जीवनानंद दास की कविता 'वनलता सेन' की नकल है। मजे की बात कि जिन्होंने 'वनलता सेन' पढ़ी ही नहीं थी, सबसे अधिक प्रामाणिकता के साथ वही

ये दावा करते थे। जब ज्ञानेंद्रपति की वह कविता सारे दुष्प्रचार के बावजूद पिछले दो दशकों की स्मरणीय कविताओं में से एक है और मैं तो उसे आलोक धन्वा की 'गोली दागो पोस्टर' या 'जनता का आदमी' जैसी बहुप्रचारित कविता से भी ज्यादा मार्मिक और विलक्षण कविता मानता हूँ।

यही स्थिति 'तिरिछ' की हैं। अमेरिका से प्रकाशित तीसरी दुनिया के साहित्य की महत्त्वपूर्ण 'एंथॉलॉजी'–'पिग आयरन' में यह कहानी मार्तिनेज, कोर्ताजार, नाडाइन गोर्डाइमर, मिगुएल एंगेल अस्तुरियास (नोबल पुरस्कार से सम्मानित, 'दि प्रेसिडेंट' जैसे विश्व-प्रसिद्ध उपन्यास के लेखक। कोई चाहे तो बड़ी आसानी से मन्नू भंडारी के 'महाभोज' और चाणक्य सेन के 'मुख्यमंत्री' को इस उपन्यास की नकल प्रचारित कर सकता है) जैसे लेखकों के साथ प्रकाशित है। स्पेनिश में भी इसका अनुवाद हो चुका है और प्रसन्ना जैसे प्रख्यात रंगकर्मी ने इसका दिल्ली में मंचन किया है। यही स्थिति पेंगुइन में 'दि गोल्डेन वेस्ट चेन' शीर्षक से प्रकाशित और सारा राय (मुंशी प्रेमचंद की पोती) द्वारा अनूदित मेरी कहानी 'छप्पन तोले का करधन' की है। जब 'पहल' में यह कहानी प्रकाशित होकर चर्चित हुई तो एक तत्त्व ने बाकायदा लिखित तौर पर यह प्रचारित किया कि यह बिहार के किसी कहानीकार की कहानी का उल्था है।

अभी पिछले दिनों 'छप्पन तोले का करधन' का अनुवाद सुप्रसिद्ध जर्मन विद्वान लोठार लुत्शे ने भी किया है।

लेकिन यह सच है कि ऐसे अनर्गल आरोपों से मैं भी विचलित नहीं होता। मुझे अपने पाठकों, गंभीर साहित्यिक अभिरुचि से संपन्न लोगों पर पूरा विश्वास रहता है। इसका प्रमाण हैं भारी संख्या में आनेवाले पत्र। नेहरू की तरह मैं भी कह सकता हूँ कि मैंने अपने समय के लोगों को बेइंतहा प्यार किया और उन्होंने भी मुझे बेपनाह मोहब्बत दी। 'टेपचू' जब 1980 में प्रकाशित हुई थी तो लगभग तीन सौ पत्र आए थे जिनमें से एक पत्र राँची के किसी मोटर वर्कशॉप में काम करनेवाले उस नौजवान सिख का भी था, जिसने लिखा था कि अगर यह कहानी उसने अचानक न पढ़ ली होती

तो अगले दिन वह आत्महत्या कर लेता। 'तिरिछ' पर भी व्यापक प्रतिक्रिया हुई। बिहार की स्वर्गीय पूनम वर्मा के पत्र (दो मैंने खो डाले) जो 'तिरिछ' संग्रह में प्रकाशित ही हैं, जो अपने आपमें एक त्रासद, विडंबनामूलक कहानी की तरह हैं। '...और अंत में प्रार्थना' जो पिछले वर्ष 'हंस' में प्रकाशित हुई, उस पर अभी तक पत्र आ रहे हैं।

मेरी कविताओं के साथ भी यही स्थिति है। जबकि मैं किसी पुल, किसी भवन, किसी अखबार या किसी क्लब का सदस्य नहीं हूँ। किसी दिवंगत बड़े कवि की स्मृति में निर्मित किसी मठ या ओशो आश्रम से भी कोई वास्ता नहीं है। कवियों द्वारा अपने कवि न माने जाने और कहानीकारों द्वारा कहानीकार न माने जाने को लेकर भी तिल-भर चिंता नहीं है। बल्कि यह स्थिति मजेदार है, जैसी अत्यंत संवेदनशील रूसी कहानीकार वासीलेइ शुक्शिन की थी जिसे गाँव के लोग शहरी और शहर के लोग देहाती मानते थे और वह उन दोनों से निर्वासित था।

मैं पढ़ता खूब हूँ, किसी से बदला चुकाने या अन्याय करने के लिए नहीं, बल्कि इसमें मुझे आनंद मिलता है। मेरा वश चले तो मैं जीवन-भर सिर्फ लिखता-पढ़ता ही रहूँ। बल्कि लुइ बुनुएल की तरह मैं जीवनयापन के लिए किए जानेवाले अधिकतर कार्यों की निरर्थकता और उनके 'डिह्यूमेनाइजिंग' असर को भी समझता हूँ। बुनुएल के अनुसार हर व्यक्ति को दिन-भर के चौबीस घंटों में कम-से-कम बाइस घंटे स्वप्न देखने, कल्पनाएँ करने, सोचने और अपने भीतर संचित मानवीय ताप और ऊर्जा को महसूस करने के लिए मिलने चाहिए।

लेकिन ऐसा संभव कहाँ है। दिल्ली तो रोजगार का शहर है। गालिब के शब्दों में रह तो जाएँ दिल्ली में, खाएँगे क्या ? सो काम तो करने पड़ते हैं। बस दिमाग पेट की गुलामी न करने लग जाए, इससे भरसक सतर्क रहने की कोशिश रहती है।

और हाँ, वह आयु रेखा जिसे मेरे परिवार की पिछली कई पीढ़ियों ने पार किया और जहाँ से उसके आने की आहट अब सुनाई देने लगी है

उसके पहले मैं अपने उन अनुभवों का साक्षी दूसरों को बनाना चाहता हूँ, अभी तक जिनका साक्षी सिर्फ मैं हूँ। और इसी के लिए पूरा कर लेना चाहता हूँ–'आत्मकथाएँ'।

उसके पहले बना डालना चाहता हूँ एक ऐसी फिल्म जिसके कुछ बिंबों के बारे में वर्षों से सोचता रहा हूँ।

और हाँ, मैं चाहता हूँ कि अगर किसी लेखक बंधु को मेरे लिखने से नाराजगी है, तो वह इस लिखे को न पढ़े। उसे सहन करने की क्षमता अपने अंदर पैदा करे क्योंकि जब मैं इधर से रिसीवर रख दूँगा तो उधर से जितना भी हेलो-हेलो कीजिए, कोई आवाज इधर से नहीं आएगी।

इधर होगा एकांत। होगी गहरी खामोशी। ऐसा एकांत, जिसकी आकांक्षा न भी हो, तो भी क्या ? मैंने स्व. श्रीकांत वर्मा की डायरी का वह अंश कहीं पढ़ा था। अपनी मृत्यु से एक दिन पहले उन्होंने लिखा था : 'मैं जीना चाहता हूँ' अगर मैं भी ऐसा कहूँ, तो भी क्या?

फिल्म

मैं एक फिल्म बना रहा हूँ। इसे यों भी कह सकते हैं कि मेरी एक फिल्म बन रही है। इसका बनना वर्षों से चल रहा है। मजे की बात ये है कि इस फिल्म में जितने भी लोग शामिल हैं, उन्हें यह नहीं पता कि वे एक ही फिल्म में काम कर रहे हैं। उन्हें ऐसा किसी ने बताया भी नहीं है।

कुछ भूमिकाएँ ऐसी हैं, जिनका अभिनय बहुत देर तक चलता है। वह कई-कई बार दुहराया जाता है। कह सकते हैं कि उन भूमिकाओं का इस फिल्म में बहुत महत्त्वपूर्ण स्थान है और उनके बिना यह फिल्म बन ही नहीं सकती। लेकिन इस फिल्म के वे अंश भी बहुत ही महत्त्वपूर्ण हैं जहाँ भूमिकाएँ और अभिनय बिलकुल अप्रासंगिक और ऊटपटाँग लगते हैं। बल्कि मेरा कहना तो यह है कि यही वे अंश हैं जिनसे यह फिल्म अपनी कुछ क़लात्मक ऊँचाइयाँ हासिल करती है।

उदाहरण के लिए इन अंशों में ऐसे दृश्य हैं जिसमें अचानक कोई एक अपरिचित-सा व्यक्ति कहीं से आता है, हड़बड़ी और थकान से भरा वह कहीं जाने का रास्ता पूछता है और फिर चला जाता है। फिर इस फिल्म में दुबारा वह कभी लौटकर नहीं आता। या फिर अचानक कोई औरत हँसती हुई या रोती हुई दिखती है, फिर वह अपने बर्तन समेटती है या कपड़े सुखाने लगती है। इसके बाद वह पूरी फिल्म में कभी नहीं दिखाई देती।

या फिर जैसे बस की सीट या ट्रेन की बर्थ पर बगल में कोई एक बूढ़ा-सा आदमी बैठा रहता है। या बूढ़े की जगह कोई बहुत सुंदर और

...ान लेकिन बिलकुल अज्ञात लड़की होती है, जिसका शरीर कई बार छू जाता है। वह खिड़की के बाहर देखती रहती है या कई बार अपने फ्लास्क से पानी निकालकर पीती है। इस फिल्म में इतने के अलावा उसकी और कोई भूमिका नहीं है। ऐसे असंख्य लोग हैं जो इस फिल्म में कभी प्रगट नहीं होंगे।

उदाहरण के लिए जैसे कोई अचानक अपनी कटी हुई उँगलियों वाला हाथ भीख माँगने आगे बढ़ा देता है। साहस करके भी उसका चेहरा देखने की इच्छा नहीं होती। सिर्फ वह गली हुई उँगलियों की हथेली ही है जिसकी फिल्म में भूमिका है। वह हाथ जिस व्यक्ति का है, उसका चेहरा कैसा है और वह है कौन यह इस फिल्म में कभी पता नहीं चलता। इसे जानने के लिए किसी दूसरी फिल्म को देखने की जरूरत है।

हाँ, सबसे महत्त्वपूर्ण बात यह है कि इस फिल्म में जो लोग काम कर रहे हैं वे एक साथ कई दूसरी फिल्मों में भी काम कर रहे हैं। इस फिल्म में मेरे अलावा बाकी सभी किन्हीं दूसरी फिल्मों के उद्धरण हैं, जैसे स्वयं मैं कई दूसरी फिल्मों में उद्धरण हूँ। इन उद्धरणों के द्वारा सिर्फ यह जाना जा सकता है कि एक कोई अन्य मूल फिल्म भी है, जहाँ यह पात्र केंद्रीय भूमिका में है और क्षेपक की तरह यह उद्धरण उसी मूल फिल्म से लिया गया है। लिया नहीं गया है बल्कि उद्धरण की तरह यह पात्र स्वयं इस फिल्म में चला आया है।

कहने के लिए इस फिल्म में जीवन से संबंधित सभी तरह के प्रसंग हैं। मृत्यु है, प्रेम है, शत्रुता है, संभोग है, बीमारियाँ और नौकरी, मार-पीट, धोखा आदि। कुछ ऐसी बड़ी घटनाएँ भी हैं मसलन आजादी, क्रांति, हड़ताल, चुनाव, नारे आदि। बाजार वगैरह भी हैं। टेक्नालॉजी है। रेडियो, टेलीविजन, कार, साइकिल, कम्प्यूटर, कंडोम आदि हैं। इस फिल्म में फिल्म भी है। लेकिन इन सारी चीजों का होना कोई परिभाषा या कोई समझदारी प्रस्तुत करने के लिए नहीं है। वे बस हैं। बल्कि कह लें कि वे फिल्म का वातावरण हैं। उन्हें वहाँ किसी संगति में या किसी पैटर्न में रखा नहीं गया है, वे स्वयं वहाँ आ गए हैं। उनका आविष्कार और विकास बहुत नैसर्गिक ढंग से हुआ है।

लेकिन इस फिल्म के बारे में असली बात तो वह है जो मैं आपको अब बताने जा रहा हूँ।

कल रात दो बजे मेरी नींद टूट गई और अचानक मुझे लगने लगा कि मेरे शरीर को जितनी नींद की जरूरत थी वह पूरी हो चुकी है। मेरी आँखें ही नहीं, मेरा पूरा शरीर अपनी नींद पूरी करके जाग चुका था। एक आकस्मिक-सी प्रसन्न ताजगी मेरे दिमाग और मेरी शिराओं में थी।

मैं जानता था कि अब चाहे मैं कितनी भी कोशिश कर लूँ, दुबारा तब तक नहीं सो सकता जब तक मेरी देह और मेरे मस्तिष्क को फिर से नींद की खुराक की जरूरत न हो।

मैं अपनी सारी इंद्रियों, समूचे स्नायुतंत्र में सुबह की ताजगी और घास की महक से भरी स्वच्छ हवा का अनुभव कर रहा था। सबसे बड़ी बात कि मेरे दिमाग में कहीं कोई चिंता या तनाव का पता नहीं था। स्मृतियाँ कहीं विस्मरण के पार चली गई थीं। इतना खाली, इतना साफ, इतना हलका हो गया था सब कुछ।

मेरे पास करने को कुछ नहीं था। इतनी रात, दो बजे, अकेले, ऐसे संपूर्ण जागरण के साथ मैं क्या करता। एक बार सोचा कि बाहर सड़क पर निकल जाऊँ। फ्रिज से निकालकर बर्फ जैसा ठंडा पानी भी पी गया।

और तभी मैंने तय किया कि मैं अपनी फिल्म के बारे में सोचूँगा। मैंने सोचना शुरू किया। कई सार्थक और कई निरर्थक दृश्य मेरी स्मृति में आए।

लेकिन अचानक ही मैं चौंक गया। मैं डर गया। यह एक ऐसा अनुभव था जो कुछ पलों के लिए या शायद आनेवाले लंबे समय के लिए आदमी को स्तब्ध कर देता है। जैसे आप बचपन में अपने बहुत पुराने विशाल घर के किसी हमेशा बंद रहनेवाले कमरे में अचानक पहुँच गए हों, अकेले। और वहाँ तमाम टूटी-फूटी, आधी-अधूरी चीजों का अंबार-सा बिखरा पड़ा हो। वे चीजें अजनबीपन में इतनी आकर्षक हों कि आप उनके अंबार में किसी अपनी इच्छित वस्तु को खोजने लग जाएँ और अचानक

आपके हाथ में किसी दंत्यकथा, किसी बहुत पुरानी लोककथा में वर्णित कोई चीज मिल जाए। कोई उपकरण या कोई पात्र।

या आप अचानक कभी, वर्षों पहले, अपने किसी स्वप्न में देखी गई चीज को खोज डालें और हतप्रभ रह जाएँ। आप आश्चर्य में चीख भी सकते हैं। ऐसा इसलिए होता है क्योंकि वह चीज़, जिसे आपने अचानक ही उस कबाड़ में संयोगवश खोज डाला है और जो अपनी समूची वास्तविकता, ठोसपन, भौतिकता के साथ इस वक्त आपके हाथ में मौजूद रहता है वह एक झटके में किसी दंत्यकथा, किसी मिथक, किसी लोककथा या किसी स्वप्न की अवास्तविकता को खंडित कर देता है।

वह चीज किसी अवास्तविक कथा, स्वप्न, अनुभव या घटना का वास्तविक प्रमाण होती है।

मेरे साथ उस रात यही हुआ था।

फिल्म के बारे में सोचते हुए मुझे अचानक पटकथा का ध्यान आया।

शायद मैं फिल्म के आनेवाले अंशों में अपनी भूमिका के बारे में जानना चाहता रहा होऊँ। या हो सकता है कि फिल्म के भविष्य के प्रति उत्सुकता ने ही मुझे यह ध्यान दिलाया हो।

फिल्म की कोई पटकथा थी ही नहीं। इतने वर्षों से इतनी लंबी फिल्म बन चुकी थी और इतनी जरूरी बल्कि अनिवार्य चीज के बारे में किसी ने सोचा ही नहीं था।

हद है कि अभी तक किसी भी पात्र ने कभी पटकथा की माँग नहीं की थी। बिना यह पूछे कि फिल्म में उनकी क्या भूमिका है और कौन-से संवाद उन्हें बोलने हैं वे कहीं से भी आते थे और फिल्म में हिस्सा लेकर चले जाते थे।

सबसे डरावनी बात तो यह है कि स्वयं मैं अब तक किस आधार पर अपनी भूमिका निभा रहा था, तरह-तरह के अभिनय कर रहा था। क्या मैं किसी नशे में था या विक्षिप्त था। मैंने कभी कथानक या पटकथा के बारे में सोचा क्यों नहीं।

उसी दिन से मैं फिल्म की पटकथा लिखने का प्रयत्न कर रहा हूँ।

मैं आपको बता चुका हूँ कि फिल्म वर्षों पहले शुरू हुई थी और उसमें ऐसी असंख्य निरर्थक और एब्सर्ड भूमिकाएँ भी हैं जिनके अनगिनत पात्रों को याद रख पाना बहुत मुश्किल है। लेकिन मैं अपनी स्मृति पर सारा जोर डालकर एक-एक दृश्य, एक-एक शॉट याद कर रहा हूँ। उन्हें कागज पर नोट कर रहा हूँ।

मुझे उम्मीद है कि शायद एक कोई ऐसी रूपरेखा तैयार हो जाए जिससे पटकथा का अंतिम प्रारूप निर्मित हो सके।

ऐसा भी तो हो सकता है कि किसी दिन मैं किसी लाइब्रेरी में पुराने दस्तावेजों, पांडुलिपियों और अखबारों आदि के ढेर में कोई संदर्भ या कोई अभिलेख खोज रहा होऊँ और अचानक मेरे हाथ वह लग जाए। यानी इस फिल्म की पटकथा।

ऐसे में क्या आपको नहीं लगता कि वह किसी अवास्तविकता का वास्तविक प्रमाण होगा!

या कहीं इसका उल्टा तो नहीं? यानी यह फिल्म, जो कि वास्तविक है उसका एक अवास्तविक प्रमाण?

यह भी तो हो सकता है कि फिल्म में फिलहाल मेरी यही भूमिका निर्धारित हो। यानी अब तक बनी हुई फिल्म की पटकथा लिखने की और किसी पुरानी लाइब्रेरी, किसी अभिलेखागार या किसी बहुत बड़े मकान में वर्षों से बंद किसी कमरे में बिखरी पड़ी अजनबी चीजों के अंबार में से अचानक उसे खोज निकालने की। शायद इस वक्त मैं वही भूमिका कर रहा हूँ।

सहायक

पिताजी की एक विशेषता यह थी कि वे अक्सर दूसरों की मदद करना चाहते थे। कई बार दूसरों को मदद की उतनी जरूरत नहीं भी रहती थी तब भी पिताजी उन्हें किसी-न-किसी रूप में मदद करने की कोशिश करते।

कोई अगर उनसे वैसे भी मिलने आता तो उन्हें भीतर से महसूस होता कि वह जरूर किसी संकट में है, संकोचवश खुलकर कुछ कह नहीं पा रहा है तो वे बहुत तरीके से घुमा-फिराकर यह जानने का प्रयत्न करते कि उसकी परेशानी है क्या और किस प्रकार वे उसकी सहायता कर सकते हैं।

कई लोग तो उतने संकट में नहीं होते थे, या अपनी दिक्कतों में खुद ही कुछ कर डालने का सामर्थ्य या भरोसा रखते थे, वे पिताजी का मजाक उड़ाते।

कुछ ऐसे लोग भी थे जो पिताजी की अपनी सीमाओं को अच्छी तरह से जानते थे इसलिए उन्हें पता था कि पिताजी किन मामलों में कितनी मदद कर सकते थे और कहीं बिल्कुल भी नहीं। सीधे शब्दों में उन्हें पिताजी की हैसियत, उपयोगिता और औकात का पता था। ऐसे लोग, जहाँ उन्हें पिताजी की उपयोगिता की ज़रूरत पड़ती, वहाँ उनका इस्तेमाल करते और जहाँ उन्हें लगता कि यहाँ वे किसी काम के नहीं, वहाँ वे उन्हें सूचित भी न करते।

उदाहरण के लिए पिताजी के मंत्रियों, उद्योगपतियों, तस्करों और बहुत बड़े अफसरों आदि से संपर्क नहीं थे, इसलिए वे कस्बे या शहर के बड़े लोगों के बहुत काम के नहीं थे। हालाँकि अगर वे पिताजी के पास

आते और उनसे अपने संकटों का रोना रोते तो पिताजी उनकी भी मदद का प्रयत्न अवश्य करते।

लेकिन तब भी बहुत-से लोग ऐसे थे जिन्हें पिताजी की मदद की सचमुच जरूरत पड़ती और उनके लिए वे उपयोगी थे। जैसे किसी के घर में कोई बीमार पड़ता और उसे गाँव से अस्पताल ले जाना पड़ता, दवाई और डॉक्टर के लिए पैसे न होते, ऐसे में पिताजी सहायता करते। ट्रैक्टर में वे मरीज को कस्बे के अस्पताल ले जाते, वहाँ भर्ती कराते और अक्सर अपने पास के पैसे लगाते।

एक लालू नाम का आदिवासी था, जो टी.बी. के रोग में बीस साल की उम्र में अस्सी साल का बूढ़ा लगता था। सूखकर कंकाल रह गया था और खाँसते-खाँसते खून की उल्टियाँ करता था। उसे पिताजी अपना गल्ला बेचकर भोपाल ले गए थे। दो साल में वह ठीक होकर आ गया था। अब उसे देखकर कोई नहीं कह सकता था कि दो साल पहले वह बिलकुल मृत्यु के मुँह तक जा पहुँचा था।

लालू हमारे यहाँ सुबह-सुबह आया करता था। अक्सर वह हरी सब्जियाँ और टमाटर आदि पहुँचा जाया करता। ठीक होने के बाद वह सब्जियाँ उगाने लगा था। पिताजी के प्रति अपनी कृतज्ञता वह इसी तरह प्रगट करता था।

जो घटना मैं बता रहा हूँ उसमें भी दूसरों को मदद करनेवाली पिताजी की आदत का जिक्र है।

बरसात के दिन थे। कई दिनों से लगातार पानी बरस रहा था। रुक-रुककर। सारे गढ़े-तालाब भर गए थे। जंगल भीग गए थे। ओसारों में पानी भरा था।

हमारे घर के बगल में जो नदी बहती थी, उसमें बाढ़ आ गई थी। नदी के दोनों पाटों के बीच हहराता हुआ मटैला पानी बह रहा था। फेन, टूटे हुए पेड़ और पता नहीं कहाँ-कहाँ का कूड़ा-कचड़ा सब उसकी धार में उतराते-डूबते बहते थे।

नदी डरावनी हो गई थी। उसे देखकर, उसकी लहरों का शोर सुनकर भय पैदा होता था। रात में, या दिन में भी आप अगर बाढ़ में उफनती नदी के आस-पास खड़े होकर अपनी आँख मूँद लें तो लगता है जैसे चारों ओर आप बाढ़ से घिर गए हैं। आप धार के बीच में हैं।

यह उस समय की बात है जब नदी पर पुल नहीं बना था। नदी पार करने के लिए नाव चलती थी। घाट का ठेका होता था। पार उतराई के लिए इकन्नी, दुअन्नी देनी पड़ती थी।

नदी के इस पार के ज्यादातर गाँव बरसात के दिनों में कस्बों और शहर से कट जाते थे। लेकिन कस्बे में हर हफ्ते, हर बुधवार को लगनेवाला हाट लोगों के लिए बहुत जरूरी था। वे गाँव से बाजार सिर्फ चीजें खरीदने ही नहीं, अपनी चीजें बेचने भी जाते थे। इसीलिए बुधवार के दिन सुबह से ही नदी पार करनेवालों का ताँता लगा रहता था और उस दिन, दिन-भर नाव खूब चलती थी।

जिस दिन की यह घटना है, वह बुधवार का ही दिन था। कस्बे में आज हाट का दिन था। नदी में बाढ़ थी लेकिन गाँव के लोगों के झुंड के झुंड हाट जाने के लिए घाट पर पहुँच रहे थे। लोगों और उनके सामान से भरी हुई नाव जाती और उस पार उन्हें उतारकर लौट आती।

लोगों की यह संख्या जो नदी के उस पार जा रही थी, जाहिर है कि हाट करके उस पार से इस पार भी लौटनेवाली थी। मल्लाहों की थैलियाँ, जार्ज पंचम या क्वीन विक्टोरिया के चेहरेवाले सिक्कों से भारी हो गई थीं।

धीरे-धीरे शाम हो गई और अँधेरा घिरने लगा। यह कृष्ण पक्ष था, जब आकाश में चाँद भी नहीं होता। गाँव में कहीं-कहीं दिये या लालटेनें टिमटिमाती हुई दिखतीं। बाकी सब कुछ एक बिलकुल सपाट अंधकार में डूबा हुआ था जिसमें बाढ़ में उफनती नदी का शोर, कभी-कभी इधर-उधर उड़ते जुगनू, मवेशियों और मुर्गियों की आवाजें या फिर मेढक, पुनकुकरी या झींगुरों के स्वर छिपे हुए थे।

पिताजी अँधेरा उतरते ही शराब लेकर बैठ जाते थे। उनके साथ गाँव

के कुछ और लोग भी होते। पिताजी उनसे जीवन और मृत्यु, राजनीति और खेती आदि की बातें करते थे।

यह तब की बात है जब हिंदी के कवि और अन्य साहित्यकार गाँवों के लोगों के बीच भी अपरिचित नहीं थे। पिताजी को पंत, निराला, मैथिलीशरण गुप्त की कई कविताएँ याद थीं। बच्चन की 'मधुशाला' कई बार वे पीने के बाद या उसके साथ गाते।

पिताजी अँधेरे में तीन-चार लोगों के साथ बैठे पी रहे थे, जब किसी ने आकर बताया कि हाट से लौटनेवालों की संख्या इतनी लंबी कभी नहीं थी, जितनी आज है। अगर, नाव लगातर चलती रहे तब भी सबको पार तक लाने में चार-पाँच घंटे लग जाएँगे।

समस्या यह थी कि अँधेरा बहुत गाढ़ा था। लालटेन लेकर नाव चलाने में भी खतरा बना रहता था, क्योंकि थोड़े-से दायरे के अलावा और कुछ नजर आता ही नहीं था। मल्लाह नाव चलाने से डर रहे थे, जबकि उस पार के लोग इधर आने के लिए बेचैन थे। सब अपना घर इस पार यों ही छोड़ गए थे। वहाँ उनका लौटना जरूरी था।

इतने अँधेरे में, इतनी बाढ़ में, इतने सारे लोगों को लादकर नाव चलाने में बहुत जोखिम थे। नाव घाट में, अँधेरे से बहकर आती किसी मलबे या पेड़ के तने से ठोकर खाकर उलट सकती थी।

अगर कहीं से थोड़ी-सी रोशनी का प्रबंध हो जाए तो सब कुछ आसान हो सकता था।

पिताजी तब तक काफी शराब पी चुके थे। उस नशे में दूसरों की सहायता करने का उनका स्वभाव भी नशे में आ गया होगा।

और उन्हें समाधान सूझ गया। उन्होंने ट्रैक्टर स्टार्ट किया, उसकी हेडलाइट को और ऊपर उठाकर फिट किया फिर वे नदी की घाट की ओर चल पड़े।

घाट की ढलान के ऊपर उन्होंने ट्रैक्टर खड़ा किया। एक्सीलरेटर दबाते ही हेडलाइट की रोशनी तेज हुई और बस नाव चलाने के लिए घाट और पाट की स्थिति जानने के लिए उतनी रोशनी पर्याप्त थी।

नाव चलने लगी और उस पार के लोगों को ढोकर इस पार लाने लगी।

पीने के बाद कई बार पिताजी कहते, 'जानते हो पाप क्या है और पुण्य क्या है ?' फिर वे स्वयं बताते—'परोपकाराय पुण्याय पापाय परपीड़नम्!'

आधी रात का वक्त होगा जब नदी के घाट की ओर से लोगों के चीखने-पुकारने की आवाजें आने लगीं। वहाँ कोहराम-सा मचा हुआ था। शायद नाव उलट गई।

मैं तब छोटा था। लगभग दस वर्ष का।

थोड़ी देर में रोने की आवाजें हमारे घर से भी उठने लगीं। सबसे ज्यादा माँ रो रही थीं। वे पागल हुई जा रही थीं। बुआ-चाची और गाँव की औरतें भी रो रही थीं। लालटेनें लेकर सब घाट की ओर जा रहे थे। मैं भी रोता हुआ माँ के साथ घाट की ओर गया।

घाट का लगभग दो-तिहाई हिस्सा पानी में डूबा हुआ था। नदी का हहराता हुआ सर्वव्यापी शोर। लोगों के जोर-जोर से चीखने-चिल्लाने की आवाजें। इधर-उधर दौड़ती हुई लालटेनें।

तभी मेरा ध्यान गया। घाट पर ट्रैक्टर नहीं था। ट्रैक्टर की हेडलाइट की रोशनी भी नहीं थी। वहाँ सिर्फ अँधेरा था, बाढ़ का पानी था। तो क्या पिताजी...?

वह एक विकट अनुभव था। मुझे लगा, मेरे हृदय में अचानक एक बहुत बड़ी खाली जगह पैदा हो गई है। एक ऐसा गुब्बारा जो फूला हुआ हो लेकिन खाली हो, जिसके भीतर हवा न हो। इसके बाद मेरे पूरे शरीर में कंपन हुआ और मैं रोने लगा।

फिर मुझे माँ का विक्षिप्त चेहरा दिखा। वे बारिश से भीगी जमीन पर लोट-लोटकर रो रही थीं।

हुआ शायद यह था कि घाट की ढलान पर खड़े ट्रैक्टर का या तो ब्रेक खुल गया था या फिर वह अचानक न्यूट्रल हो गया था। पिताजी ट्रैक्टर की सीट पर थे! दो-तीन लोग, जो मडगार्ड के साथ लगे लकड़ी के फट्टे पर बैठे

थे, वे कूदकर भाग गए थे और ट्रैक्टर पिताजी को लेकर बाढ़ में चला गया था।

किसी ने बताया कि उस समय नशे की हालत में पिताजी ट्रैक्टर पर बैठे कुछ गा रहे थे।

मुझे पता है वे क्या गा रहे होंगे।...

'जोदी तोर डाक शुने केउना आशी, तोबी एकला चोलो रे।
एकला चोलो, एकला चोलो, एकला चोलो रे'

सौभाग्य था कि घाट में आगे चलकर टापू था, जिसमें ट्रैक्टर के पहिए फँस गए थे। ट्रैक्टर डूब तो गया था, लेकिन बंद हो गया था। शायद साइलेंसर में पानी भर जाने से।

मैंने लालटेन की मद्धिम रोशनी में देखा। घाट से काफी आगे, बाढ़ में उफनती नदी की मरैली धार में पिताजी का सिर दिख रहा था। उनका चेहरा उधर था जिधर नदी की धार थी। ट्रैक्टर डूब गया था। सीट पर बैठे पिताजी डूब गए थे, सिर्फ गर्दन के ऊपर का हिस्सा बचा था।

वे हमारी ओर चेहरा घुमाकर नहीं देख रहे थे। वे संभवतः भय के मारे स्तब्ध या जड़ हो चुके थे। उनके कानों में बाढ़ का भयानक शोर सुनाई देता होगा और आँखों की रोशनी अँधेरे में जितना देख सकती है, वहाँ तक उफनती हुई नदी का अपार जल दिखाई देता रहा होगा।

हम सब असहाय थे। पिताजी का शरीर खूब भारी-भरकम था। उन्हें वहाँ से घाट तक लाया कैसे जाए। नाव अभी नदी के उस पार थी। वे अभी नशे में होंगे। उनका सिर डूबने से इसलिए बचा हुआ था क्योंकि वे ट्रैक्टर की ऊँची सीट पर थे। अगर वे ट्रैक्टर से उतरने की कोशिश करते तो बाढ़ में डूब जाते। उन्हें तैरना भी नहीं आता था।

उस रात का वह दृश्य किसी बेचैन कर डालनेवाले चित्र की तरह मेरी स्मृति में हमेशा के लिए स्थिर हो गया है। कृष्ण पक्ष की रात, कई-कई दिनों तक होनेवाली बारिश, बाढ़ में उफनती नदी के दोनों पाटों के बीच पानी का हहराता हुआ शोर।

और बहुत दूर, बीच में कहीं भय से जड़ हुआ पिताजी का सिर। बिलकुल खामोश।

अगर ट्रैक्टर कहीं गियर में होता और उसका एंजिन बंद नहीं होता तो वह नदी में चलता ही चला जाता। फिर पिताजी का वह सिर भी न दिखाई देता।

लेकिन शायद उसी दिन मैंने जाना कि हम सब दूसरे के गहन संकट के सिर्फ दर्शक हैं।

आखिर उस दिन पिताजी का सिर बाढ़ के बीच था लेकिन बाकी सारे लोग तट पर लालटेनें लेकर सिर्फ इधर से उधर दौड़ भर रहे थे। मेरी माँ भी तो इतना पागल होकर रो रही थीं, एक दर्शक ही थीं। उनकी साँस रुकी जा रही थी, लेकिन उनके और पिताजी के सिर के बीच, दूर तक बाढ़ का पानी था।

मैं भी तो जिसके हृदय में इतना बड़ा खाली गुब्बारा पैदा हो रहा था और जो एक विकट अनुभव से गुजर रहा था, एक दर्शक ही था।

शायद इसे पिताजी भी जानते थे इसीलिए वे नदी के घाट की ओर चेहरा घुमाकर नहीं देख रहे थे। वे उधर देख रहे थे, जिधर मृत्यु थी।

तभी मुझे गोद में उठाकर मनोहर भागा। शायद उसे कहा गया होगा कि वह मुझे वहाँ से हटा ले जाए। मैं बहुत छटपटाया लेकिन वह मुझे खींचता हुआ घर ले आया। मैं अब भी रो रहा था।

पिताजी का बाढ़ में डूबा वह स्तब्ध सिर मुझे बार-बार दिखाई दे जाता। काफी देर बाद लालटेनें लोगों की बातचीत की आवाज के साथ हमारे घर की ओर आने लगीं।

मनोहर ने कहा—अब चुप हो जाओ। पिताजी आ रहे हैं।

खंडित स्त्रियाँ, नेहरूजी और अस्ताचल

अगर बारिश वक्त पर शुरू हो जाए तो आधा आषाढ़ होते-होते हमारा गाँव सारी दुनिया से कट जाता था। न वहाँ चिट्ठियाँ आती थीं, न कोई मेहमान। क्योंकि गाँव के एक ओर नदी थी और बाकी तीन तरफ छोटे-बड़े जंगली नाले, पहाड़ियाँ, डोंगरी और जंगल।

जिधर बड़ीवाली नदी थी, बाजार और कस्बे का रास्ता उधर से ही जाता था। तब तक उस नदी पर पुल नहीं बना था, तारकोल और गिट्टीवाली सड़क नहीं बनी थी। अगर कभी-कभी बाजार या कस्बे जाना गाँववालों को जरूरी ही पड़ जाता था तो पेड़ के तने को खोखला करके और उसे सुखाकर उसकी डोंगी बना ली जाती थी।

वह नदी तो खैर तमाम रहस्यों से भरी थी ही, ये जंगली पहाड़ी नाले भी कम रहस्य-भरे नहीं थे। ये नाले चट्टानों की खोह से, जंगल के भीतर की खाइयों से और वनस्पतियों-पौधों की नमी से भरे अंधकार के बीच में से बहते थे।

और वहीं उन्हीं अबूझ गहराइयों से उनका पानी तरह-तरह से बोलता था। जो लोग अलग-अलग ऋतुओं में, दिन और रात के अलग-अलग पहर में पानी की आवाज सुनने के आदी हैं, वे थोड़ा-बहुत इन पहाड़ी वनैले नालों के रहस्य में उतर सकते हैं।

जब 27 मई, 1964 को गाँव में, अंग्रेजी के 9 नंबर के बीच से आर-पार छलाँग मारनेवाली बिल्ली छाप बैटरी से चलते रेडियो से प्रधानमंत्री

पंडित जवाहरलाल नेहरू की मृत्यु का समाचार आया था, उस दिन हम बहुत सारे बच्चे ट्रैक्टर में बैठकर एक दूसरे चट्टानी नाले को देखने गए थे। वह ट्रैक्टर पॉवरिन से चलता था। डीजल की खोज बाद में हुई। अब पॉवरिन कहीं नहीं मिलेगा। यह अब कभी नहीं होगा।

जिस नाले को हम देखने गए थे, उस नाले के आसपास बहुत-सी बहुत पुरानी मूर्तियाँ निकली थीं। ये मूर्तियाँ जिस तरह के पत्थरों को तराशकर बनाई गई थीं, वैसे पत्थर हमारे गाँव तो क्या, पूरे जिले में कहीं नहीं मिलते थे, इसलिए यह अनुमान लगाया जाता था कि ये पत्थर कहीं बहुत दूर देश से यहाँ तक लाए गए होंगे। उस जमाने में, जब ये मूर्तियाँ गढ़ी गई थीं, उस समय न रेलगाड़ी रही होगी, न ट्रक। बैलगाड़ियों से अगर ये पत्थर लाए जाते तो बैलों की, पता नहीं कितनी पीढ़ियाँ सिर्फ चार-पाँच पत्थर यहाँ तक पहुँचाने में खत्म हो जातीं।

और वह आदमी भी, जो अपनी बैलगाड़ी में पत्थर रखकर यहाँ के लिए रवाना होता, वह यहाँ पहुँचते-पहुँचते कितना बूढ़ा हो चुका होता। यही कारण था कि बिना किसी इतिहासकार की मदद के हमारे गाँव के सीधे-सादे अनपढ़ लोग भी इस बात को जानते थे कि ये पत्थर इसी नाले की धार में कहीं बहुत ऊपर से बहाए गए होंगे। सैकड़ों-हजारों कोस दूर से। इसी से यह शक भी होता था कि यह छोटा-सँकरा-सा नाला समय के किसी खंड तक कोई बहुत बड़ी नदी रहा होगा।

इस बात को कोई नहीं जानता कि वह नाला किस इलाके के अज्ञात पहाड़ के भीतर मौजूद किस सदियों पुराने पानी के सोते में से निकलता है। दुनिया के इतिहासकारों और भूगोलविदों को इसकी जानकारी शायद हो, हमारे गाँव में इसे कोई नहीं जानता।

दूसरे जंगली पहाड़ी नालों की तरह ही उस नाले की धार भी बहुत तेज थी। घुटना-भर पानी होते-होते ही लगने लगता था कि वह नाला हमें जमीन से उठाकर अपने भीतर की सुंरग में बहा ले जाएगा। आषाढ़-सावन के महीनों में अक्सर रात में अपनी खोई हुई गाय या बैल ढूँढ़ने गए हुए

लोग ऐसे नालों में बह जाते थे और फिर उनकी लाश कभी नहीं मिलती थी। होता यह होगा कि या तो उनकी लाश जंगल की किसी चट्टानी खोह में फँस जाती होगी और बाद में वहाँ नरपत, घास और ठहरे हुए पानी में सिर्फ कंकाल बचता होगा या फिर चील और कौए उसे खा जाते होंगे।

27 मई, 1964 को हम जिस नाले को देखने गए थे, हम अपने घर आए किसी भी मेहमान को एक बार जरूर वहाँ ले जाते थे। उस नाले के आसपास जो मूर्तियाँ निकली थीं, वे कई तरह की थीं। अष्टभुजी दुर्गा की मूर्ति, काल भैरव और यक्षिणी की मूर्ति, बड़े-बड़े पत्थरों के नक्काशीदार खंभों को अपने सिर या कंधों पर उठाए शेरों और हाथियों की मूर्तियाँ। या फिर किसी विशालकाय अज्ञात देवता या पुरुष को अपने सिर और कंधों पर ढोती हुई, छोटी-छोटी, अत्यंत सुंदर शरीरवाली स्त्रियों की मूर्तियाँ।

उन पत्थरों में जितने देवता और जितने पशु थे, उससे कई गुना ज्यादा स्त्रियाँ थीं। ये स्त्रियाँ पीड़ित थीं या प्रसन्न, यह कहीं से जाहिर नहीं होता था। सभी की सभी स्त्रियाँ पत्थर की थीं और सबका चेहरा एक जैसा दिखाई देता था। यह बात भी सबमें एक समान थी कि उन्होंने कुछ गहनों के अलावा और कुछ भी नहीं पहन रखा था। गहने भी बहुत कम थे, उनके शरीर के मुकाबले।

ये स्त्रियाँ या तो अपने नंगे शरीरों के साथ पूजा की मुद्रा में दिखाई गई थीं या किसी देवता की गोद में बैठी हुई। देवता की पूजा, सेवा या उसका विराट बोझ ढोने के लिए ही इन पत्थर की स्त्रियों को गढ़ा गया था। लेकिन वे सुंदर बहुत होती थीं। खास तौर पर उनके स्तन और उनकी जंघाएँ। दुख यह था कि ऐसी ज्यादातर मूर्तियाँ खंडित थीं। बल्कि शायद सभी मूर्तियाँ खंडित थीं। किसी की बाँहें टूटी हुई थीं, किसी का सिर नहीं था, किसी की कमर के नीचे का पूरा हिस्सा गायब था।

लोग मानते थे कि इस जगह पर पहले कोई किला था। वहाँ कोई राजा रहता था। कुछ लोग कहते थे कि अज्ञातवास के समय पांडव यहीं आकर छुपे थे। जो भी रहा हो, लेकिन किले की दीवारों के चिह्न अब भी मौजूद थे।

अक्सर पत्थर पर बनी ये स्त्रियाँ या देवियाँ गाँव के किसी आदमी से रात में कहती थीं कि तुम नाले के किनारे के फलाँ पेड़ के नीचे जाकर जमीन को खोदो। तुम्हें राजा का गड़ा हुआ खजाना मिलेगा।

लोग सब्बल, गैंती या कुदाल लेकर जाते, जमीन को खोदते तो वहाँ से ये मूर्तियाँ निकलने लगतीं। सब्बल या कुदाल की फाल की चोट खाकर ये मूर्तियाँ खंडित हो जातीं। खजाने के लालच में गाँव और आसपास के इलाके के लोगों ने तमाम सुंदर स्त्रियों, यक्षिणियों और देवियों के हाथ, पाँव, सिर, कमर तोड़ डाले थे। हर सुंदर स्त्री का अंग-भंग हो चुका था। अब अगर वे कभी जिंदा भी होतीं, तो उनका धड़ अधूरा ही रहता।

हमारे गाँव में चारों तरफ ऐसी मूर्तियाँ बिखरी हुई थीं। वे खेतों में से जुताई करते वक्त हल से टकराकर निकल आतीं। कोई कुआँ खोदता या घर बनाने के लिए नींव खोदता, तो वे वहाँ से भी निकल आतीं। कहते हैं, एक पंडित को, जो बहुत ज्योतिष-पंचांग जानता था, बड़ के पेड़ के नीचे खोदने से मिट्टी का एक मटका मिला था, जिसमें सोने के गहने थे। लेकिन वह पंडित उसी दिन से पागल हो गया और उसने वह मटका कहाँ रख दिया, कोई नहीं जानता। पंडित अब बूढ़ा और काला हो गया है। वह रेल की पटरियों के किनारे पड़े कोयलों के ढेर में कुछ खोजता रहता है। उसने मटके को किसी रेलगाड़ी में रख दिया होगा। वह खुद उतरकर केले खरीदने या नल पर हाथ-मुँह धोने गया होगा और वह गाड़ी छूट गई होगी।

• •

मई 1964 में मेरी उम्र 11-12 साल की रही होगी। मैं उस समय रायबरेली से हमारे गाँव आई एक अपनी उम्र की लड़की से प्यार कर रहा था। उस लड़की को साइकिल चलानी नहीं आती थी, तैरना नहीं आता था, पेड़ों पर चढ़ना नहीं आता था और वह गाय-बैल, कुत्तों, सियार और अँधेरे से बहुत डरती थी। जबकि वह शहर की थी। वह उतना तेज दौड़ भी नहीं सकती थी और उसके पैर के तलवे बहुत कमजोर थे। सैंडिलों के बिना उसके पैरों

के लिए सारी पृथ्वी काँटों से भरी थी।

मई गर्मियों का महीना होता था। वैशाख-जेठ का। जब घर के सारे लोग दोपहर का खाना खाकर सो जाते थे, तो हम दोनों बाहर के मैदान में साइकिल चलाया करते थे।

उसे साइकिल में बिठाकर किसी ढलान पर ले जाकर मैं साइकिल को धकेल देता और फिर उसके साथ-साथ दौड़ता। मैं जानता रहता था कि गिरेगी जरूर। यही मैं चाहता भी और यही होता भी। मेरे छोड़ते ही वह साइकिल के साथ डगमगाती, डर के मारे उसका संतुलन बिगड़ता और वह ब्रेक को भूलकर साइकिल से छुटकारा पाने की कोशिश में लग जाती। कितनी बुद्धू लड़की थी वह, जो चलती हुई साइकिल की रफ्तार पर बैठकर उसी साइकिल से स्वतंत्र होने की कोशिश करती थी।

मैं उसे कभी गिरने न देता। मैं रहता ही इस फिराक में था। गिरने के ठीक पहले मैं उसे उठा लेता और थोड़ी देर के बाद उसे जमीन पर खड़ा करता। फिर हम दोनों हँसा करते। मैं उसके डर पर हँसता था और उसकी स्वतंत्रता की ऐसी कोशिश पर, और वह किस बात पर हँसती थी, यह मैं आज भी नहीं जानता।

उस उम्र में यह कह पाना संभव नहीं था, लेकिन इस उम्र में मैं बहुत विश्वसनीय ढंग से कह सकता हूँ कि मैं उस लड़की से वास्तव में प्यार करता था। वह भी मुझसे प्यार करती थी, उसका पता मई की दोपहर की लू और आँच में झुलसते उसके शरीर को देखकर चलता था। अगर वह मुझे प्यार न करती होती तो जरूर कभी कहती कि 'बहुत गर्म आग जैसी लू चल रही है, अब यह साइकिलवाला खेल बंद करते हैं।' या 'यह क्या पागलपन है। इत्ती दोपहर को कोई साइकिल चलाने घर से बाहर निकलता है।'

मैं देखता था कि वैशाख-जेठ की धूप में उसका शरीर धीरे-धीरे पकने लगता। लू कुछ ही देर में उसके चेहरे को बैंगनी बना डालती। या शायद ताँबे के रंग जैसा। उसकी सैंडिल की बद्धी कई बार टूट जाती, जिसमें वह

अपनी फ्रॉक के पता नहीं किस कोने में छिपी हुई आलपिन लगा लेती। मैं यह भी जानता था कि इतनी गर्म दोपहर में साइकिल का लोहे का फ्रेम भी कितना गर्म हो जाता होगा।

लेकिन शायद मेरी इच्छा की खुशी में, मई की लपटों के भीतर साइकिल चलाती वह लड़की, खुश थी।

वह अपने अनजाने में मेरे भीतर के देवता के लिए तपस्या कर रही थी और भविष्य में उस विशालकाय बोझ को ढोने के लिए अपने शरीर को पका रही थी।

यही था हम दोनों के ग्यारह साल की उम्र में किए गए प्यार का सबूत।

लेकिन बात पंडित जवाहरलाल नेहरू की हो रही थी।

हम लोग उस नाले के किनारे थे और मैं उस लड़की के साथ यक्षिणियों और स्त्रियों की खंडित मूर्तियाँ देख रहा था। मैं उन यक्षिणियों के सुंदर शरीर के उन हिस्सों को लड़की को दिखाना चाहता था, जिनके बारे में मेरा विश्वास था कि वे हिस्से लड़की के भविष्य में उसके लिए रखे थे। उसे स्वयं एक दिन यक्षिणी या देवी हो जाना था।

मैं प्रार्थना करना चाहता था कि यह लड़की पत्थर की न हो जाए और किसी खजाने की खोज में लगे आदमी की कुदाल या सब्बल की चोट से खंडित न हो जाए।

इसी समय हमारा एक नौकर साइकिल पर वहाँ आया और उसने मेरी ओर देखते हुए कहा : 'नेहरूजी मर गए हैं।'

मैं जानता हूँ यह वाक्य उसने मुझसे ही कहा था। पिताजी ने उसे मुझे बुला लाने के लिए भेजा होगा। लेकिन उसने यह वाक्य कहना जरूरी समझा। मेरे और नेहरूजी के बीच जो संबंध था, उसके बारे में वही नहीं, मेरे घर के सारे लोग जानते थे। मैं नेहरूजी के चित्र बनाया करता था। सनलाइट साबुन के टिक्के को काटकर मैंने उनके प्रोफाइल का कट आउट निकाला था, जो मेरी मेज पर हमेशा रखा रहता था। नेहरूजी का निचला होंठ जरा-सा बाहर निकला रहता था और उनकी

लंबी नाक के नथुनों के ठीक बगल से, होंठों के दोनों ओर दो रेखाएँ जाती थीं। मैं अपनी स्लेट पर बत्ती से उनका प्रोफाइल आधे मिनट से भी कम समय में बना डालता था।

मुझे नौकर की बात पर विश्वास नहीं हुआ। ऐसा कैसे हो सकता था। यह असंभव था। मैंने घर लौटने की जिद पकड़ ली। वह लड़की मेरे कंधों को सहला रही थी। मैं बिना पिताजी से पूछे इस खबर को सच नहीं मान सकता था।

• •

जब हम घर लौटे तो शाम हो चुकी थी। पेड़ों की छायाएँ गायब हो चुकी थीं। लालटेनें जला ली गई थीं। पिताजी रेडियो सुन रहे थे। उनके साथ पाँच-छः लोग और बैठे थे। सब एकदम चुप थे। जो लोग वहाँ मौजूद थे, उनमें इलाहाबाद का जौहरी पन्नालाल भी था। उसका एक पाँव टेढ़ा था। वह अपने बालों में खिजाब लगाता था और उसका चेहरा हू-ब-हू देवानंद की तरह था। वह पुराने राजघराने में गहने वगैरह बनाने का काम करता था। उसने शादी नहीं की थी। वह किस्से सुनाता था कि प्रभुदत्त ब्रह्मचारी और करपात्री जी को नेहरूजी कैसे चुनावों में हराते थे।

वह बताता था कि नेहरूजी को जब गुस्सा आता था तो वह रुई का तकिया उठाकर मारते थे। उसी ने कहा था कि नेहरूजी धोखा खा जाने के कारण दिमाग की धमनी फटने से मरे हैं।

मैंने देखा कि पन्नालाल रो रहा था। फिर मैंने लालटेन की मद्धिम रोशनी में पिताजी को देखा। वह रेडियो सुनते हुए लगातार मेरी ओर पता नहीं कब से देखे जा रहे थे। उनकी आँखें डबडबा रही थीं। वह गाँधीजी और सर्वोदय के आदमी थे, लेकिन राजघराने के थे। रेडियो कह रहा था कि रूस के राष्ट्रपति ख्रुश्चौफ नेहरूजी की तस्वीर को पकड़कर रो रहे थे। उस दिनों रेडियो में देवकीनंदन पांडेय समाचार बोला करते थे। लोगों ने बताया कि समाचार बोलते हुए वह भी रोने लगे थे। यह अस्वाभाविक बिलकुल भी नहीं था।

मैं अगर आज की उम्र में होता तो कहता कि यह उनके प्रोफेशन के लिहाज से भी गलत नहीं था।

दरअसल मैं कहना यह चाहता हूँ कि लालटेन की मद्धिम रोशनी में या अँधेरे में या कोई चित्र पकड़कर रोना कभी भी गलत नहीं होता। यह एक सिद्धांत जैसी बात है।

मुझे अब लगता है कि नेहरूजी के साथ मेरे संबंधों के पीछे शायद नदियों के रहस्यवाली बात भी रही होगी। जब उनकी वसीयत अखबारों में छपी तो मैंने देखा कि उसमें उन्होंने गंगा नदी के बारे में एक पूरा पैराग्राफ लिखा हुआ था। उस पैराग्राफ के बारे में अब हर कोई जानता है, जिसमें रात में चाँद की रोशनी में अकेली बहती हुई गंगा के रहस्य और उसके जादू के बारे में जिक्र है।

यह भी हर कोई जानता है कि नेहरूजी ने कहा था कि मेरी राख का एक हिस्सा गंगा में बहा दिया जाए। अगर नेहरूजी प्रधानमंत्री न होते और हमारे गाँव के आसपास कहीं पैदा हुए होते तो उनसे जंगली पहाड़ी नालों और अपने गाँव की नदी के बारे में निश्चित ही बहुत-सी बातचीत मैं कर सकता था।

वह लड़की इसके बाद रायबरेली चली गई। मैंने उस दिन के बाद से उसे साइकिल सिखाना बंद कर दिया था। उसने भी इसके लिए मुझसे एक बार भी नहीं कहा था।

हाँ, एक बार जब हम दोनों बरामदे में वैसी ही दोपहर को खाट में यों ही लेटे हुए थे, तब उसने पूछा था कि 'क्या तुमने और चित्र बनाए हैं?' मैंने उसे इन दिनों के बनाए चित्र दिखाए। एक चित्र में नेहरूजी पीछे हाथ बाँधे अस्ताचल की ओर जा रहे थे। उसने कहा, ये वाली तस्वीर दीवार पर बना दो।

मैंने कोयले, पीली मिट्टी और गेरू से वैसा ही एक चित्र दीवार पर बना दिया। मैंने अभी दो साल पहले तारिक अली की किताब में पढ़ा कि नेहरूजी बचपन में सपने में उड़ा करते थे।

मैं, छब्बीस साल हो गए, उस लड़की से कभी नहीं मिल पाया। छब्बीस नहीं, शायद अट्ठाईस साल हो गए हैं।

लेकिन अट्ठाईस साल तक किसी लड़की से न मिलने से भी आखिर फर्क क्या पड़ता है ?

यह जरूर पता चला कि उस लड़की ने इतिहास में एम.ए. किया। वह हमेशा फर्स्ट आती रही। फिर उसने प्यार किया। इसके बाद वह बीमार हो गई। यह भी पता चला कि वह सिगरेटें पीने लगी थी, और बहुत दुबली हो गई थी।

यह भी पता चला कि उसने कई बार लोगों से मेरे बारे में पूछा है। वह मेरी सारी जानकारियाँ रखती है।

मैं उसे दीवार पर बने नेहरूजी के उस चित्र को एक बार फिर दिखाना चाहता हूँ। इसके बाद मैं उसे यह भी बताऊँगा कि मैं बुद्ध के चित्र कितनी जल्दी बना लेता हूँ।

मैंने यह भी सोच रखा है कि हम दोनों अपनी-अपनी साइकिलों पर बैठकर यक्षिणियों को देखने उस नाले पर जाएँगे।

यह भी एक नियम है कि साइकिल चलाना सीख लेने के बाद उसे भुला पाना लगभग नामुमकिन है। यही सिद्धांत का सबसे दारुण पक्ष है।

मैं शायद खंडित मूर्तियों, नेहरूजी और अस्ताचल की बात कर रहा था।

दोपहर

खरबूजे दोपहर में मँगाए जाते थे। बाजार से उन्हें लाना पड़ता। उस मौसम में जब भी मैं कभी बाजार जाता, वहाँ मुझे सबसे ज्यादा खरबूजों की गंध महसूस होती। हालाँकि वहाँ की हवा में घोड़ों, हींग और दूसरे मसालों की भी गंध होती थी, धूल और नए सूती कपड़ों में लगे अरारोट की भी। लेकिन गर्मियों के उन महीनों में पूरी दोपहर वहाँ सबसे तेज महक खरबूजों की होती।

लगता जैसे पूरा बाजार किसी बहुत बड़े खरबूजे के भीतर लगा हुआ है और हम सब उसके भीतर की हवा में, उसके भीतर की सड़क पर चल-फिर रहे हैं।

वहाँ फ्रूट, ककड़ी, खीरे, तरबूज, कुल्फी, फलूदा और दूसरी चीजें भी मिलतीं। फालसे मिलते जो बहन को बहुत पसंद आते। लेकिन यह सच है कि जैसे ही मैं घर से निकलकर बाजार की सरहद तक पहुँचता, दुकानों के बोर्ड दिखाई देने शुरू होते, भीड़ नजर आने लगती—धीरे-धीरे 'वह' गंध मुझ पर छाने लगती। मेरी आँखें सारे रंग, सारी चहल-पहल, सारी गतिविधियाँ देखतीं, कानों में बहुत सारे अपरिचित लोगों के एकसाथ बोलने की अमूर्त आवाज किसी मंत्र की तरह लगातार सुनाई पड़ती। कभी-कभी किसी रेहड़ीवाले की पुकार, किसी रिक्शे की घंटी, कभी कोई हॉर्न जैसी आवाज भी।

बाजार में गतियों और ध्वनियों की बहुत सघन लेकिन अजीब ढंग से

एक परायी और अजनबी उपस्थिति होती थी। जितनी चीजें वहाँ दिखतीं, वे किसी की नहीं होती थीं। जितनी आवाजें वहाँ सुनाई देतीं, वे किसी को संबोधित नहीं थीं। वहाँ चलते हुए जितने लोगों के शरीर आपस में टकराते, वे एक-दूसरे के लिए बिलकुल अपरिचित होते। आश्चर्य होता कि एकसाथ इतने सारे उपस्थित लोगों के बीच कोई भी संबंध नहीं है। वे सब अपनी वजह से नहीं, किसी और चीज के लिए वहाँ आए हैं। वहाँ लोगों के झुंड-के-झुंड, जिसमें औरतें, बच्चे, बूढ़े, सजी-धजी लड़कियाँ, हिजड़े, कोढ़ी और भिखारी सभी होते, सब अपनी-अपनी चीजों को खोजते। पा जाने पर उनकी आँखों में संतुष्टि की एक खास चमक पैदा होती, फिर वे कुछ खाने-पीने की चीजें लेते और वहाँ से लौट जाते। एक-दूसरे के प्रति वे बिलकुल तटस्थ और निस्संग होते।

लेकिन इतना सब होने के बावजूद मेरी चेतना में जो चीज सबसे ज्यादा व्याप्त होती, वह खरबूजों की महक ही थी। मेरी इंद्रियाँ एक क्षण के लिए भी यह न भूल पातीं कि बाजार में कहीं भी खरबूजे नहीं हैं। वे मुझे कहीं दिखाई न भी देते, तब भी मैं जानता कि वे वहाँ हैं। अदृश्य होने के बावजूद सबसे ज्यादा मुझे उन्हीं की उपस्थिति महसूस होती।

कहते हैं, खरबूजे पहले हमारे देश में नहीं होते थे। उन्हें एक हजार से भी कुछ ज्यादा साल पहले मुसलमान अपने साथ फारस, अरब या मध्य एशिया जैसे किन्हीं इलाकों से लेकर आए थे। मैंने कहीं यह भी पढ़ा था कि यमुना के तट पर जब पहली बार समरकंदी खरबूजे पके थे, तो बाबर खुशी के मारे नाचने लगा था। मेरे लिए अब यह कल्पना ही असंभव है कि जब खरबूजे नहीं रहे होंगे तो गर्मियों की दोपहर में बाजार कैसा होता होगा। क्या सिर्फ घोड़ों, हींग, मसालों और तमाम लोगों के शरीर से उठनेवाली गंध से कोई बाजार संभव हो सकता है?

यह तय है कि अब बाजार से खरबूजों की गंध को कभी नहीं निकाला जा सकता। वे अगर वहाँ न भी होंगे तब भी उनकी उपस्थिति को जाना जा सकेगा। जहाँ तक मेरा सवाल है, गर्मियों की दोपहर या बाजार,

इन दोनों की स्मृति में जाने के रास्ते में मुझे सबसे पहले खरबूजे की गंध से ही हमेशा गुजरना पड़ता है।

एक बार तो हमारे घर में लगभग शाम को खरबूजा लाया गया। वे दिन भी गर्मियों के नहीं थे। शायद किसी के खेत में कोई बारहमासी या बेमौसम उगनेवाला खरबूजा पैदा हो गया था, जिसे वह हमारे घर भी पहुँचा गया था।

हम सब आँगन में थे। बड़ा-सा आँगन था, चारों ओर बरामदों और कमरों से घिरा हुआ। हम सब उसके काटे जाने के इंतजार में थे। एक बड़ा-सा काँसे का परात था, जिसके बीच वह रखा हुआ था।

मैं शायद सबसे दूर और अलग बैठा था, जैसा कि हमेशा से मेरा स्वभाव था। बाकी सब लोग खरबूजे के बिलकुल करीब थे, परात को चारों ओर से घेरे हुए। मैंने शुरू से यह देखा है, और ऐसा हमेशा हुआ है, कि मेरे अलावा बाकी सारे लोग घटनाओं के बिल्कुल करीब होते हैं। बिलकुल निकट। कई-कई बार तो बिलकुल बीच में। लेकिन शायद इसीलिए वे कुछ ऐसे अनुभवों से वंचित रह जाते हैं, जिन्हें अक्सर मैं पा लेता हूँ।

शाम थी। आकाश धीरे-धीरे काला पड़ता जा रहा था। परछाइयाँ गायब हो चुकी थीं। बल्कि हम सब अब परछाईं के ही भीतर थे। इसी समय के आसपास उसे काटा गया। मैं चूँकि सबसे दूर था, अलग था और सब आकाश की परछाईं के नीचे थे, इसलिए मैं कुछ ठीक-ठीक देख नहीं पा रहा था। वैसे भी जो कुछ वहाँ से मैं देख सकता था, वह सबकी पीठ ही थी।

अचानक मुझे लगने लगा जैसे यह गर्मियों की दोपहर है। बाहर कहीं भी (हालाँकि हम सब आँगन में ही थे), कहीं-न-कहीं तेज धूप जरूर होगी। फिर मुझे वहाँ वैसी ही ध्वनियाँ सुनाई देने लगीं जैसी बाजार में होती हैं। कोई रेहड़ीवाला पुकार रहा था। रिक्शों की घंटियाँ सुनाई पड़ीं। वहाँ कहीं घोड़े भी होंगे। ताँगे भी। निश्चित ही मैं बाजार के आसपास था और यह गर्मियों की दोपहर थी।

जब मुझे बहन ने दौड़कर खरबूजे की एक फाँक लाकर दी तब तक मैं यह जान चुका था कि दोपहर वास्तव में खरबूजे के भीतर ही होती है। और उसे कभी भी पाया जा सकता है। यहाँ तक कि रात में भी।

(शीघ्र प्रकाश्य पुस्तक आत्मकथाएँ के चार अंश)

सिर

सभागार भरा हुआ था। अकादेमी के सचिव का भाषण था। भाषण शुरू हो चुका था। भाषण का विषय और उसका स्तर अकादेमी तथा सचिव के अनुरूप था। इसीलिए किसी की रुचि उस भाषण में नहीं थी। सब उसके समाप्त होने की प्रतीक्षा कर रहे थे।

लेकिन अगली पंक्ति में एक सिर सचिव के हर वक्तव्य, हर वाक्य और हर मौन पर हिलता था। सचिव बोल रहा था और सिर हिल रहा था। दोनों में—यानी सचिव और उस सिर के बीच गहरा तालमेल था। एक युगल संगीत। संगत।

थोड़ी देर में सभागार में बैठे हर व्यक्ति ने इसे जान लिया। सब सिर्फ उस सिर को देख रहे थे। वह एक लय और क्रम में हिलता था। धीरे-धीरे लोग भूल गए कि उस भाषण का विषय क्या था। वे यह भी भूल गए कि वहाँ कोई भाषण चल रहा था। मंच पर सिर्फ तबला बजता सुनाई देता था और अगली पंक्ति में एक सिर लगातार हिलता जाता था। शेष सब कुछ धुँधला हो गया था।

दीवार

वे पाँच या छह थे। पिछले बीस वर्षों से वे लगभग हर विषय और मुद्दे पर एकमत थे। वक्तव्यों पर वे एकसाथ दस्तखत करते। शहर के लोगों के बारे में एक जैसी राय व्यक्त करते। जिससे एक बोलना बंद करता, उससे बाकी भी बोलना बंद कर देते।

भाषा में वे एक जैसी गलतियाँ करते। एक अगर कोई वाक्य अधूरा छोड़ जाता तो दूसरा उसे पूरा कर देता। किसी इमारत में अगर एक दाखिल होता, तो बाकी भी वहाँ प्रवेश कर जाते। कोई संस्था, कोई शव-यात्रा, कोई किताब ऐसी नहीं थी, जिसमें एक हो और बाकी न हों। अनुस्वार और हलंत से लेकर समाज और ईश्वर तक—वे एकमत थे।

एक बार मैं एक बैठक में गया, जहाँ एक पर्चा पढ़ रहा था। उसने अपने पर्चे में व्याकरण और विचार संबंधी कई गलतियाँ की थीं। इसके अलावा उसमें शुद्ध तथ्यात्मक भूलें और गलत आँकड़े थे।

जब उसने पर्चा खत्म कर लिया तो मैंने उन गलतियों की ओर ध्यान दिलाना शुरू किया। मसलन—'शराफत' में दंत्य स का प्रयोग गलत है, कबीर सन् 1955 में नहीं पैदा हुए थे, विचार में व के आगे छोटी 'इ' की मात्रा (ि) का प्रयोग होना चाहिए, गालिब की मृत्यु दिसंबर 1990 में नहीं हुई, आदि।

उसने तर्क दे-देकर अपनी स्थापनाओं को सही सिद्ध करना शुरू किया। फिर मैंने देखा कि धीरे-धीरे उसके अगल-बगल वे बाकी भी आ

गए। फिर वे सब मिलकर मेरा विरोध करने लगे।

इसके बाद की घटना तो फैंटेसी है।

जब मैंने बहस करते हुए उनसे कहा कि पर्चे में जिस तरह 'चमगादड़ के अंडे से उद्भूत अद्भुत रचना' का बार-बार उल्लेख है, तो तथ्य यह है कि चमगादड़ अंडे नहीं देता क्योंकि वह स्तनपायी (मैमल) प्राणी है—तो अचानक उन पाँच-छह लोगों के अलग-अलग गले से एक ही पुरुष बोलने लगा।

इसके बाद वे ईंटों में बदलने लगे। उनके सिर, हाथ, पैर, बाल, धड़—सब ईंट बनने लगे। वे ईंट के ढेर बनकर एकजुट हो रहे थे।

यह तो काफी देर बाद जाकर मुझे पता चला कि मैं एक कई साल पुरानी दीवार के सामने खड़ा हुआ अकेला बोल रहा हूँ और दीवार की तथ्यात्मक तथा व्याकरण संबंधी भूलों पर ऊँची आवाज में बहस कर रहा हूँ।

इसके पहले कि लोग मेरी दिमागी हालत पर शक करते या उस दीवार से कोई ईंट टूटकर मेरे ऊपर गिरती, मैं वहाँ से भाग खड़ा हुआ।

मेरी आपको भी यही सलाह है कि आप भी चुप रहिए और चुपचाप वहाँ से फूट लीजिए।

गंगू

वे इतिहास के कीड़े थे। पागल होने के पहले तक उनका इतिहासकारों के बीच बड़ा सम्मानित स्थान था। 'राष्ट्रीय इतिहास अनुसंधान परिषद्' के लिए उन्होंने कई महत्त्वपूर्ण प्रोजेक्ट्स का दिशा-निर्देशन किया था और कई पुस्तकें लिखी थीं।

पिछले दिनों अयोध्याकांड के बाद हुए दंगों के दौरान उनका दिमाग सनक गया। वे पागल हो गए।

उनका पागलपन कुछ-कुछ ऐसा था कि बहुत देर तक लोगों को इसका पता ही न चलता। वे काफी गंभीरता के साथ, सारे ऐतिहासिक तथ्यों के साथ बोलते रहते।

लेकिन अचानक ही वे जोर-जोर से गाने लगते—'हिंदू पाकिस्तान में, गंगू हिंदुस्तान में।'

इसके बाद तो यह होता कि कोई अगर उनसे पूछता कि आप कौन हैं तो वे कहते—'मैं गंगू हूँ। तुम भी गंगू हो। यहाँ रहनेवाले सब गंगू हैं।' फिर वे जोर-जोर से अपना गाना शुरू कर देते। लोग कहते, वे पगला गए हैं।

लेकिन मैंने कहीं पढ़ा था कि पागलों के विचारों की तर्कप्रणाली दरअसल शुद्ध गणित या संगीत के स्वरों की संगति की तरह हो जाती है, इसीलिए सामान्यतः लोग उसे समझ नहीं पाते। अगर पागलों के विचारों पर सूक्ष्मता के साथ ध्यान दिया जाए और उनके साथ पूरी तरह परिश्रम

किया जाए तो पागलों के विचारों की अमूर्त तर्कप्रणाली को समझा जा सकता है। जो लेख मैंने पढ़ा था, उसमें ऐसे कई नामों की सूची थी जो पागल समझे गए लेकिन जो जीनियस थे। लेखक ने न्यूटन की तीन बिल्लियों के लिए तीन छेद बनानेवाली बात के पीछे भी ऐसी ही एक महान तर्कप्रणाली को खोजा था।

बहरहाल, उन्हें मैंने एक दिन पकड़ लिया। अकेले में।

मैंने उनसे पूछा कि आप जो गाना—'हिंदू पाकिस्तान में, गंगू हिंदुस्तान में' गाने लगते हैं, उसका अर्थ क्या है।

आश्चर्य की बात कि उन्होंने अत्यंत संतुलित, गंभीर और शांत ढंग से मेरे प्रश्न का उत्तर दिया। उन्होंने कहा, 'बताओ, जो लोग अथवा जिस सभ्यता के लोग सिंधु नदी के तट पर रहते थे उन्हें विदेशियों ने क्या नाम दिया?'

'हिंदू' मैंने कहा।

'तो सिंधु अब कहाँ है?' उन्होंने पूछा।

'पाकिस्तान में।' मैंने जवाब दिया।

'तो इसका मतलब यह कि अगर विदेशी आज उत्तर-पश्चिमी सीमा पर आते, तो हिंदू किसे कहते?'

'उन्हें, जो पाकिस्तान में रहते हैं।'

उन्होंने मुस्कुराकर मुझसे फिर पूछा, 'अच्छा, अब बताओ, हमारे देश में सबसे पुरानी, बड़ी और महत्त्वपूर्ण नदी कौन-सी है?'

'गंगा' मैंने सोचकर जवाब दिया।

'तो विदेशी हमें क्या कहते?' यह उनका प्रश्न था।

मैं सोचने लगा। सोचने में कुछ वक्त लगा।

उन्होंने स्वयं ही कहा, 'जहाँ तक मेरा अनुमान है, वे हमें 'गंगू' कहते।'

उसके बाद उन्होंने आँखें बंद कर लीं और वे गाने में मगन हो गए।

मैंने बहुत सोचा लेकिन उनकी बात में किसी अतार्किक या अराजक

तर्कप्रणाली के लक्षण नहीं दिखे। मैं इस तरह अचानक एक पागल इतिहासकार के विचारों की तर्क-पद्धति के शुद्ध गणित तक जा पहुँचा था।

उस दिन के बाद से जब कोई मुझसे पूछता है कि आप कौन हैं, तो मेरा भी यही उत्तर होता है : 'मैं गंगू हूँ। आप भी गंगू हैं। यहाँ उत्तर प्रदेश से लेकर बिहार तक का इलाका, जिसे 'दोआब' कहा जाता है, वह 'गंगू प्रदेश' है।'

आपने पिछले कुछ दिनों से शहर की दीवारों पर अकसर यह नारा लिखा हुआ देखा होगा : 'गर्व से कहो, हम गंगू हैं।'

इसका लेखक मैं ही हूँ।

अगर आपको लगता है, मैं भी सनक गया हूँ तो मेरे घर के पते पर कृपया एक पोस्टकार्ड डाल दें। मेरे गाँव से आकर कोई मुझे यहाँ से ले जाएगा। अच्छा, अब मैं गाना गाऊँगा।

नरक

कॉफी हाउस एक पाँच मंजिला इमारत की खुली छत पर था।

वे दोनों टेबल के दोनों ओर बैठे हुए थे। कॉफी के कप टेबल पर रखे थे।

'उसने फिर से बड़ा घटिया लिखा है।' एक ने दूसरे को देखते हुए कहा।

'घटिया के अलावा कुछ और वह लिख ही नहीं सकता।' दूसरे ने बात गंभीरता के साथ आगे बढ़ाई।

'तुमने पढ़ा कि उसने क्या लिखा है?' पहले ने यों ही पूछा।

'नहीं। और तुमने?'

'मैं घटिया लोगों द्वारा लिखी गई घटिया चीजें नहीं पढ़ता।' पहले ने किसी फिल्म के संवाद की तरह कहा।

'वह एक अत्यंत घटिया व्यक्ति भी है!' दूसरे ने जोड़ा।

'इसके अलावा वह कुछ और हो ही नहीं सकता। वैसे, क्या उसने तुम्हारे साथ कभी कोई ऐसी हरकत की?'

'मुझसे क्या हरकत करेगा। मैं तो ऐसे आदमी से दस हाथ दूर ही रहता हूँ।'

दोनों थोड़ी देर चुप रहे। फिर एक ने कहा, 'कल कवि कमल कुमार और डॉक्टर तिवारी मिले थे। दोनों का उसके बारे में कहना था कि उन्होंने इतना घटिया मनुष्य न तो कभी जीवन में देखा, न किताबों में।'

दूसरा थोड़ी देर सोचता रहा। फिर उसने कहा, 'वैसे तुम कवि कमल कुमार से सावधान रहना। वह मूस की तरह दरिद्र बनकर घर में घुसता है और नींव खोद डालता है।'

पहले ने सहमति जताई, 'मैं जानता हूँ। वैसे डॉक्टर तिवारी भी कम घटिया आदमी नहीं है। देखा उस दिन वहाँ कैसे लपर-लपर दुम हिला रहा था।'

दोनों फिर चुप हो गए। उनका चेहरा गंभीर और कुछ-कुछ मटमैला हो गया था।

बहुत देर के बाद दूसरे ने दुःख के साथ कहा, 'माहौल कितना घटिया हो चुका है। है न?'

'हाँ यार, हम किस नरक में फँस गए।' पहले ने और अधिक दुःखी स्वर में कहा। इसके बाद दोनों ने एक-दूसरे को देखा। उसी तरह जैसे फरिश्ते एक-दूसरे को देखते हैं।

फिर वे मुस्कुराए। उसी तरह जैसे फरिश्ते नरक में मुस्कुराते हैं।

नौकरी

बात उन दिनों की है, जब महापंडित राहुल सांकृत्यायन बेरोजगार थे। उनकी पत्नी बीमार थी। बच्चों की फीस भर पाने में वह असमर्थ थे। यहाँ तक कि उनको खाने तक के लाले पड़े हुए थे।

लेकिन राहुलजी स्वाभिमानी थे इसीलिए किसी के सामने अपना संकट और अपना दुःख प्रकट नहीं करते थे।

उन्हीं दिनों अखबारों में एक विज्ञापन निकला। 'अखिल भारतीय राहुल सांकृत्यायन शोध-संस्थान' में एक अनुवादक तथा एक ग्रंथ संपादक के पद रिक्त थे।

राहुल सांकृत्यायन चूँकि कई भाषाएँ जानते थे और अपनी पुस्तकों तथा अनेक दुर्लभ पांडुलिपियों के संपादन और प्रकाशन का लंबा अनुभव भी उन्हें था, इसलिए उन्होंने दोनों पदों के लिए आवेदन किया।

एक महीने बाद 'अखिल भारतीय राहुल शोध-संस्थान' की ओर से साक्षात्कार के लिए उन्हें कार्ड मिला। आने-जाने का तृतीय श्रेणी का किराया मिल रहा था, इसलिए वे रवाना हो गए।

साक्षात्कार में उनसे 'वोल्गा से गंगा तक', 'दर्शन दिग्दर्शन', 'भागो नहीं, दुनिया को बदलो' तथा 'मध्य एशिया का इतिहास' पुस्तकों से संबंधित प्रश्न पूछे गए। चूँकि ये पुस्तकें राहुल सांकृत्यायन ने स्वयं लिखी थीं, इसलिए वे बहुत सहजता से उत्तर देते गए। यहाँ तक कि कई बार उन्होंने साक्षात्कार समिति के सदस्यों की गलतियों को भी सुधारा।

उनके जाने के बाद शोध-संस्थान के अध्यक्ष ने, जो कि साक्षात्कार समिति का भी अध्यक्ष था, समिति के सदस्यों से पूछा कि इस कैंडीडेट के बारे में उनकी क्या राय है?

समिति के सदस्य असमंजस में थे। फिर एक ने कहा, 'सवाल क्वालिफिकेशन का है और पास्ट एक्सपीरियेंस का है। हमारे पास सत्ताईस ऐसे लोगों के आवेदन हैं, जिन्होंने महापंडित राहुल सांकृत्यायन के कृतित्व और व्यक्तित्व पर पी-एच. डी. कर रखी है। पाँच साल से लेकर दस साल तक अध्ययन एवं शोध का अनुभव भी है।'

'फिर यह कैंडीडेट हमारे प्रश्नों का जवाब भी बड़े अपमानजनक और अभद्र ढंग से दे रहा था। आखिर संस्थान की गरिमा और पद की स्तरीयता का भी तो हमें ध्यान रखना होगा।' एक अन्य सदस्य ने अपनी राय दी।

संस्थान के अध्यक्ष, जो कि साक्षात्कार तथा चयन समिति के भी अध्यक्ष थे, मुस्कुराये, 'बिल्कुल ठीक राय है समिति की। मैं भी इससे शत-प्रतिशत सहमत हूँ। मुझे तो दो मिनट में ही यह आदमी 'अनरिलायबल' और 'चालाक' लग गया था। भाई, संस्थान को ऐसे तत्त्वों से दूर ही रखने में भलाई है।'

इसके बाद अध्यक्ष ने सुरती-चूना मिलाकर हथेली पर अँगूठे से घिसाई की, एक चुटकी नीचे के होंठ पर दबाई और उठते हुए कहा, 'कल मुझे राहुल सांकृत्यायन जन्मशती समारोह में व्याख्यान देने भोपाल जाना है। मैं चल रहा हूँ। आप लोग लिस्ट आउट कर दीजिए। मेरी राय में अनुवादक के पद के लिए श्री मुलायम चंद नौनिहाल और संपादक के लिए श्री गिरगिट जी उपयुक्त रहेंगे।'

जाते-जाते दरवाजे पर अध्यक्ष फिर खड़े हुए और घूमकर मुस्कुराते हुए उन्होंने कहा, 'भाई लोकतांत्रिक प्रणाली है। समिति के आप सब सदस्य सहमत तो हैं ना ?'

साक्षात्कार समिति के सदस्य अध्यक्ष के जाने के बाद भी कमरे में 'हाँ, हाँ, हाँ, हाँ,' कहते हुए सिर हिला रहे थे।

अगले दिन अखबारों में छोटी-सी खबर थी–'दिल्ली से आजमगढ़ जानेवाली रेलगाड़ी के तृतीय श्रेणी के कंपार्टमेंट में एक अधेड़ उम्र के व्यक्ति का शव पाया गया है। चेहरा गोल, रंग गेहुआँ और आँखें छोटी हैं। हुलिये से यह व्यक्ति हिंदी का कोई लेखक लगता है। उसकी जाँच से पता चला है कि मृतक पिछले कई दिनों से भूखा था।'

जब यह सूचना अध्यक्ष जी को दी गई तो वे गंभीर हो गए। सुरती मलकर उन्होंने उसे निचले होंठों में दबाया, फिर कहा, 'यह जानबूझकर गढ़ी गई खबर है। 'महापंडित राहुल सांकृत्यायन शोध-संस्थान' को बदनाम करना इसका उद्देश्य है। जबकि वास्तविकता यह है कि राहुलजी का जन्म सन् 1893 में हुआ था। इस लिहाज से उनकी जन्मशती 1993 में होनी चाहिए। लेकिन 1993 में रेलगाड़ियों में तृतीय श्रेणी होती ही नहीं थी। इसलिए उसमें किसी के मरने का प्रश्न ही नहीं उठता।'

इतना कहकर अध्यक्ष हँसे। हो हो हो।

आइए, हम सब भी हँसें। हो हो हो।

आचार्य की कराह

आचार्य का फ्लैट कैंपस के बिलकुल सीमांत पर था। वहाँ से हरे-भरे पेड़ों का सिलसिला शुरू हो जाता था। जंगल और एकांत। बिलकुल शांत।

रात के भोजन के बाद हॉस्टल के कुछ छात्र टहलने के लिए निकले हुए थे। लगभग साढ़े दस बजे का समय होगा।

आचार्य के मकान की ओर से जरा-जरा देर में किसी के कराहने की आवाज आती थी।

छात्रों ने इसे सुना। आचार्य के कुछ पट शिष्य भी उनमें थे। वे चिंतित हो गए। उन दिनों ऐसी कई खबरें छपी थीं, जिनके अनुसार घरेलू नौकर मालिक का गला घोंटकर या छुरा घोंपकर माल लेकर फरार हो गए थे। कुछ पकड़े भी गए थे।

छात्रों ने सुनना शुरू किया। वे किसी अनहोनी की आशंका से ग्रस्त थे।

कराहट की आवाज अब तेज और कुछ जल्दी-जल्दी हो रही थी। आखिर एक छात्र ने हिम्मत जुटाई। वह दबे-सधे कदमों से आचार्य के फ्लैट की ओर गया। पाइप पकड़कर छिपकली की तरह वह पहली मंजिल के उस कमरे की खिड़की तक पहुँचा, जहाँ से हल्की रोशनी आ रही थी।

छात्र ने खिड़की के परदे की संध में से अंदर का दृश्य देखा। इसके बाद वह वहाँ कुछ देर तक जमा रहा।

दृश्य यह था कि आचार्यजी, जो अपनी वय की अर्द्धशती पूरी कर चुके थे, इस समय सहवास कर रहे थे। जो स्त्री उनके साथ थी, वह वही

थी जिसको पिछले दिनों उन्होंने प्राध्यापिका के पद पर अस्थायी (एडहॉक) तौर पर नियुक्त किया था।

असल में आचार्यजी के पृष्ठ भाग में कोई बालतोड़, नासूर या व्रण (हो गया) था। आनंद के अतिरेक में जब आचार्यजी की पेशियाँ खिंचतीं, तो एक तीव्र असहनीय पीड़ा का अनुभव उन्हें होता। जैसे किसी ने अचानक देह के भीतर खूब लंबा सूजा घुसा दिया हो। अथवा कई-कई केकड़ों-बिच्छुओं ने एकसाथ डंक मार दिया हो। जितनी बार आनंद को प्राप्त करने की चेष्टा आचार्य करते, अतीव-असह्य वेदना उन्हें मिलती और वे कराह उठते।

वह छात्र पाइप के सहारे तब नीचे उतर रहा था, जब आचार्य जल्दी-जल्दी और जोर-जोर से कराहने लगे थे।

उस छात्र ने लौटकर आचार्य के फ्लैट के अंदर के यथार्थ का यथातथ्य वर्णन किया। सभी छात्र लौट आए।

धीरे-धीरे यह सत्य पहले विभाग और फिर पूरे विश्वविद्यालय के छात्रों के बीच फैल गया। आचार्य इससे पूरी तरह अनभिज्ञ थे।

अब रात के दस बजते ही झुंड के झुंड छात्र जंगल की ओर टहलने जाते और आचार्य के फ्लैट से उठनेवाली कराहों का इंतजार करते।

कई बार तो आचार्य सचमुच बालतोड़, नासूर या उस व्रण की पीड़ा से कराह रहे होते, तब भी उनकी आवाज रात के अँधेरे में फ्लैट के चारों ओर झाड़ियों के पीछे छुपे हुए छात्रों के भीतर एक अवर्णनीय सुख का संचार करती।

आचार्य की कराह उस मकान से बाहर आती और लड़के एक-दूसरे का कंधा दबाकर धीरे से फुसफुसाते, 'जुटे रहो गुरुजी, जुटे रहो !'

सायरन

शिक्षा सचिव अकसर ही रात में मिस सुहासिनी भट्टाचार्य के फ्लैट पर पहुँच जाते। सचिव अधेड़ थे, पर युवा लगते थे। सुहासिनी अभी युवा ही थीं। अंग्रेजी साहित्य में स्नातकोत्तर उपाधि लेने के बाद कुछ दिनों तक उन्होंने एक स्वयंसेवी समाज सुधार संस्था का संचालन किया था। इस संस्था को विदेशी अनुदान मिलता था।

जिन दिनों सुहासिनीजी ने संस्था का कार्य शुरू ही किया था, उनका संपर्क वर्तमान शिक्षा सचिव से हुआ था। तब वे उस पिछड़े, अविकसित जिले के जिलाधीश के रूप में कार्यरत थे, जहाँ सुहासिनी की स्वयंसेवी समाज सुधार संस्था कुछ परियोजनाओं पर काम कर रही थी।

जिलाधीश ने प्रशासन की ओर से संस्था को भरपूर मदद पहुँचाई और परिणामस्वरूप सुहासिनीजी के साथ उनके संबंध कायम हो गए।

छह महीने पहले जब उनकी पदोन्नति शिक्षा सचिव के पद पर हुई, उन्होंने शिक्षा विभाग में सुहासिनी भट्टाचार्य को विशेष कर्तव्यस्थ अधिकारी (ऑफिसर ऑन स्पेशल ड्यूटी) बनाकर बुला लिया। सरकारी बंगला भी अलॉट करवा दिया।

सुहासिनीजी को थोड़ा-थोड़ा ओडिसी नृत्य भी आता था। खास तौर पर रात में पी लेने के बाद म्यूजिक सिस्टम चलाकर वे शिक्षा सचिव के सामने अकेले में नृत्य करतीं।

शिक्षा सचिव नशे में डूबे, 'आह मेरी नृत्यांगना ! आह मेरी नृत्यांगना!' कहते हुए उन्हें अपनी गोद में खींच लेते।

जिस रात की यह घटना है, उस रात ढाई बजे तमिलनाडु एक्सप्रेस से सुहासिनी का प्रेमी अथवा मँगेतर दिल्ली से आनेवाला था। तीन साल के अमेरिका प्रवास के बाद वह भारत लौटा था। सुहासिनी भट्टाचार्य आज कुछ-कुछ भावुक होकर, समूची नॉस्टेल्जिया के साथ, अपने मँगेतर का इंतजार कर रही थीं। उन्हें अपनी यूनिवर्सिटी के दिन, लाइब्रेरी की किताबों की खुशबू, कैंपस की सड़क के अगल-बगल उगे गुलमोहर के नमकीन पेड़ याद आ रहे थे। वे यह जानने को उत्सुक हो रही थीं कि अब 'वह' कैसा दिखता होगा। क्या उसकी कनपटी पर रजत रेखाएँ झिलमिलाने लगी होंगी, या वह पहले की तरह ही होगा। लापरवाह और उद्दंड।

लेकिन शिक्षा सचिव ग्यारह बजे ही उनके फ्लैट पर बोतल लेकर पहुँच गए थे, जबकि सुहासिनी ने उन्हें आज आने से मना किया था। वे जिद करके सुहासिनी को पिलाना चाहते थे और उनकी इच्छा थी कि सुहासिनी पूर्व कुषाणकालीन पोशाक में उनके सामने ओडिसी करे।

सुहासिनी जल्दी-जल्दी उन्हें पिलाकर टाल देना चाहती थीं। लेकिन शिक्षा सचिव जाने का नाम ही नहीं ले रहे थे। पूर्व कुषाणकालीन पोशाक में सुहासिनी ने नृत्य भी किया, यह भी कहा कि आज उसकी तबीयत ठीक नहीं है, तब भी शिक्षा सचिव नहीं जा रहे थे।

अब तमिलनाडु एक्सप्रेस के आने में मुश्किल से डेढ़ घंटा बचा था। अगर कहीं 'वह' ऐसी हालत में यहाँ आ गया, तो? सुहासिनी भट्टाचार्य का दिल जोर-जोर से धड़कने लगा।

उन्होंने शिक्षा सचिव की ओर देखा। वे किसी बूढ़े सूअर की तरह, नशे में धुत्त, कालीन पर चित लेटे हुए थे। थूक बहकर उनके गालों में आ गया था। नाक से घरघराहट निकल रही थी और पनीला द्रव बाहर आ रहा था।

सुहासिनी ने सारी ताकत जुटाई और शिक्षा सचिव को कालीन पर घसीटने लगी। यह एक संघर्षशील स्त्री की ताकत थी, जो संकट के समय चमत्कारिक रूप प्रकट कर सकती थी।

'रोज आ जाता है, कुत्ता! चल निकल! तुझसे तो बाद में निपटूँगी!' सुहासिनी जी प्रचंड क्रोध में थीं।

अद्भुत थी उस स्त्री की शक्ति! उसने नशे में धुत्त एक भारी-भरकम अधेड़ पुरुष को घसीटकर फ्लैट के बाहर खड़ी उसकी कार तक पहुँचाया, फिर कार का दरवाजा खोलकर ड्राइविंग सीट पर उसे धकेल दिया!

'नाउ गो। आय से गो! एंड डोंट शो योर डर्टी फेस फॉर अ वीक एटलीस्ट, बास्टर्ड !' सुहासिनीजी ने लगभग चीखते हुए कहा। तभी उन्हें ध्यान आया कि वे तो पूर्व कुषाणकालीन पोशाक में हैं। उन्होंने दोनों हथेलियों से अपने वक्ष ढक लिए घर की ओर भागीं और फटाक से दरवाजा अंदर से बंद कर लिया।

लेकिन इधर हुआ यह कि शिक्षा सचिव इतनी ज्यादा पी गए थे कि उन्हें कुछ होश ही नहीं था। उन्हें नींद आ गई।

और नींद आते ही उन्होंने अपना सिर कार के स्टीयरिंग व्हील पर टिका दिया। उनका माथा स्टीयरिंग व्हील के केंद्र में लगे हॉर्न के डिस्क पर जाकर टिक गया। हॉर्न बजने लगा।

रात को एक बजे लगातार बजता वी.आई.पी. कार का हॉर्न—डींग-डांग, डींग-डांग, डींग-डांग...

दस-पंद्रह मिनट से ज्यादा हो गए तो शहर के लोग घबराने लगे। युद्ध के दिन थे। लगा, दुश्मन के बमवर्षक विमानों ने हमला कर दिया है। लोगों ने सोते हुओं को उठाया और सब भाग-भागकर नालियों, खाइयों और बेसमेंट में छुपने लगे।

जिस तरह से सायरन बजता जा रहा था, उससे पुलिसवालों के भी छक्के छूट गए। वे पुलिस चौकियों से भाग-भागकर खेतों में जा छुपे और आसमान की ओर निहारने लगे, जहाँ दुश्मन के बमवर्षक आनेवाले थे।

बिजली विभाग के कर्मचारियों ने त्वरित कार्रवाई की और पूरे शहर में ब्लैक आउट कर दिया।

आप स्वयं ही कल्पना कीजिए, कैसा दृश्य रहा होगा—रात एक बजे का समय। लगातार बजता सायरन। खेतों, खाइयों, खंदकों में छिपी हुई शहर की आबादी। ब्लैक आउट की वजह से चारों ओर घुप्प अँधेरा।

कार के शीशे बंद थे। शिक्षा सचिव नशे में धुत्त सो रहे थे। उनका सिर स्टीयरिंग व्हील पर टिका था और माथा हॉर्न के डिस्क पर। जब तक बैटरी डाउन नहीं हो गई, वह सायरन उस रात लगातार बजता रहा।

सही उत्तर

नीचे लिखे अनुच्छेद को पढ़ें और सिर्फ एक शब्द में इसका उत्तर दें।

'राष्ट्रपति, माफिया और फौज के द्वारा 'उसे' लागू किया गया। राजधानी में टैंक, मोर्टार, स्पेशल टास्क फोर्स और कमांडो बुलाए गए। रॉकेट लांचर से संसद भवन पर मिसाइलें दागी गईं। कई सौ संसद सदस्यों को गिरफ्तार कर लिया गया। पूरे देश में इमर्जेंसी की घोषणा कर दी गई। अखबारों को सेंसर कर दिया गया। संविधान को निरस्त कर दिया गया। देश का सारा प्रशासन राष्ट्रपति के समय-समय पर जारी होनेवाले अध्यादेशों पर चलने लगा। बड़े शहरों में कर्फ्यू लगा दिया गया। हड़ताल, प्रदर्शन, जुलूस, भाषण आदि गैर-कानूनी घोषित कर दिए गए। निर्वाचित पंचायतों, नगर पालिकाओं और क्षेत्रीय इकाइयों को भंग करके उनका प्रशासन सैनिक अधिकारियों अथवा प्रशासनिक अफसरों को सौंप दिया गया। सेना और पुलिस द्वारा जो हजार-डेढ़ हजार लोग मारे गए, जिनमें बूढ़े, बच्चे और महिलाएँ भी शामिल थे, उनके बारे में कहा गया कि 'कुछ भाड़े के खतरनाक अपराधियों को पकड़ लिया गया है, कुछ मारे गए हैं और देश-भर में यहाँ-वहाँ छिपे बाकी अपराधियों को पकड़ने के लिए सेना का ऑपरेशन जारी है।' चुनाव टाल दिए गए और रात में राष्ट्रपति ने टेलीविजन और रेडियो द्वारा राष्ट्र के नाम संदेश दिया। उसके संदेश का सार यह था कि 'अब आयात-निर्यात, व्यापार और बाजार के विकास के रास्ते से सभी बाधाएँ हटा दी गई हैं। यह इतिहास का एक महत्त्वपूर्ण अध्याय है। हमने 'उसे' लागू कर दिया है।'

सही उत्तर: 'उदारीकरण'

नोट : उपर्युक्त अनुच्छेद को ध्यानपूर्वक पढ़कर सिर्फ एक शब्द में उत्तर दें कि राष्ट्रपति ने 'क्या' लागू किया है?

सही उत्तर पाने के लिए इस पृष्ठ को उलटा करके पढ़ें।

डर

वह डर गया है।

क्योंकि जहाँ उसे जाना है, वहाँ उसके पैरों के निशान पहले से ही बने हुए हैं।

घर

वह बहुत देर से नक्शे को देख रहा था। फिर उसने वह नदी खोज निकाली जो उसके घर के पास से बहती थी। फिर उसने वह पहाड़ भी खोज निकाला जो उसके घर से मुश्किल से तीन किलोमीटर दूर था और जहाँ गर्मियों में वह चारा तोड़ने जाता था।

यहाँ, इस जगह पर कहीं घर होना चाहिए। उसने नक्शे पर एक जगह पेंसिल की नोक रखी।

तभी उसने ध्यान दिया—नक्शा जिस देश का था, वह वर्षों पहले खत्म हो चुका था।

चित्र

फोटोग्राफर ने उसे उसका चित्र दिया।

वह बहुत तंदुरुस्त और प्रसन्न लग रहा था। समुद्र के रंग का नीला पुलओवर उसने पहन रखा था जिसके बाईं ओर, सीने पर, पीले रंग का एक छोटा-सा फूल कढ़ा हुआ था। उस चित्र को देखकर उसे महसूस हुआ कि अगर चिंताएँ न हों तो वह इस तरह लग सकता है।

तभी उसका ध्यान चित्र की पृष्ठभूमि की ओर गया। एक बड़ी-सी इमारत, जिसका रंग सफेद था और जिसमें कुछ मीनारें थीं, उसके चित्र के पीछे थी। दाईं ओर कुछ ऐसे पेड़ थे, जिनकी आकृति हरे रंग के पिरामिडों जैसी थी। उसके ठीक पीछे, पीठ की ओर, एक फव्वारा भी था, जो आधे से ज्यादा उसके पीछे छिप गया था।

उसने पहचान लिया। यह एक प्रसिद्ध इमारत थी। अपने स्थापत्य और वास्तुकला के लिए यह संसार-भर में प्रसिद्ध थी।

लेकिन उसकी समझ में यह आज तक नहीं आया कि वह लोगों को कैसे यह विश्वास दिलाए कि वह उस शहर में कभी नहीं गया, जहाँ वह इमारत थी। इसीलिए वह उस चित्र को अकसर देखता रहता है, अपने आपको यह विश्वास दिलाने के लिए कि यह चित्र उसी का है।

शांति

उसकी मृत्यु हो रही थी। उसने संसार को समझ लिया था। इसलिए उसमें और रहने की एषणा या इच्छा उसके अंदर शेष नहीं थी। उसकी साँसें मंद पड़ती जा रही थीं और एक बहुत ही नशीली, मधुर और आत्मीय मूर्च्छा धीरे-धीरे उसे अपने भीतर के निर्वात में खींच रही थी।

उसकी आँखें बंद थीं। चेहरे पर शांति और आनंद की आभा फैली हुई थी।

'इस घड़ी भी वह कितना निश्चिंत लग रहा है, है न?' किसी ने कहा, 'मृत्यु के क्षण भी उसके चेहरे पर कैसी खुशी दिख रही है, है न?'

तभी किसी ने जोरों से उसका नाम लेकर पुकारा—'देखो, जरा देखो तो। यहाँ तुमसे मिलने कौन आया है।'

उसके माथे पर सिलवटें पड़ीं। लगा, उसकी चेतना में कहीं कोई तकलीफदेह बेचैनी पैदा हुई। आँखें थोड़ी-सी खुलीं। वह थोड़ा-सा छटपटाया। मुँह खुलता-सा लगा।

अंत में, मृत्यु के समय उसका चेहरा ऐसा ही रह गया था।

अभिनय

फकीर मोहन सेन को कौन नहीं जानता। खास तौर पर जिन्होंने भारतीय अभिनय का इतिहास पढ़ा है, वे उनके नाम से अपरिचित नहीं हैं।

लेकिन उनके बारे में एक सच ऐसा है जिसे कोई नहीं जानता। फकीर मोहन सेन के दाहिने पैर के तलवे पर एक नासूर था। यह नासूर तब से था जब उनकी उम्र तेरह वर्ष की थी और जब उनके माता-पिता का देहांत हुआ था। उस नासूर से लगातार मवाद आता रहता था। उनके पास पैसे नहीं थे कि वे उसका इलाज कराते।

फकीर मोहन जानते थे कि अगर किसी को पता चल गया कि उनके दाहिने पैर में इतना पुराना और लाइलाज नासूर है तो उन्हें कोई काम नहीं मिलेगा। इसलिए वे लगातार उसे छिपाते रहे। कोई उसके बारे में जान न जाए, इसके लिए वे हमेशा प्रयत्न करते रहे। अपने चेहरे पर वे यही भाव रखते जैसे उन्हें कुछ नहीं हुआ है, वे स्वस्थ हैं। जबकि वास्तविकता यह थी कि जैसे ही वे अपना दाहिना पाँव जमीन पर रखते और उनके शरीर का बोझ उस पर पड़ता, लगता जैसे कई लाख बिच्छुओं ने वहाँ एकसाथ डंक मार दिया है। बहुत कठिन अभ्यास के बाद उन्होंने अपने चेहरे को पहले निर्विकार, और बाद में प्रसन्न, रखना सीख लिया था।

लेकिन उन्हें इसके बावजूद कहीं कोई काम नहीं मिला। रंगमंच ही उनके लिए आजीविका का पहला साधन बना, जहाँ उन्हें मसखरे का काम मिला।

अपने चेहरे पर रंग पोतकर वे ढेर सारी सफेद-काली लकीरें खींच लेते थे। उनके चेहरे की पेशियाँ जैसे ही किसी भाव को अभिव्यक्त करतीं, वे सारी लकीरें हिलतीं। उनका एक खास पैटर्न बनता। वे लकीरें कागज की छोटी-छोटी कतरनों की तरह थीं, और उनका चेहरा केलाइडोस्कोप, जहाँ इतनी अनंत और असंख्य डिजाइनें बनतीं कि लोग अवाक् रह जाते। फिर कुछ देर बाद दर्शकों को हँसी आने लगती। वे हँसते और यही फकीर मोहन सेन की कामयाबी सिद्ध होती।

जिन्होंने भारतीय अभिनय का इतिहास पढ़ा है, वे जानते हैं कि फकीर मोहन सेन ने रंगमंच में कभी कोई बड़ी भूमिका नहीं निभाई। न वे कभी दुष्यंत बने, न कालिदास, न किंग लियर, न सीज़र। अपने दस वर्ष के अभिनय काल में कोई महत्त्वपूर्ण संवाद भी उन्होंने नहीं बोला।

उनकी भूमिका बहुत सीमित और संक्षिप्त होती थी। वे नाटक के बीच-बीच में मंच के दाहिने कोने से निकलकर एक-दो बार मंच का चक्कर लगाते थे। अपना चेहरा कई कोणों से दर्शकों की ओर रखते थे, फिर बाएँ पार्श्व से निकल जाते थे।

लेकिन जैसे ही वे मंच पर आते और चलने की शुरुआत करते, दर्शकों की हँसी और तालियाँ पैदा होने लगतीं। प्रेक्षागृह में हंगामा-सा हो जाता। दर्शक हँस-हँसकर दोहरे हो जाते। जबकि फकीर मोहन सेन करते कुछ नहीं थे। वे सिर्फ चलते थे और उनके रंग पुते चेहरे की काली-सफेद धारियाँ अलग-अलग नमूने पेश करती जाती थीं। काले चोगे के नीचे उनका शरीर तरह-तरह से ऐंठता और काँपता था।

'भारतीय अभिनय का इतिहास' में यह विशेष रूप से रेखांकित किया गया है कि बहुत सारे दर्शक प्रेक्षागृह में नाटक नहीं, सिर्फ फकीर मोहन सेन का अभिनय देखने आते थे। ऐसा असंभव था कि कोई फकीर मोहन सेन का चलना मंच पर देखे और हँसते-हँसते वह दोहरा न हो जाए। यहाँ तक कि बच्चे जब नाटक देखकर घर लौटते तो वे अपने चेहरों पर रंग पोतकर और काली-सफेद धारियाँ खींचकर उनकी नकल उतारने का खेल खेलते।

वे ठीक उसी तरह चलने की कोशिश करते, जैसे फकीर मोहन सेन चलते थे।

फकीर मोहन सेन का हास्य अभिनय अभूतपूर्व था। भारतीय अभिनय के इतिहास में उसका एक निश्चित स्थान निर्धारित हो चुका है। रंग आलोचना और आधुनिक नाट्यशास्त्र में उनके अभिनय को 'जादुई अभिनय' की संज्ञा दी गई है।

कहा जाता है कि अंतिम समय में उनका अभिनय कलात्मकता और लोकप्रियता के चरम शिखर तक पहुँच गया था।

थर्ड डिग्री

मैं सबसे पहले स्पष्ट कर दूँ कि इस कहानी का मूल घटनातत्त्व ही नहीं, बल्कि समूची घटना कहानी के मूल पाठ के बाहर घटित हुई है। ऐसा कुछ कहानियों में होता है। वैसे ज्यादातर कहानियों में घटनाएँ कहानी के मूल पाठ के भीतर भाषा के माध्यम से और भाषा के शरीर में ही घटित होती हैं।

इसीलिए यह कहानी थोड़ी-सी भिन्न लग सकती है और अगर यह भिन्न नहीं लगती तो तय है कि कहानी अपने पाठ के बाहर, बाह्य जगत में संपूर्ण होनेवाली घटना को आयत्त करने में असफल हो गई है।

वैसे, बाह्य जगत भी पदार्थ का पाठ है। वह भी अपने आप में उतना ही संपूर्ण और स्वायत्त है, जितनी कहानी अपने आप में स्वायत्त और संपूर्ण है। पदार्थ का पाठ कहानी के पाठ पर निर्भर नहीं करता। यानी कहा जा सकता है कि बाह्य जगत या पदार्थ जगत का कोई-न-कोई मूल पाठ तब भी था, जब कहानी का कोई मूल पाठ नहीं था।

लेकिन इस तर्क से आप यह मत मानिये कि कहानी का मूल पाठ पदार्थ के पाठ पर निर्भर करता है या यह बाह्य जगत का ही, एक अन्य माध्यम में भाष्य है। वास्तविकता यह है कि कहानी का पाठ भी बाह्य जगत के मूल पाठ में उतना ही स्वायत्त है और स्वयं में संपूर्ण है।

यानी यह संभावना बनती है कि जब यह बाह्य जगत नहीं था, तब भी कहानी के किसी-न-किसी पाठ के होने की गुंजाइश थी। ऐसा हुआ या नहीं यह कालगत और परिस्थितिगत प्रश्न है। अगर ऐसा नहीं हुआ और

कहानी का पाठ, पदार्थ के पाठ के बाद ही उपलब्ध हुआ, तो उसके कारण कई रहे होंगे। जैसे, एक यही कि, हो सकता है किसी-न-किसी कहानी का मूल माठ मौजूद तो रहा हो लेकिन उसे लिखनेवाला कर्ता न रहा हो, या भाषा—यानी वह माध्यम, जिसमें वह पाठ मनुष्यों के किसी विशेष समूह के मध्य गोचर और बोधगम्य हो सकता है—वह माध्यम ही न रहा हो।

असल में समस्या ही यह है कि आप-हम सभी लोग, कहानी के मूल पाठ को पदार्थ के पाठ का अनुषंग होने की स्थिति में ही जान पाते हैं। क्योंकि हम भी असल में पदार्थ हैं और जो पदार्थ नहीं हैं, उसे हम देख ही नहीं पाते। उदाहरण के लिए कहानी के मूल पाठ को ही ले लीजिए।

• •

बहरहाल, बाह्य जगत में, पदार्थ के मूल पाठ के भीतर घटनेवाली घटनाएँ कहानी में सम्मिलित होने के लिए पाठ्य-रूपांतर की अनिवार्य स्थिति से गुजरती हैं। इन घटनाओं को कहानी के मूल पाठ में अंतर्भूत होने के लिए भाषा के भीतर और उसी के माध्यम से दुबारा घटित होना पड़ता है। इस प्रक्रिया की कुछ रूढ़ियाँ हैं और कुछ नियम हैं। इसीलिए न चाहते हुए भी कई-कई समझौते करने पड़ते हैं। सबसे पहला समझौता तो भाषा के साथ ही होता है, जो स्वयं सतत परिवर्तनशील है और इसीलिए नश्वर भी है। फिर कहानियों के प्रचलित पाठ की रूढ़ियाँ होती हैं और इसके बाद संप्रेषणीयता और ग्रहणशीलता की कुछ प्रचलित ग्रंथियाँ और पूर्वग्रह होते हैं।

नतीजा कि न चाहते हुए भी कहानी का एक ऐसा मूल पाठ निर्मित होता है जो घटना के मूल पाठ के साथ न्याय नहीं कर पाता और सारा प्रयत्न एक चालू चलताऊ कहानी लिख डालने की परिणति में विसर्जित हो जाता है।

• •

इसीलिए जो कहानी मैं प्रस्तुत करने जा रहा हूँ, उसमें कहानी के पारंपरिक ढाँचे, कथा के मूल पाठ की रूढ़ियों और कहानी की भाषा के क्षेत्र में किसी नए परिवर्तन के कोई लक्षण नहीं दिखाई देंगे।

इस कहानी से कथा के विशेषज्ञों और सिद्ध कथाकारों को निराशा होगी और जो लेखक अपने समय की अपनी रचनाओं के अलावा हर अन्य की रचना को संदेह और अविश्वास की दृष्टि से देखने का आजीवन राजरोग अर्जित कर चुके हैं, उन्हें अपने संदेह और अविश्वास को पुष्ट करने तथा कहानी के नाम पर इस मामूली-सी घटना को खारिज करने की भरपूर सामग्री मिलेगी।

• •

इस बेहद लंबी लगती भूमिका से ही आपको लग गया होगा कि एक कमजोर और लचर कहानी की हिफाजत के लिए एक अनावश्यक और छद्म सैद्धांतिक तर्क गढ़ा जा रहा है। यह एक संदिग्ध और अवांछनीय कहानीकार के भय, आत्मविश्वासहीनता या अहंकार से उपजनेवाला वाग्जाल भी हो सकता है।

अब मान लीजिए मैं इसी भूमिका को और लंबा करूँ (इसकी पूरी गुंजाइश बनती चली जा रही है) और बिना तथाकथित प्रस्तावित कथा की प्रस्तुति के, भूमिका के ही साथ इस कहानी को समाप्त कर दूँ, तो आप क्या कर लेंगे? ऐसी कहानियाँ भी लिखी जा चुकी हैं, जो सिर्फ किसी अज्ञात कथा की भूमिकाएँ भर हैं। यह भी एक शैली है।

लेकिन आप भारतीय कथा परंपरा या आख्यान परंपरा से भी तो परिचित होंगे, जिसमें मूल कथा की पूर्वपीठिका या भूमिका या प्रस्तावना कथा का ही एक अंग होती है।

यानी, आप अगर यहाँ मेरी आलोचना करेंगे तो मैं कहूँगा कि आप पर पश्चिम की और पता नहीं कहाँ-कहाँ की विजातीय परंपराओं-प्रभावों का असर है। आप इस देश, इस समाज और यहाँ के निवासियों के

मिथकीय लोक में रहते हुए भी पश्चिमी आँख से कहानियों को पढ़ रहे हैं। यानी आप यूरोप और गोरों के गुलाम तीसरी दुनिया में एक चिरकुट लेखक हैं।

• •

इस कहानी के बारे में सच यही है (और इस पर आपको विश्वास करना पड़ेगा, वर्ना आप इस कहानी को मत पढ़िए) कि इस कहानी में प्रगट होनेवाली घटना से कहानी के मूल पाठ का उतना ही संबंध है, जितना आटे की लोई और आटे से हाथ का संबंध होता है।

आप मान जाइए कि जब आप रोटी खाते हैं तो हाथ को नहीं खाते। या जब आप कहानी पढ़ते हैं तो यथार्थवाद का कोई दूसरा सिद्धांत नहीं खाते।

आलोचकों को हाथ खाने दीजिए।

• •

यह घटना कहानी के मूल पाठ के बाहर घटी है। इस घटना का मुख्य पात्र मेरा एक ऐसा दोस्त है, जिसका भाषा से कोई खास संबंध नहीं है। वह भाषा से सिर्फ काम चलाने लायक मतलब रखता है।

इस दोस्त के पिता की मृत्यु के बाद उसकी बूढ़ी और बीमार माँ को उसके बड़े भाइयों ने भगवान भरोसे छोड़ दिया था। मेरे दोस्त ने, जिसका नाम सुरेश है, माँ को अपने साथ रखा, उसको सहारा दिया और शादी के बाद भी अपनी पत्नी राजश्री से अपनी माँ का पक्ष लेकर लड़ता रहा।

कई बार सुरेश को पता रहता था कि पत्नी का पक्ष सही है, तब भी वह माँ की ही तरफदारी करता था क्योंकि उसके दिमाग में एक असंगत तर्क यह होता था कि माँ गलत ही सही, पर माँ के साथ ही उसकी गलतियाँ भी चार-पाँच साल में मर जाएँगी, जबकि उसकी पत्नी राजश्री माँ के मर जाने के बाद भी उसके साथ रही आएगी। पत्नी उससे सात साल छोटी थी, इसलिए संभावना यह भी थी कि वह खुद उसके मर जाने के बाद भी रही

आए। इसलिए माँ और राजश्री के किसी भी झगड़े के वक्त वह किसी दार्शनिक की तरह काल की ओर देखने लगता था। वहाँ उसे दिखाई देता था कि पोलियो और मधुमेह के साथ घिसटती हुई पैंसठ साल की माँ, घर से निकलते ही सड़क पर कुछ दूर किसी मेनहोल में गिरकर अदृश्य हो जाती थी जबकि राजश्री के हिलते हुए पुष्ट कूल्हे उसे दूर जाते हुए दिखाई देते। हिलते हुए। उनमें जीवन और वासना की अमर गतिमयता दिखाई देती। इसे सृष्टि की रचना तीन ताल में निबद्ध लगती।

कभी-कभी वह सोचता कि माँ के प्रति उसके समर्थन के पीछे क्या सचमुच उसका प्रेम है? उसे लगता कि इसके पीछे मुख्य कारण राजश्री की मांसलता ही है। अपने से सात साल छोटी राजश्री के शरीर की रसमयता, जीवन, लास्य और वासना से उसके भीतर हीनता, ईर्ष्या और क्रोध पैदा होता था इसीलिए वह माँ का समर्थन और पत्नी का विरोध करता था।

यानी माँ के प्रति सुरेश के प्रेम के पीछे राजश्री के नितंबों की मांसलता के विरोध की ही मुख्य भूमिका थी।

ससुरालवाले उससे नाराज थे। समाजशास्त्रीय ढंग से उन्हें यह एक ऐसा परिवार दिखाई देता था, जिसमें पति पर सास का प्रभुत्व और वर्चस्व होता है। ऐसे परिवार में पत्नी अकसर सास द्वारा प्रताड़ित और पति द्वारा उपेक्षित होती है। इसीलिए सुरेश के ससुरालवालों को राजश्री से हमेशा सहानुभूति रहती और सुरेश पर गुस्सा। उनके पास गिनाने के लिए अनेक ऐसी घटनाएँ थीं, जिनमें सही होने के बावजूद राजश्री को दबाया गया था।

फिर माँ अकेले सुरेश की ही तो माँ नहीं थी। उसके दो बेटे और भी थे। दोनों सुरेश के बड़े भाई थे। माँ तीनों भाइयों की सम्मिलित जिम्मेदारी थी, जिसका बोझ उसके शेष जीवन और अंतिम संस्कारों तक तीनों भाइयों में बराबर-बराबर बँटना था। वे माँ को अलग किसी ऐसे मकान में रखने के पक्ष में थे, जिसका किराया और माँ का खर्च तीनों भाई मिलकर उठाएँ।

लेकिन सुरेश को लगता था कि अगर अकेले में, माँ के रक्त में शुगर बढ़ गया, उन्हें ठंडे पसीने आने लगे और वह बेहोश हो गईं और उन्हें

फौरन इंसुलिन का इंजेक्शन लगवाना पड़ा तो ऐसा कौन करेगा? माँ को पुराना मधुमेह था और हफ्ते-दो हफ्ते में उनके साथ ऐसा होता रहता था। सुरेश बैंक से फाइनेंस किए गए एक ट्रक का मालिक है। खुद चलाता है। कर्ज की किस्त और टायर, डीजल, रिपेयर वगैरह का सारा खर्च काटने के बाद उसकी मासिक आय तीन से चार हजार रुपयों के बीच रहती है। हालाँकि बरसात के तीन महीने का ऑफ सीजन भी रहता है। अगर उसका भी हिसाब जोड़ लें तो सुरेश की औसत आय ढाई से लेकर पौने तीन हजार मासिक कही जा सकती है। इसमें से चार सौ रुपया मकान का किराया निकल जाता है। किराया कम इसलिए है कि वे इस मकान में लगभग पंद्रह सालों से रह रहे हैं। हर महीने तीन सौ के लगभग सुरेश के सिगरेट, पान और दारू-मुर्गी में खर्च हो जाते हैं। बचे हुए पैसों में घर, पत्नी और माँ चलते हैं।

यानी किल्लतें हैं। किल्लतों में पत्नी प्रताड़ित नजर आती है। यह समाजशास्त्र के बाहर का नियम है। पिछली फरवरी में जब सुरेश की पत्नी का प्रसव-काल आया तो ससुरालवालों ने उसकी पत्नी को अपने पास बुला लिया। रायपुर के अस्पताल में पत्नी को रजिस्टर करवाया गया। ससुरालवालों ने अच्छी देखभाल के बीच उसके पहले प्रसव की व्यवस्था करवाई। इसके पीछे भी राजश्री के प्रति उसके मायकेवालों का प्रेम कम और सुरेश तथा उसकी माँ को नीचा दिखाने की भावना अधिक काम कर रही थी।

• •

आप समझ ही सकते हैं कि कहानी के मूल पाठ के बाहर के एक पात्र सुरेश के साथ इस घटना का संबंध है। सुरेश ट्रक चलाता है। ट्रक की भाषा के साथ संबंधों की अभी तक कोई व्यवस्थित सैद्धांतिक पड़ताल नहीं की गई है, इसलिए इस समूची घटना के विवरण में भाषा के प्रयोग और उसके व्यवहार में उत्कृष्टता की ज्यादा संभावना नहीं है।

फिर जैसा मैंने पहले कहा सुरेश के साथ चूँकि यह घटना कहानी के

मूल पाठ के बाहर घटी है, और बिना कहानी की चिंता के घटी है, इसलिए इससे कहानी के मौजूदा ढाँचे और उसके स्वरूप के बदलने की भी कोई उम्मीद नजर नहीं आती।

वास्तविकता यह है कि किसी ट्रक चलानेवाले, सब्जी या अखबार बेचनेवाले या खेती-किसानी करनेवाले—यानी असली दुनिया के किसी भी असली आदमी के साथ घटनेवाली घटनाएँ भाषा की परवाह किए बिना घटती हैं। ये घटनाएँ कहानी बनने की कोशिश किए बगैर घटती हैं। ऐसी इतनी सारी घटनाएँ चारों ओर हर रोज, हर पल लगातार घट रही हैं। आप सब उनके बारे में जानते हैं, भला उनसे समकालीन हिंदी कहानी के स्वरूप और संवेदना—या ढाँचे और पाठ पर क्या असर पड़ता है? सुरेश मेरा बचपन का दोस्त है। लगभग बीस साल पहले, मैं टायफायड में पड़ा था। माता-पिता दोनों मर चुके थे। तेरह साल की उम्र में मैं अनाथ था। बड़े भाई ने घर और संपत्ति पर कब्जा जमा लिया था। पैसा न होने से दवा तो दूर, पाँच दिन से मैंने खाना भी नहीं खाया था, तब यही सुरेश अपने घर से दो रोटियाँ और आलू-गोभी की सब्जी चुराकर लाया था। मैं पाँच दिन की भूख और टायफायड के बीच रोटी और आलू-गोभी खा रहा था, और रो रहा था। मुझे उस खाने का स्वाद आज भी याद है। मुझे अपना वह रोना भी याद है।

उस समय सुरेश मेरे साथ हायर सेकेंडरी में पढ़ता था। उसकी यही माँ उसे सबसे ज्यादा तंग करती थी, जिसे अब वह पाल रहा था और जिसके लिए अब वह अपनी पत्नी राजश्री से लड़ता था। माँ के लिए सुरेश उसके तीनों बेटों में सबसे नकारा, अयोग्य और गैर-जिम्मेदार था।

हर माँ अंततः एक स्त्री होती है और हमारे समाज में चूँकि स्त्री की दशा अभी भी शोचनीय है और ज्यादातर वह परावलंबी है इसलिए माँ का मनोविज्ञान भी कहीं-न-कहीं स्त्री के मनोविज्ञान से ही संचालित होने लगता है।

इस समाज की एक कमजोर और परावलंबी स्त्री के रूप में सुरेश की

माँ सुरेश से अपने भविष्य में किसी आश्रय की कोई भी उम्मीद नहीं खोज पाती थी, इसीलिए निराशा में सुरेश का दर्जा उसकी निगाह में अपने दूसरे समझदार और दुनियादार बेटों के मुकाबले सबसे नीचे था।

जब शादी के बाद दूसरे दोनों बेटे घर का कुछ-न-कुछ सामान और अपनी-अपनी पत्नियों को लेकर दूसरे मकानों में चले गए, तब जाकर माँ की आँख खुली।

अब वह अपने भाग्य, अपने दोनों बेटों और बहुओं को कोसती थी। वह सुरेश को इसीलिए जकड़कर अपने पास रखना चाहती थी। हमेशा उसे डर लगा रहता था कि राजश्री कहीं उससे सुरेश को भी न छीन ले, इसलिए वह जितनी बूढ़ी होती जाती थी, उतना ही उसके विरुद्ध अपना संघर्ष तेज करती जाती थी। यह भय, निराशा और असहायता से उपजनेवाला एक जर्जर संघर्ष था, जो राजश्री के यौवन, उसके कूल्हों, नितंबों और भुजाओं की मांसलता तथा वासनामयता से और तेज हो उठता था।

सुरेश उसे जानता था। ट्रक चलाने के बावजूद जीवन के इस सत्य को वह समझ पाता था इसीलिए सहानुभूति और दया से भरकर वह माँ का पक्ष लिया करता था।

● ●

जो घटना मैं बताने जा रहा हूँ उसे पिछली मार्च में सुरेश ने ही मुझे सुनाया था। तब देश का प्रधानमंत्री कौन हो गया था, ठीक से याद नहीं पड़ता। इतने सारे नाम, इतने कम समय में याद भी नहीं रखे जा सकते।

यह घटना मध्य प्रदेश के उसी छोटे-से शहर में घटी, जिसमें मेरा दोस्त सुरेश रहता है।

सुरेश की पत्नी को उसके ससुरालवालों ने प्रसव के लिए रायपुर बुला लिया था। पीछे घर में सिर्फ सुरेश अपनी माँ के साथ रह गया था। सुरेश पहली बार पिता बन रहा था, इसलिए उसके भीतर एक नई तरह की अनुभूति थी, इसको बता पाने में सुरेश पूरी तरह समर्थ नहीं था, क्योंकि

भाषा के साथ उसका उतना गहरा संबंध नहीं था, जितना ट्रक के साथ था।

हुआ यह कि 15 फरवरी की रात नौ बजे डाकिया सुरेश को एक टेलीग्राम पकड़ा गया। तार अर्जेंट था और उसमें लिखा था, 'फौरन अस्पताल आ जाइए। सब ठीक है—सुधींद्र कुकरेती।'

सुधींद्र कुकरेती सुरेश के सबसे बड़े साले का नाम था, जो सेल्स टैक्स अधिकारी था और जिसने पाँच साल की नौकरी में रायपुर में तीन एम. आई.जी. फ्लैट्स खरीदकर उन्हें किराये पर उठा दिया था। किराया बाजार भाव से काफी ऊँचा था क्योंकि किरायेदार और कोई नहीं राज्य सरकार के ही विभिन्न सरकारी विभाग थे। सुधींद्र कुकरेती कहानीकार था। वह क्रांतिकारी और नारीवादी कहानियाँ लिखता था और प्रेमचंद की परंपरा का कथाकार घोषित किया जा चुका था।

सुरेश ने रात में ही स्टेशन जाकर सुबह छह बजे की ट्रेन से अपना और अपनी माँ का रिजर्वेशन करा लिया। माँ ने रात में ही सफर के लिए पूड़ियाँ और आलू की सब्जी बना डाली। बिस्तरबंद, अटैची तैयार हो गए। वैसे माँ बहू द्वारा मायके में बच्चा पैदा करने से बहुत खुश नहीं थी। उसकी राय में इस शहर में भी तो अस्पताल हैं। दुनिया-भर की औरतें यहीं बच्चे पैदा करती हैं। रायपुर जाकर नखरा दिखाने और इस तरह सबको दिक करने की क्या जरूरत थी।

सुबह साढ़े तीन बजे माँ ने सुरेश को उठा दिया। पाखाना, ब्रश वगैरह करके सुरेश सवा चार बजे तक तैयार हो गया। सामान ज्यादा नहीं था। एक बिस्तरबंद और दो अटैचियाँ। माँ ने एक अटैची उठा ली और तय हुआ कि बाहर मुख्य सड़क पर इसी तरह पैदल चलते हैं। वहाँ से स्टेशन के लिए कोई-न-कोई रिक्शा मिल ही जाएगा।

सामान घर के बाहर, सीढ़ियों पर रखकर माँ दरवाजे पर ताला लगा रही थी कि सामने के कोहरे में से एक रिक्शा घनघनाता हुआ प्रगट हुआ। एक लंबी और कर्कश टनटनाहट के साथ रिक्शा सीढ़ियों के बगल में आकर रुक गया। रिक्शेवाले ने कहा, 'ओ हो, सुरेश भइया, लगता है कहीं बाहर की तैयारी हो रही है। कहाँ जाइएगा ?'

सुरेश के होश उड़ गए। यह रिक्शेवाला शहर का नामी चोर फकीरा था। वह रिक्शा चलाता था लेकिन इस छोटे-से शहर में हर कोई जानता था कि चोरी और फकीरा का रिश्ता धुएँ और आग का रिश्ता है। जहाँ धुआँ, तहाँ आग। जहाँ चोरी, वहाँ फकीरा।

लेकिन अब क्या होना था? मकान में ताला लगाते तो फकीरा ने देख ही लिया था। सीढ़ियों पर, दरवाजे के बाहर रखे बिस्तरबंद और अटैची से उसे पता चल चुका था कि मकान छोड़कर सुरेश अपनी माँ के साथ कुछ दिनों के लिए कहीं बाहर जा रहा है।

कोई दूसरा रास्ता नहीं था। फकीरा के ही रिक्शे में बैठकर वह माँ के साथ स्टेशन पहुँचा। गाड़ी आने में अभी भी आधा घंटे की देर थी। फकीरा ने बड़ी सेवा, बड़ी खिदमत की। प्लेटफॉर्म तक उसी ने सारा सामान पहुँचाया। बाहर से गर्म-गर्म, इलायची-अदरकवाली स्पेशल चाय ले आया। माँ के साथ, 'माँजी, माँजी' कहकर बातें करता रहा। अपनी बीवी के निठल्लपेन और बेवकूफियों पर रोता रहा। रिजर्वेशन कनफर्म कराने वही गया। यानी अब बचने की कोई सूरत नहीं बची थी। फकीरा को अच्छी तरह से पता चल चुका था कि ये लोग इस शहर से तेरह घंटे का सफर करके रायपुर जा रहे हैं और बिस्तरबंद की साइज और बड़ी-सी अटैची से यह भी साफ जाहिर होता है कि वापसी एक-दो हफ्ते बाद ही होगी।

ट्रेन आई तो भीड़ उस ओर टूट पड़ी। फकीरा ने ही धक्का-मुक्की दौड़-धूप करके थ्री-टायर में उनकी बर्थ तलाशी। सामान चढ़ाया। उनकी सीट पर कब्जा जमाकर बैठे लोगों से गाली-गलौज और पकड़-धकड़ करके उन्हें जगह दिलाई। फकीरा ही माँ को भीड़ से निकालते हुए सहारा देकर उनकी सीट तक ले गया। वह न होता तो शायद गाड़ी में चढ़ना ही मुश्किल हो जाता।

माँ उसे पंद्रह रुपए दे रही थी लेकिन—ना, ना, माँजी ये तो गुनाह होगा। ऐसी कोई बात नहीं। ये तो फर्ज बनता है। ये तो घर की ही बात है। हम पराये हैं क्या? जैसी बातें कहता हुआ फकीरा ना-नुकुर करता रहा और बाद में जोर डालने पर सिर्फ दस रुपए लिये। 'हम हराम की कमाई

नहीं खाते। मेहनत-मजदूरी करते हैं। वाजिब तो इतना ही बनता है। पसीना जितने का बहाते हैं, उतने की ही दाल-रोटी का हक बनता है'—फकीरा कहता रहा। प्लेटफॉर्म से खिसकती हुई ट्रेन ने जब रफ्तार पकड़नी शुरू की तब वह आखिरी वक्त पर प्लेटफॉर्म पर कूदा।

• •

सुरेश डरा हुआ था। माँ चुपचाप खिड़की के बाहर निश्चिंत होकर दौड़ते-भागते पेड़ों-मकानों को देख रही थी। सुरेश को गुस्सा आ गया। उसने माँ से कहा—'तुम्हें कुछ पता है चीजों का? तुम फकीरा पर इतनी मगन थीं। बिना सोचे-समझे उसे अशीष रही थीं! तेरा भला हो, जुग-जुग जिए। तुम्हें पता है कि पीछे रह गया है हमारा घर और रह गया है फकीरा। फकीरा छोड़ेगा नहीं, मुझसे लिखकर ले लो। रायपुर से लौटकर तुम खाली घर में झाड़ू लगाना। मेरे को कुछ भी न बोलना।'

माँ होश में लौटी। उसके दिमाग में अब चिंता सवार हो गई। अभी थोड़ी देर पहले फकीरा को बेटा-बेटा करती हुई आशीर्वाद दे रही थी, अब उसकी सात पुश्तों को कोसने लगी, 'नरक में जाए फकीरा। कोढ़ फूटे नासपीटे को। कहाँ से सवेरे-सवेरे पीछे लग गया मुआ।'

माँ ने सुरेश से कहा, 'तू मेरे को रायपुर छोड़कर लौटती ट्रेन से वापस हो लेना। इत्ती देर में अगर भगवानजी की कृपा से कुछ नहीं हुआ होगा तो कम-से-कम बाद का डर नहीं रहेगा क्योंकि फिर तो तू वहाँ पहुँच जाएगा।'

सुरेश ने भी यही फैसला लिया। सारे रास्ते माँ बड़बड़ाती रही और कहाँ-कहाँ कौन-सा सामान रखा है, सब उसे याद आता रहा। उसके दोनों बेटे ज्यादातर पुराना सामान अपने साथ ले गए थे। थोड़ा-बहुत माँ ने अपने पास जो बचा लिया था, वही बाकी था। कलर टी.वी., वी.सी.पी, फ्रिज जैसा सामान सुरेश और उसकी पत्नी ने किस्तों में खरीदा था। इसमें थोड़ा-बहुत ससुराल से मिला सामान भी था। फिर भी कुल मालमत्ते की कीमत एक से डेढ़ लाख के ऊपर ही बैठती थी।

• •

रायपुर पहुँचते ही पता लगा था कि पत्नी अभी लेबर रूम में ही दो दिन से पड़ी हुई है और शायद डिलीवरी सीजेरियन करनी पड़ेगी। सुरेश जब अस्पताल पहुँचा तो लेबर रूम से राजश्री के चीखने और रोने की आवाजें उठ रही थीं। सुरेश ने आश्चर्य से देखा कि अचानक माँ का चेहरा धुँधला पड़ा, वहाँ पीड़ा की एक आकस्मिक परछाईं घिरी और वह भी हिचकियाँ लेकर रोने लगी। ताज्जुब था कि जो दो औरतें इतने दिनों से एक-दूसरे के खिलाफ एक अप्रकट लड़ाई में मुब्तला थीं, वे अचानक एक-दूसरे के साथ हो गई थीं।

अब इसके सिवा कोई दूसरा चारा नहीं था कि डिलीवरी होने तक सुरेश रायपुर में ही रुकता। अगर वह ऐसी हालत में पत्नी को छोड़कर लौटता तो ससुरालवालों के सामने यह और सिद्ध हो जाता कि पत्नी को उपेक्षित और प्रताड़ित करने का उनका आरोप कितना सही है।

उसी शाम सुरेश ने मंदिर में जाकर जब नारियल चढ़ाया तो उसके कानों में लेबर रूम से आती राजश्री की चीखें गूँज रही थीं लेकिन उसने, यह सच है कि ईश्वर से राजश्री और अपनी संतान के कुशल के लिए नहीं, अपने घर की फकीरा से रक्षा करने की प्रार्थना की।

सुरेश चौथे दिन शाम की गाड़ी से लौट पाया। दोपहर साढ़े ग्यारह बजे वह पिता बन गया था। अस्पताल की नर्सों, स्वीपर्स और ससुरालवालों ने बधाइयाँ दीं। सुरेश ने सबको नेग-बख्शीश दिए। माँ ने जच्चा और बच्चा दोनों को सँभाल लिया था। राजश्री कातर, कृतज्ञ और संतुष्ट आँखों से उसे देख रही थी। सुरेश के भीतर अपनी पत्नी के प्रति गहरा प्यार पैदा हुआ। गर्भ धारण के बाद के कुछ महीनों से वह उससे शारीरिक संसर्ग नहीं कर सका था। लेबर रूम से निकलकर मैटर्निटी वार्ड के अपने बिस्तर पर लेटी हुई क्लांत और मुक्त राजश्री की देह के प्रति एक एषणा उसने अपने भीतर महसूस की।

इस पूरे प्रकरण में कुल मिलाकर साढ़े छह सौ रुपए खर्च हुए और

शाम की ट्रेन पकड़कर वह वापस भागा। उसका कहानीकार साला सुधींद्र कुकरेती, जो सेल्स टैक्स ऑफिसर था और जो प्रेमचंद की परंपरा का चर्चित कथाकार था, अपनी मारुति में उसे स्टेशन तक छोड़ गया था।

• •

सुबह सात बजे वह अपने घर के सामने था। पहली ही नजर में पता चल गया कि फकीरा ने अपना काम कर डाला है। दरवाजे पर एक दूसरा, पीतल का अजनबी-सा ताला लटक रहा था।

थोड़ी ही देर में पड़ोसी अमरीक सिंह की पत्नी चाभी लेकर निकल आई और उसी ने चोरी होने की सूचना दी। पड़ोस से औरतें, कुछ लोग और बच्चे भी निकलकर वहाँ इकट्ठा होने लगे। अमरीक सिंह की पत्नी हरप्रीत ने बताया कि वे लोग रायपुर खबर इसलिए नहीं भेज पाए क्योंकि वहाँ का पता किसी को मालूम नहीं था।

• •

अंदर पूरा घर साफ था। टी.वी., फ्रिज, वी.सी.पी., घड़ी, रेडियो, बक्से, सूटकेस—कुछ भी नहीं। रसोई में थाली, प्लेटें, कटोरियाँ, कुकर, करछुल-चम्मच तक नदारद।

फकीरा ने बड़े इत्मीनान और ठाहर ढंग से अपना काम किया था। सुरेश ने बहुत परिश्रम और ईमानदारी से एक-एक करके ये सारी चीजें जुटाई थीं। उसे रोना आ गया। वह लुट गया था। 'लगा लो, लगा लो राजश्री-अम्माँ, घर में झाड़ू लगा लो। आओ-आओ!' उसने अकेले में कहा और अटैची फर्श पर पटककर थाने चला गया।

शहर के थाने का एस.एच.ओ. रामकिशोर पांडे था। बकोही से तबादला होकर यहाँ आया था। जब पांडे बकोही थाने का दरोगा था, उस समय सुरेश का ट्रक वहीं की कोलियरी से कोयले की ढुलाई करता था। वहीं पांडे से उसकी पहचान हो गई थी। एक बार कोलियरी से चोरी के कोयले की ढुलाई पांडे ने ही उससे किसी ठेकेदार से घूस लेकर करवाई थी,

तब दोनों के बीच दारू-मुर्गे की दोस्ती हुई थी और फिर बाद में निर्माणाधीन सरकारी अस्पताल के लोहे के गार्टरों की चोरी की ढुलाई में भी उसने पांडे का कहना माना था।

जब बकोही से पांडे का तबादला हुआ था तो पांडे का सारा सामान और बीवी-बच्चों को सुरेश ने ही ट्रक में लादकर इस शहर तक पहुँचाया था।

• •

एस.एच.ओ. पांडे ने सुरेश को देखते ही कहा, 'अरे, हम तो तुम्हारा ही इंतजार कर रहे थे। आइंदा कहीं बाहर का टूर मारो तो अपना अता-पता पड़ोसियों को दे जाया करो।'

सुरेश ने पांडे को फकीरा वाली बात बताई। उसने कहा कि हंड्रेड वन परसेंट वह चोरी फकीरा ने ही की है। पांडे ने कहा कि बेफिक्र रहो। फकीरा को सारा माल लौटाना पड़ेगा। ऐसा डंडा करूँगा कि साला चोरी तो छोड़ ही देगा, रिक्शा चलाने के काबिल भी नहीं रहेगा।

सुरेश ने कहा कि खर्चे-पानी की फिक्र मत करना। लाख-डेढ़ लाख की चोरी हुई है। बल्कि दो-ढाई लाख की। पांडे ने पूरे इत्मीनान से चोरी का पंचनामा तैयार करवाया और सुरेश से कहा कि तुम घर जाकर मौज करो। तीन दिन के भीतर सारा मालमत्ता तुम्हारे पास पहुँच जाएगा।

सुरेश को पता था कि पुलिस अगर चाहे तो हर माल बरामद हो सकता है। चोरों और पुलिस के असली संबंधों को वह बकोही में पांडे की सोहबत में जान चुका था। उसे विश्वास हो गया कि माँ और पत्नी के आने तक सारा सामान वापस मिल जाएगा, तब वह इस घटना को मजे के साथ उन्हें सुनाएगा। राजश्री ने बेटी को जन्म दिया था, इसलिए उसने उसका नाम अभी से तय कर लिया था—लक्ष्मी। उसके जनमने के पहले घर की लक्ष्मी फकीरा ले गया था जो उसके पैदा होने के बाद वापस आ गई—यही सोचकर।

• •

अगली रात साढ़े नौ के आसपास एस.एच.ओ. पांडे अपनी राजदूत मोटर-साइकिल पर घबराया हुआ उसके पास पहुँचा। उसने कहा, 'बड़ी गड़बड़ हो गई है यार। लगता है थर्ड डिग्री कुछ ज्यादा हो गया। फकीरा मरनेवाला है। अगर मर गया तो साली नौकरी चली जाएगी। सुना है पोलिटिकल पार्टीवाले हिंदू-मुसलमान का मामला बनाने में लगे हैं।'

सुरेश भी घबरा गया ! 'तो अब क्या करें ?' उसने पांडे से पूछा। पांडे ने कहा, 'गलती ये हुई कि आज दोपहर ताव में आकर हमने फकीरा की गिरफ्तारी, किसी और मामले में, कागज पर दर्ज कर ली। सोचा कि साला मार-पीट में चोरी की बात भी उगल देगा। अब बगैर जमानत-अदालत के छोड़ भी नहीं सकते। एस.डी.एम. साहब से बात हो गई है। हिंदू-मुस्लिम दंगे के आसार से वे भी डरे हुए हैं। जमानत तो अभी हो जाएगी। सारा मामला फिट कर लिया है। बस, जमानतदार चाहिए।'

पांडे ने बताया कि फकीरा की जमानत लेने को कोई तैयार नहीं। सब डरते हैं कि कहीं साला मर-मुरा न जाए। या कहीं भाग न जाए। पांडे ने कहा, 'यार सुरेश! नौकरी का सवाल है। अब तुम्हें ही फकीरा की मुचलका जमानत लेनी पड़ेगी। तुम्हारे शक की वजह से ही तो हमने फकीरा को पकड़ा था। उसने पूछा भी कि पांडेजी हमें काहे को खामखाह पकड़ रहे हो, तो हमने कहा साले पब्लिक प्लेस में खड़े होकर मूत रहे हो, इसलिए। दो रोज तक उसे उल्टा लटकाकर मारते रहे, डंडा डालकर भीतर-बाहर किया, कुर्सी के नीचे हाथ रखवाकर ऊपर से हुमचते रहे, हरामजादे ने चोरी की बात कबूल नहीं की। आज पाँच बजे त्रिपाठी उसकी छाती पर हुमचने लगा, तभी से खून की उल्टी करने लगा। उधर सुना है फखरू मियाँ मस्जिद से लाउडस्पीकर में बोलने लगे हैं और हिंदू-मुसलमान का मामला बना रहे हैं।'

• •

यह कहानी यहाँ तक पहुँची थी कि सुप्रीम कोर्ट के एक वकील ने जो कि

खुद कहानीकार भी हैं, आपत्ति प्रगट की। उनका कहना था कि जिसके घर चोरी हुई है, वह चोर की जमानत ले ही नहीं सकता क्योंकि एफ.आई.आर. तो उसी ने दर्ज करवाई होगी। लेकिन सुरेश ने जो मूल घटना बताई थी, उसमें उसी के द्वारा जमानत लेने की बात कही गई थी।

हम सब जानते हैं कि हमारे संविधान के मूल पाठ में जो दर्ज है, न्याय-पालिकाएँ, पुलिस और अपराधी उस पाठ से अलग काम करते हैं। यहाँ भी पाठांतर और पाठभेद की पूरी वास्तविकता है।

लेकिन आपत्ति प्रगट करनेवाले वकील महोदय भारतीय दंड संहिता के मूल पाठ को किसी ऐसी घटना के द्वारा भंग या अवहेलित (यह शब्द क्या सही है?) नहीं होने देना चाहते थे इसलिए उन्होंने गंभीर राय दी कि फकीरा को पब्लिक प्लेस में मूतने के जुर्म में गिरफ्तार करवा दो। ऐसे जुर्म में थाने के एस.एच.ओ. को जमानत लेने और मुजरिम को छोड़ने का अधिकार बन जाता है। आप दें या न दें, ऊपर ऐसा संशोधन कर दिया गया है।

• •

सुरेश पांडे के साथ थाने गया। कागजी कार्रवाई पूरी हुई। फकीरा की हालत सचमुच गंभीर थी। बुरी तरह से पिटाई हुई थी। मुँह और कान से खून निकल आया था। चलने-फिरने की हालत में वह नहीं था।

पांडे ने पी.डब्ल्यू.डी. की जीप में लादकर उसे अस्पताल पहुँचाया। तीसरे दिन जाकर फकीरा बोलने लायक हुआ। इसके इलाज और खाना-खुराक का सारा खर्च सुरेश को ही उठाना पड़ा। पांडे ने तो अपनी दोस्ती फकीरा को रुई की तरह धुनकर निभा दी थी, अब जिम्मेदारी सुरेश की ही थी।

फ़कीरा ने सुरेश से कोई शिकायत नहीं की। सिर्फ इतना कहा, 'भइया, आपने बहुत पिटवाया।'

फकीरा की दवा-दारू में अब तक सुरेश के तेरह सौ रुपए खर्च हो गए थे। यह रोज सुबह-शाम फकीरा के लिए खाना और केले-मौसम्मी

लेकर अस्पताल जाता था। उसने फकीरा से कहा, 'देखो फकीरा, ये बात मैं भी जानता हूँ और तुम भी जानते हो कि चोरी तुम्हीं ने की है। इस बात में शक की कोई गुंजाइश ही नहीं है। तुम्हारी इतनी पिटाई थाने में हुई। मरना-जीना तक लग गया। कान-आँख से खून निकल आया। टट्टी के रास्ते में डंडा घुसड़ गया। थोड़ी और मरम्मत हो जाती तो तुम्हारा दम ही टूट जाता। तुमने चोरी की बात कबूल क्यों नहीं की?'

फकीरा संतरे छील-छीलकर खाता रहा फिर मुस्कराते हुए बोला, 'बात ये है सुरेश भइया कि पहले हम बड़े कच्चे थे। दो-चार थप्पड़ में ही माल का पता बता देते थे। हमें पिटाई का बड़े जोर का डर लगता था। लेकिन इससे मार्केट में हमारी साख ही चौपट हो गई। कोई हमसे हमारा माल खरीदता ही नहीं था। सभी कहते थे, साले चोरी करते हो और गूदा तुम्हारे पेंदे में है नहीं। झट से पोंक देते हो। चोरी का माल बरामद होने पर हमारे खरीददारों को पुलिस को खिलाने-पिलाने में बहुत खर्च करना पड़ जाता था। इसीलिए वे बोलते थे, फकीरा, तुम्हारे जैसे बटेरजान से सौदा महँगा भी है और खतरेवाला भी। किसी ऐंड-बेंड पुलिसवाले के चक्कर में पड़ गए तो तुम्हारे साथ हमें भी जेल की हवा खानी पड़ सकती है।'

फकीरा ने कहा, 'तो सुरेश भइया, हमने तय कर लिया कि अगर धंधा चलाना है, और यही धंधा चलाना है तो गूदा भी पक्का करना पड़ेगा। अब हम बिलकुल नहीं बताते। हमारे मुँह से एक लफ्ज नहीं निकलता। मारो सालो कितना मारोगे। मरेंगे तो साले तुम भी फँसोगे। जिंदा बच गए तो दवा-दारू से एकाध महीने में फिर फिट हो जाएँगे और धंधा चलेगा।'

फकीरा ने बताया कि पूरे जिले में उसकी साख सबसे अच्छी है। उसके माल का सौदा सबसे ऊँची कीमत पर होता है। उसके माल की खरीद-बेच में कोई रिस्क नहीं।

सुरेश ने अपनी परेशानी की बात उससे बताई। उसने कहा, इस चोरी से उसका परिवार पूरी तरह टूट जाएगा। माँ को पुराना मधुमेह और पोलियो है, इस सदमे को वह झेल नहीं पाएगी और मर जाएगी। सुरेश ने

उसे याद दिलाया कि कैसे रायपुर जाते हुए माँ सारे रास्ते फकीरा के गुण गाती रही और उसे असीसती रही। सुरेश ने यह भी कहा कि यह सारा सामान मेहनत और ईमानदारी की कमाई से तिल-तिल करके इकट्ठा किया गया है। उसने कहा कि किस तरह इस बदहाली में भी उसके इलाज में वह अब तक खुलकर खर्च करता रहा है। फकीरा को वह अपना भाई मानता है वगैरह-वगैरह।

फकीरा ने सारे संतरे खत्म कर डाले और सिर्फ मुस्कराता रहा।

• •

सुबह-सुबह सुरेश वर्कशॉप की ओर जा रहा था, जहाँ उसका ट्रक मरम्मत के लिए खड़ा था, तभी उसने देखा—तीस-पैंतीस की उम्र का एक मरियल-सा आदमी अपनी साइकिल की हैंडिल पर ट्रांजिस्टर लटकाये गाना सुनता मस्ती में पैडल मारता चला जा रहा था—'बारा-तेरा। तेरा करूँ दिन गिन-गिन के इंतजार। आजा पिया आई बहार!...'

इसमें कोई चूक नहीं हो सकती थी। साइकिल की हैंडिल पर लटका ट्रांजिस्टर सुरेश का ही था।

सुरेश दौड़ा तो साइकिलवाले ने घबराकर भागने की बजाय ब्रेक लगा दिया। झपटकर सुरेश ने ट्रांजिस्टर अपने कब्जे में किया और पूछा कि ये रेडियो तुम्हें कहाँ से मिला है। उस आदमी ने बिना डरे उसे बताया कि गुलाटी इलेक्ट्रॉनिक्स की दुकान से उसने उसे डेढ़ सौ रुपए में खरीदा है। इतनी देर में सड़क पर भीड़ इकट्ठी हो गई। अशोक, अजीज और लोटा वगैरह भी आ गए। राय बनी कि थाने चला जाए। अब उम्मीद है कि चोरी का पता चल जाएगा।

एस.एच.ओ. पांडे इस बार इस मामले में दुबारा पड़ने से कतरा रहा था। उसने हेड-कांस्टेबल यानी हवलदार मिश्रा गोरखपुरिया को दो सिपाहियों के साथ गुलाटी की दुकान को भेजा। सुरेश भी गया। थोड़ी डाँट-डपट के बाद गुलाटी ने बता दिया कि ट्रांजिस्टर उसे गोपाल रिक्शेवाला पिछले हफ्ते पचास रुपए में बेच गया था।

गोपाल फकीरा का ही गैंग-मेम्बर था। पुलिसवाले जानते थे। पुलिस इन्हें पकड़ नहीं पाती थी, इसलिए उनका माहवारी बाँध दिया गया था। छोटे-मोटे उचक्कों और पॉकेटमारों का हफ्ता बँधा हुआ था। यह इन लोगों के लिए भी फायदेमंद था क्योंकि इससे वे फिजूल की मारमीट से बच जाते थे।

पांडे भी अब थोड़ा उत्साहित हुआ। उसने सुरेश से कहा, 'चलो एक ट्राई और मारते हैं। लेकिन साथ में तुम्हें भी चलना पड़ेगा। मैं किसी नए लफड़े में नहीं पड़ना चाहता।'

• •

सुरेश पांडे और तीन सिपाहियों के साथ वह रेलवे कॉलोनी के पार बनी झुग्गी-झोंपड़ी बस्ती में गया। यहीं एक झुग्गी में गोपाल अपनी अट्ठाईस साल की, किसी गाँव से भगाकर लाई गई रखैल के साथ रहता था। रखैल चालू थी और जब गोपाल बाहर होता था तो वह धंधा कर लेती थी।

गोपाल घर में ही मिल गया। उसने भागने की कोई कोशिश नहीं की। पुलिस को देखकर लुंगी बाँधने लगा और बाहर निकल आया।

पुलिस को देखकर आसपास भीड़ इकट्ठी होने लगी, जो पांडे के भगाने के बावजूद नहीं भागी। गोपाल और उसकी रखैल दोनों पुलिस से झगड़े पर उतारू थे। दोनों गुलाटी इलेक्ट्रॉनिक्स के गुलाटी को माँ-बहन की गालियाँ दे रहे थे। हरामी झूठ बोलता है। गरीबों को फँसाता है। गोपाल ने और उसकी रखैल ने कादरखान और अमिताभ बच्चन की कई फिल्मों के डायलॉग बोलने शुरू कर दिए। इसका असर भीड़ पर अच्छा-खासा पड़ा और घहाँ से कई गोविंदा, मिठुन चक्रवर्ती और अनिल कपूर धीरे-धीरे आगे आने लगे।

स्थिति गंभीर मोड़ ले लेती लेकिन तभी पांडे ने अपना सर्विस-रिवॉल्वर निकाल लिया और दहाड़ा : 'सालो, एक-एक की माँ... के रख दूँगा। बहुत नाटकबाजी मत करो और चलो तलाशी दो।'

इसके बाद वह घूमा और गोपाल की रखैल से कहा, 'तेरे को बड़ी मस्ती चढ़ी है साली। बड़े नखरे दिखा रही है। चल अंदर चल नहीं तो मार-मार के चूतड़ लाल कर दूँगा।'

गोपाल की रखैल ने गुस्से में अपनी कमर में खूँसा चाबी का गुच्छा निकालकर पांडे की तरफ उछाल दिया। 'कर लो अपनी तसल्ली। पूरे घर में एक ही टीन का बक्सा है। खोल के झाँक लो।'

चाभी का गुच्छा ! सुरेश ने पहचान लिया। शादी के वक्त चाँदी की जंजीरवाला चाबी का यह गुच्छा मामी ने दिया था। शुद्ध चाँदी का होने की बात मामी ने खास तौर पर बताई थी।

'पांडे ! ये गुच्छा मेरा है। चाँदी का है।' सुरेश ने कहा।

पांडे जोश में आ गया। उसने दो डंडे गोपाल की रखैल को जमाए और गुच्छा लेकर झुग्गी के अंदर घुस गया। एक खाट कोने में पड़ी थी। दूसरे कोने में स्टोव और थोड़े-से बर्तन थे। अरगनी में एक पेटीकोट झूल रहा था। सुरेश को यह बताने में शर्म आती कि यह पेटीकोट भी उसकी पत्नी राजश्री का है, इसलिए वह कुछ नहीं बोला।

बक्सा खोला गया। शॉल, चार बनारसी साड़ियाँ, तीन सूती, कोटे की साड़ियाँ। एक घड़ी, एक पर्स और जार्ज पंचमवाली सोने की एक गिन्नी बक्से में से बरामद हुई। यह सब सुरेश का ही था।

थाने पहुँचकर पांडे ने सुरेश से कहा कि इस सामान की जब्ती और बरामदगी दर्ज करने पर सामान थाने में ही सुपुर्द रहा आएगा। शिनाख्तगी की कार्रवाई करनी पड़ेगी। टाइम लग जाएगा इसलिए अच्छा है कि एकाध साड़ी की बरामदगी दिखा देते हैं। बाकी सामान तुम वैसे ही, ऊपर-ऊपर ले जाओ।

सुरेश ने भी हिसाब लगाया। कुल चोरी में से सिर्फ दस-बारह हजार का सामान मिला था। कानूनी चक्कर में पड़ने पर वह भी पता नहीं कब हाथ में आए। भागते भूत की लँगोटी भली।

पांडे ने उसे यकीन दिलाया कि अब असली क्लू हाथ लग गया है।

गोपाल फकीरा की तरह पक्का नहीं है। अय्याश और लौंडियाबाज है। अपनी रखैल से बुरी तरह फँसा हुआ है। खुद चाहे झेल भी जाए लेकिन उसकी ऐसी-तैसी नहीं सह पाएगा। सारी बात बुकर देगा।

सुरेश को फिर से उम्मीद बँध गई। एक सिल्क की साड़ी और पर्स थाने में जमा कराके बाकी सामान लेकर वह घर लौट आया।

• •

अगली रात सुरेश अपने पड़ोसी और दोस्त अमरीक सिंह के साथ शराब पी रहा था और गोश्त खा रहा था तो अचानक नशे में डूबे अमरीक ने बताया कि उसके घर से चोरी गए वी.सी.पी., टी.वी. और चौदह तोले के सारे सोने के गहनों का पता चल गया है। सुरेश के भीतर खुशी का एक तेज बवंडर उठा और वह रम का पूरा पेग एक घूँट में निगल गया। यानी लगभग एक लाख का माल बरामद। गहनों की वजह से ही वह सबसे ज्यादा परेशान था। इसमें आठ तोले माँ के पुस्तैनी और छह तोले राजश्री के दहेजवाले गहने थे। उसका मन हुआ वह अमरीक के गले से लिपट जाए।

अमरीक के पास सोलह ट्रक थे। अच्छी-खासी अमरीक ट्रांसपोर्ट कंपनी। उसका काम पुलिस और सरकारी महकमों से हर रोज पड़ता रहता था। जिले का विधायक लखौरी राम अग्रवाल, जो अब राज्य में विधि एवं राजस्व मंत्री बन गया था, अमरीक उसका यार, फायनेंसर और बॉडी गार्ड माना जाता था। ब्लैक, चोरी के कोयले और ग़ार्टरों की ढुलाई तथा पी. डब्ल्यू. डी. की फर्जी ठेकेदारी से उसकी दो नंबर की लाखों की कमाई होती थी।

अमरीक ने कहा, 'तीन दिन वेट कर लै बिरादर। तेरा एक-एक माल लौट आएगा। जश्न अभी से मना लेते हैं।'

उस रात दोनों धुत्त हो गए।

• •

चार दिन बीते। एक हफ्ता बीत गया। अगले हफ्ते में पत्नी और माँ बच्ची को लेकर रायपुर से लौटनेवाली थीं। न थाने से कोई इत्तला आई न अमरीक ने ही इस बारे में कोई चर्चा की। बल्कि वह दूसरे-तीसरे दिन से सुरेश को देखकर कतराने लगा।

सुरेश को लग गया कि दाल में कुछ काला है। उसने एक दिन खुद ही अमरीक को पकड़ लिया और माल के बारे में पूछताछ की। 'अच्छा !' अमरीक ने आश्चर्य प्रगट किया, 'मैंने तेरे से ऐसी बात करी? सच्च? लगता है रम ज्यादा चढ़ गई थी। साले आजकल नकली माल बेचते हैं। जल्दी किक लग जाती है। स्प्रिट और नौसादर, पता नहीं मा'चो क्या-क्या मिला देते हैं। भूल जा बिरादर, चोरी गया माल कभी वापस नहीं लौटता।'

सुरेश को साफ पता चल गया कि अमरीक सिंह जान-बाझूकर उससे सच छुपा रहा है। साले का कोई काम पुलिस से अटका रहा होगा। उसने इसी आड़ में अपना काम साँट लिया और अब उससे मुकर रहा है।

• •

एक ट्रंपकॉर्ड अभी बाकी था। अमरीक सिंह की बीवी हरप्रीत। अमरीक ने एक तरह से उसे छोड़ ही रखा था। शहर में उसकी तीन रखैलें थीं। एक तो राज्य विधि मंत्री लखौरी राम अग्रवाल, जो पहले दारू का ठेका लेता था और अमरीक के साझे खाते में थी। सारे शहर में वह 'साँझा चूल्हा' के नाम से मशहूर थी। वह भी मारुति में चलती थी।

हरप्रीत अपने पति अमरीक से उपेक्षित थी। सुरेश ने इसी दिशा में काम किया। थोड़ी लगन, थोड़ी मेहनत और जरा-सी बुद्धि के इस्तेमाल के बाद यह हुआ कि तीसरे दिन पिछवाड़े का दरवाजा खोलकर, दोपहर हरप्रीत उसके कमरे में आ गई।

दो-ढाई घंटे के प्यार और चूमाचाटी के दौरान हरप्रीत से पता चला कि दरअसल गोपाल रिक्शेवाले ने पुलिस को सोने के गहनों और दूसरे सामान का अता-पता दिया था। लेकिन दिक्कत यह थी कि माल ऊँची

जगह पर था।

फकीरा ने इस बार चोरी का सारा माल सी.एम.ओ (चीफ म्युनिसिपल ऑफिसर) श्री मनोहरलाल गुप्ता की पत्नी को बहुत कम दाम में बेचा था। मनोहरलाल गुप्ता विधि एवं राजस्व मंत्री लखौरी राम अग्रवाल के सगे बहनोई हैं। पुलिस को पता चला तो वह डर गई। फिर एस.एच.ओ. पांडे ने जाकर सी.एम.ओ. साहब से बात की। पांडे का प्रमोशन तीन साल से ड्यू था। अमरीक का एक ठेका भी म्युनिसिपैलिटी के पास अटका पड़ा था। दोनों ने इसी आड़ में अपना-अपना काम निकाल लिया।

सुरेश गुस्से में आ गया। उसने हरप्रीत को लिपटाकर उसे नीचे बिछा लिया और कहा, 'मैं ऊपर तक दौड़ लगाऊँगा। इन्होंने मेरे को समझ क्या रखा है। बताओ, अमरीक जैसा पड़ोसी और पुराना दोस्त भी दगाबाज निकला। कैसा जमाना आ गया है।'

हरप्रीत ने आनंद में आँख मूँदते हुए कहा, 'और तुम कौन-सा फर्ज निभा रहे हो, सुरेश ! बताओ तो इस वक्त तुम अमरीक के साथ क्या कर रहे हो?'

हरप्रीत को कठिनाइयों, उपेक्षा और उसके पति की ज्यादतियों ने ज्यादा समझदार बना दिया था। उसने कहा, 'सुरेश तुम बड़े भोले हो। भोले बाबा। देखो, एक तो सी.एम.ओ. गुप्ता और मिनिस्टर अग्रवाल पर हाथ डालना मामूली बात नहीं। दूसरी बात ये कि पुलिस के पंचनामे में तुमने गहनों के जितने नग और जितने हवाले लिखाए हैं, कोई भी गहना उस सूरत में नहीं बचा है। पांडे ने सी.एम.ओ. से कहा था कि साहब, कम-से-कम मैडम को ये तो बोल दीजिए कि चार-पाँच रोज में गहनों को गलवा लें, वर्ना कहीं कोई गड़बड़ हो गई तो आपका तो कुछ नहीं, हमारी नौकरी पर बात आ जाएगी।'

हरप्रीत सुख के अतिरेक को समूचे शरीर में महसूस कर रही थी। 'भोले बाबा, वहाँ अब तुम्हारी बीवी के गहने नहीं, सिर्फ सोने के बिस्किट बचे हैं।'

जब हरप्रीत जा रही थी, तब उसने इतना और कहा, 'सुरेश, समझदारी इसी में है कि तुम इस मामले में ज्यादा न पड़ो। ज्यादा हल्ला मचाओगे, तो मैंने पांडे और अपने हसबेंड की बातचीत सुनी है। तुम्हारे साथ कोई भी हादसा हो सकता है। बीती बात को बिसार दो और तुम्हारे सामने जो है, उसका मजा लूटो।'

'हाँ, तुम्हारी बीवी का सोने का मंगल-सूत्र जिसे वह उतारकर घर में रख गई थी और नकली पहनकर रहती थी, वह जरूर सही-सलामत है। वह मंगल-सूत्र सी. एम.ओ. गुप्ता की वाइफ लॉ मिनिस्टर की बहन के गले में पड़ा है। क्या तुम वहाँ तक जा सकते हो ?'

सुरेश हार गया था। पूरी तरह पराजित और अशक्त।

• •

अब सुरेश ने मुझे ये घटना इसी साल के मार्च महीने में सुनाई। जाहिर है ये घटना बाह्य जगत में, कहानी के मूल पाठ के बाहर घटी थी। मैं बहुत दिनों तक सोचता रहा, और आज भी सोच रहा हूँ कि कहानी के मौजूदा स्वरूप, उसके मूल पाठ और भाषा के नितांत बाहर घटी घटना को आप तक पहुँचाने के लिए भी तो मुझे उन्हीं तमाम रूढ़ियों का सहारा लेना पड़ेगा, जिनसे मैं, आप, हम सब छूटना चाहते हैं।

लेकिन मुझे फिलहाल इस कहानी की भाषा, ढाँचे और पाठ के घटिया या निकृष्ट होने की कोई चिंता नहीं है। मेरी चिंता यह है कि इस व्यवस्था में, जहाँ एक रिक्शेवाला चोरी करता है और सोना कानून मंत्री के घर में गलता है, वह व्यवस्था अपने ढाँचे में कैसी है?

और क्या यह हमारी सबकी पराजय नहीं है कि हम न तो कहानी का ही ढाँचा बदल पा रहे हैं और न ही इस व्यवस्था को।

क्या यही सच है कि दोनों ही अपरिवर्तनीय हैं?

...और अंत में प्रार्थना

[इस कहानी के सभी पात्र काल्पनिक हैं]

कर्फ्यू लागू है। जो कोई 'प्लॉट' की खोज में निकलेगा, उसे गोली मार दी जाएगी।

—मार्क ट्वेन

डॉ. दिनेश मनोहर वाकणकर : एक परिचय

अब इसका क्या किया जाए कि डॉक्टर दिनेश मनोहर वाकणकर किसी कहानी या उपन्यास के पात्र नहीं हैं। उन्हें किसी कहानीकार की कल्पना ने नहीं पैदा किया है। डॉ. वाकणकर किसी कहानीकार या रचना के होने या न होने के बावजूद हैं।

कुछ-कुछ उसी तरह जैसे हम और आप हैं। क्या हमें होने के लिए किसी लेखक या किसी रचना के होने की जरूरत है?

डॉ. दिनेश मनोहर वाकणकर की उम्र अड़तालीस वर्ष की है। उनका सिर गंजा है, जिस पर वे अपनी पत्नी ज्योत्स्ना वाकणकर द्वारा बुनी गई जालीदार सूती टोपी चढ़ा लेते हैं। उनका शरीर भारी है। थुलथुल और गोल-मटोल। पत्नी के अलावा उनके परिवार में चार बेटियाँ हैं। सभी का नाम उन्होंने अपनी पसंद से रखा है : पूजा, उपासना, प्रार्थना और तपस्या।

डॉ. वाकणकर बहुत धार्मिक किस्म के व्यक्ति हैं। पेशे से वे चिकित्सक

हैं। उन्होंने पुणे के मेडिकल कॉलेज से एम.बी.बी.एस. किया है। बाद में एम.डी. भी हासिल की है। मेडिकल साइंस के कुछ अंतर्राष्ट्रीय जर्नल्स में उनके लगभग पंद्रह शोध लेख प्रकाशित हो चुके हैं। मध्य प्रदेश और उड़ीसा के आदिवासी क्षेत्रों में कुपोषण, अपर्याप्त और विकृत आहार और कंटेमिनेटेड पानी के पीने से पैदा होनेवाले कुछ अब तक अपरिभाषित त्वचा रोगों पर उन्होंने विस्तृत और महत्त्वपूर्ण काम किया है। उनके अनुसार ये त्वचा रोग 'फैटल' हो सकते हैं और इन इलाकों के आदिवासियों के लिए वे कैंसर की तरह हैं। उनका कहना है कि चूँकि ये रोग शहरी क्षेत्रों के लोगों या गैर-आदिवासियों में नहीं पाए जाते इसलिए इन पर सरकार या कोई संस्था बहुत ध्यान नहीं देती।

डॉ. वाकणकर ने जितना ज्यादा मेडिकल साइंस को पढ़ा है और रोगों पर अनुसंधान किया है, उतना ही उनके भीतर वैराग्य, निराशा, आध्यात्मिकता और अपनी असहायता का बोध बढ़ता गया है। वे कहते हैं कि मेडिकल साइंस भी दूसरे अनुशासनों की तरह ही है। उसी तरह जैसे धर्म, दर्शन, विचारधारा, राजनीतिशास्त्र, भाषाविज्ञान या रसायनशास्त्र आदि हैं। उनका कहना है कि जिस तरह किसी देश या समाज में होनेवाले परिवर्तनों के सामने राजनीतिशास्त्र कोई शक्ति नहीं है, उसी तरह मेडिकल साइंस भी रोगों के सामने कोई शक्ति नहीं है। हर व्यक्ति के शरीर और उसके जीवन की एक जैविक तिर्यक रेखा होती है। उसी दिशा की ओर वह बढ़ता है। कोई भी डॉक्टर इसमें कोई निर्णायक हस्तक्षेप नहीं कर सकता। डॉक्टर किसी मनुष्य के शरीर या जीवन में हस्तक्षेप करने का सिर्फ भ्रम पैदा करता है।

उनके अनुसार डॉक्टर अधिक-से-अधिक यह कर सकता है कि वह मनुष्य के शरीर के किसी हिस्से को काटकर उसके शरीर और जीवन से अलग कर दे। डॉक्टर वाकणकर हँसते हैं कि जो हिस्सा अलग काटा जाता है, वह मर जाता है और मूर्ख मरीज को देखो जो यह नहीं समझ पाता कि यह मरनेवाला हिस्सा उसके अपने शरीर का ही हिस्सा है। यह उसके शरीर की ही एक मृत्यु है।

इसीलिए डॉक्टर वाकणकर सर्जरी को मनुष्य के शरीर के किसी चुने हुए हिस्से की हत्या मानते हैं।

डॉ. वाकणकर के अन्य फुटकर विचार

अड़तालीस वर्षीय डॉक्टर दिनेश मनोहर वाकणकर का मानना है कि जिस तरह कुछ धर्मग्रंथों, दर्शनों या विचारधाराओं का उपयोग दरअसल शासन, व्यवसाय या तंत्र को चलाते रहने के लिए होता है, उसी तरह मेडिकल साइंस या चिकित्साशास्त्र का भी इस्तेमाल शासन, व्यवसाय और तंत्र को चलाते रहने के निमित्त होता है। वे कहते हैं कि सैनिक विज्ञान, रसायनशास्त्र, जैवरसायन या टेक्नॉलाजी का ज्यादातर प्रयोग मनुष्यों की हत्या के लिए होता आया है। भौतिकी, इलेक्ट्रॉनिक्स, गतिकी और अंतरिक्ष विज्ञान या नाभिकीय क्षेत्र में लगातार होनेवाले अनुसंधानों के फलस्वरूप अब हम ज्यादा व्यापक, अधिक प्रभावी और अपेक्षाकृत आसान तरीके से हत्याएँ कर सकते हैं। मेडिकल साइंस भी ऐसा ही एक अनुशासन है। मनुष्य का ज्ञान आज तक प्रकृति का नाश करने, उसे मारने और मिटाने के लिए ही होता आया है। विडंबना सिर्फ इतनी-सी है कि मनुष्य भी अंततः किसी कीड़े, पदार्थ, पेड़ या नदी की तरह एक प्राकृतिक चीज ही है।

लेकिन ईश्वर को डॉक्टर वाकणकर मानते हैं। वे कहते हैं कि ऐसे किसी अस्तित्व या मिथक का बने रहना जरूरी है। उनके अनुसार ईश्वर अशक्त मनुष्यों की असहायता और विकलता का आर्तनाद है। ईश्वर अफीम या मारफीन तो है, लेकिन इस अर्थ में कि वह मारे जानेवाले मनुष्य के दर्द और यंत्रणा को कम कष्टप्रद बनाता है। ईश्वर एस्पिरीन, एनेस्थेशिया या ट्रैंक्वेलाइजर की तरह है। एक भला और दयालु डॉक्टर भी अंत में किसी असाध्य रोग से मरते हुए मरीज को ईश्वर ही प्रदान करता है। एनाल्जिन, एक्वीलिब्रियम, कांबीफ्लाम, कांपोज या मेंड्रक्स असल में ईश्वर की ही गोलियाँ या कैप्सूल हैं। ईश्वर मरीज की पीड़ा, यंत्रणा, चीख और मृत्यु को पारलौकिक परिभाषा देकर उसकी सहिष्णुता को बढ़ाता है।

डॉक्टर दिनेश मनोहर वाकणकर के अनुसार संसार की कई विचारधाराएँ, दर्शन प्रणालियाँ और धर्मग्रंथ शुरू-शुरू में ईश्वर का ही अंश होने का भ्रम और दावा पेश करते हैं लेकिन बाद में जाकर पता चलता है कि उनका इस्तेमाल दरअसल लोगों को मारने के लिए ही किया गया था।

डॉ. वाकणकर हँसते हैं। वे कहते हैं कि असल में बात ये है कि ईश्वर को हर कोई जानता है लेकिन ईश्वर को शैतान में बदल लेना भी बहुत से लोग जानते हैं। ऐसा वे इसलिए करते हैं क्योंकि गुलामी सिर्फ शैतान से करवाई जा सकती है। ईश्वर और शैतान के बीच वे अपने लिए शैतान को इसलिए चुनते हैं क्योंकि वह आज्ञाकारी होता है। आपके आदेशों पर चलता है। आपको खुश करना और आपकी दमित इच्छाओं या एषणाओं को सहलाना जानता है। जबकि ईश्वर के साथ समस्या यह है कि अगर आपने उसे चुना तो फिर उससे आप अपना काम नहीं करा सकते। बल्कि उसका काम आपको करना पड़ता है।

डॉक्टर वाकणकर उदाहरण देते हैं कि मान लीजिए की पहिया ईश्वर के अनंत रूपों में से एक रूप है। इस तरह तर्क द्वारा साइकिल एक हद तक ईश्वर के ही प्रतिरूप का विस्तार है। लेकिन अगर आप पहिये के ऊपर साइकिल का फ्रेम न रखकर तोप, मोर्टार या मिसाइल लांचर रख दें तो वही पहिया (अर्थात् ईश्वर) शैतान की सवारी बन जाता है। ऐसी अवस्था में आप पहिये से यात्रा नहीं कर सकते, सिर्फ हत्या कर सकते हैं, यह ईश्वर का शैतान में कायांतरण है।

डॉ. वाकणकर का दावा है कि वे किसी भी चीज या विचार को देखकर दस सेकेंड में बता सकते हैं कि यह ईश्वर का अंश है या शैतान की सवारी है।

उनका बचपन और ज्योत्स्ना की चड्डी

डॉ. दिनेश मनोहर वाकणकर मूलतः मराठी हैं लेकिन अब तक वे सिर्फ दो बार ही एल.टी.ए. लेकर महाराष्ट्र गए हैं। उनकी पत्नी के कुछ रिश्तेदार

महाराष्ट्र में नारायणपुर और बंबई के आसपास रहते हैं।

उनका जन्म आठ दिसंबर, 1943 को ललितपुर, उत्तर प्रदेश में हुआ था। पिता ग्वालियर में महाराजा के मामूली मुलाजिम थे। लेकिन हर पिता की तरह वे भी महान थे और उन्हीं से प्रेरित होकर बालक वाकणकर ने लगातार पढ़ाई-लिखाई में अपना मन लगाया। वेदों, पुराणों और उपनिषदों का अध्ययन किया। परीक्षाओं में हमेशा प्रथम आते रहे। वाद-विवाद प्रतियोगिताओं और निबंध-लेखन में पदक और इनाम पाते रहे। उनको प्रतिभाशाली, परिश्रमी, लगनशील और अनुशासनप्रिय माना जाता था। स्कूल में पी.टी. के पीरियड में वे नियमपूर्वक जाते थे। उनके नाखून सफाई के साथ कटे हुए होते थे। खाने, सोने, व्यायाम और पढ़ाई की उनकी संतुलित नियमित दिनचर्या थी।

बचपन से ही वे एक ऐसे छात्र थे जिसकी हर कॉपी और किताब पर हमेशा जिल्द चढ़ी रहती थी। पेंसिलें करीने से छीली हुई रहती थीं। ज्योमेट्री बॉक्स में हर चीज पूरी होती थी। उनकी कोई चीज कभी खोती नहीं थी। होम वर्क हमेशा पूरा रहता था और हाजिरी कक्षा में सबसे ज्यादा। उनके पिता बचपन में उन्हें श्लोक सुनाते थे। 'काक चेष्टा, बको ध्यानम्, श्वान निद्रा तथैव च।' उसी श्लोक पर बालक वाकणकर ने अपने विद्यार्थी जीवन की नींव रखी।

लेकिन धीरे-धीरे, कुछ ही वर्षों में उन्हें यह अहसास होने लगा था कि दूसरे छात्र उन्हें पसंद नहीं करते थे। बाकी सारे लड़कों की अपनी अलग-अलग दुनियाएँ थीं, और उन दुनियाओं के दरवाजे वाकणकर के लिए बंद थे।

कई बार वे खुद को बेहद अकेला महसूस करते। कई बार वे अकेले में रोने भी लगते थे। फिर उन्होंने अपने इस अकेलेपन के बारे में सोचना शुरू किया और जल्द ही उन्हें यह पता चला कि बाकी लड़कों ने अपने बचपन को किसी खेल की तरह पूरी गतिमयता, स्वतंत्रता और उल्लास के साथ अपनाया है। वे लड़के अपने बचपन को अपने भविष्य की किसी

नौकरी, कैरियर या व्यवसाय का खाद बनाने के लिए सड़ाना नहीं चाहते थे।

जल्द ही बालक वाकणकर को लगने लगा कि दूसरे बच्चों के बचपन से जहाँ कच्चे अमरूद, ताजा कटे खीरे और अभी-अभी किसी कुएँ या नदी से लाए गए जल की महक आती थी, वहाँ उनका बचपन भविष्य में, वर्षों बाद बननेवाली किसी चीज के लिए सड़ाया और गूँथा जा रहा था। उसमें खमीर उठ रही थी। फरमेंटेशन के कीड़े उसमें रेंग रहे थे।

वाकणकर के बचपन में पैदा होते खमीरे के कीड़ों को देखकर उनके पिता और दूसरे बुजुर्ग बहुत खुश होते। उन्हें आशीर्वाद देते और एक-दूसरे से उनके होनहार होने की बात करते।

बालक वाकणकर दूसरे लड़कों के सामने अपने आपको हीन समझने लगे। उन लड़कों के पास बचपन के कई जोखिम और आवेग-भरे, तमाम रंगों और आकारों के अनुभवों के ढेर थे। वे ऐसी ढेरियाँ इकट्ठी करते, आपस में एक-दूसरे पर उन्हें बालू या पानी की सतह उलीचते, आपस में उन्हें बाँटते, किसी ढेर से निकली किसी चमकदार चीज के लिए एक-दूसरे से छीना-झपटी करते, चीखते-चिल्लाते और बालक वाकणकर उस दुनिया के बंद दरवाजे के बाहर खड़े, चुपचाप देखते रहते। परीक्षाओं में अच्छे अंक ले आने के बावजूद उन्हें लगता कि वे दूसरे लड़कों के सामने दरिद्र, वंचित और बीमार हैं।

एक लड़का था नितिन प्रताप सिंह। वह पास के ही किसी रजवाड़े घराने का लड़का था। फुटबॉल और बैडमिंटन बहुत अच्छा खेलता था। घुड़सवारी उसे आती थी और लड़के बताते थे कि बंदूक की निशानेबाजी में वह करिश्मा करता है। नितिन की हाजिरी स्कूल में सबसे कम होती थी। कॉपी के पन्ने फाड़-फाड़कर वह हवाई जहाज, टोपी या कागज़ी गुब्बारे बनाया करता था। उसके घर के लोग रईस थे और दो-तीन बार वह हांगकांग और सिंगापुर हो आया था।

लड़कियों को पटाने में नितिन प्रताप सिंह उस्ताद था। लड़कियाँ

उससे खुश रहती थीं, सबसे ज्यादा वे उसी के साथ रहती थीं, लेकिन लड़के और अध्यापक उससे नाराज रहते थे। संस्कृत के टीचर श्रीकृष्ण प्रपन्न शास्त्री कहते थे कि नितिन बरबाद छात्र है। विद्यार्थी जीवन तो गुरुकुल में निष्ठापूर्वक बिताए गए कुछ वर्षों के ज्ञान-संचयन का नाम है।

साइंस पढ़ानेवाले बंगाली टीचर सुनील ठाकुर्ता, जिनके बारे में कहा जाता था कि वे कम्युनिस्ट हैं और रूस के एजेंट हैं, उनका विचार भी नितिन के बारे में अच्छा नहीं था। उनके मुताबिक नितिन जमींदार घराने का पतनशील प्रतिनिधि था। वह लड़कियों को सामंती नजरिए से देखता था।

डॉ. दिनेश मनोहर वाकणकर के बचपन के सात दिन, जब वे नितिन प्रताप सिंह के साथ उसके गाँव गए, उनके जीवन के लिए बहुत महत्त्वपूर्ण और परिवर्तनकारी साबित हुए। नितिन के साथ उन्हें पहली बार यह महसूस हुआ कि प्रकृति की तरह ही मनुष्य के जीवन के भी कुछ आंतरिक नियम होते हैं। इन नियमों की अपनी गति होती है, जिसे किसी भी चीज से नियंत्रित करने, बाधित करने या विकृत करने से एक ऐसे मनुष्य का निर्माण होता है जो राज्य संगठन या समाज की जरूरत के उपयोगी साँचे में तो ढला होता है लेकिन वह मनुष्य बहुत प्राकृतिक, सहज, नैसर्गिक और स्वाभाविक मनुष्य नहीं होता।

नितिन प्रताप सिंह के गाँव और उसके आसपास के इलाकों में वाकणकर को कई ऐसे प्राकृतिक, नैसर्गिक और स्वाभाविक लड़कों से मिलने का मौका मिला। उन लड़कों के पास कोई टाइम टेबिल नहीं था। गाँव में घड़ियाँ बहुत कम थीं। कोई दफ्तर नहीं था। स्कूल वहाँ जरूर था, जिसमें ज्यादातर बच्चे नहीं जाते थे। समय वहाँ नद की तरह पूरे विस्तार, गंभीरता और समृद्धि में, बहुत धीमी रफ्तार से बहता था।

डॉ. वाकणकर शहर में ही पले-बढ़े थे। गाँव का यह अनुभव उनकी स्मृति में गहराई से कहीं स्थिर हो गया था। नितिन प्रताप सिंह से उसकी दोस्ती घनी होती गई थी।

नितिन ने वाकणकर के बचपन में कुछ अनोखे और स्थायी अनुभव जोड़े थे। उसी ने एक बार स्कूल के प्रिंसिपल बी.डी. श्रीवास्तव की ग्यारहवीं में पढ़नेवाली लड़की पुष्पा श्रीवास्तव का फ्रॉक उठाकर उसकी जंघाएँ वाकणकर को दिखाई थीं। पुष्पा के सफेद, मिचुड़े हुए, थोड़े-से मटमैले जाँघिए की सिलवटें बालक वाकणकर के अब तक के जीवन की चट्टान के भीतर किसी डायनामाइट की तरह विस्फोटक साबित हुईं। वे हालाँकि ग्यारहवीं की बोर्ड की परीक्षा में भी डिस्टिंक्शन लेकर प्रथम श्रेणी में पास हुए, लेकिन अब दूसरे लड़कों की बंद दुनियाओं की खिड़कियाँ और दरवाजे उनके लिए खुलने लगे थे। वहाँ मटर की फलियाँ थीं, चाकलेट थे, वयस्कों के लिए पढ़े जानेवाले उपन्यास थे, स्त्रियों की नंगी तस्वीरें थीं। वहाँ सिनेमा हॉल थे, लड़कियाँ थीं और कई गोपनीय खेल थे। छुरे-भाले और तमंचे भी थे।

कुछ अपवादों को छोड़कर यह सब असंख्य पवित्र, निष्कपट और कौतुक से भरा हुए एक उत्तेजक और रहस्यपूर्ण बचपन था। वहाँ कोई भी लड़का अपने आनेवाले भविष्य में मौजूद किसी कुर्सी या खजाने के लिए रंगीन तितलियों या नन्हे-नन्हे खरगोशों का वध नहीं करता था। वहाँ का एक अलग संविधान था।

इस वर्जित दुनिया के वाशिंदे लड़कों के अभिभावक और माता-पिता इन लड़कों के भविष्य की चिंता और आशंका में घिरे आपस में घंटों बातें करते रहते थे, लेकिन आनेवाले समय की असुरक्षा या अनिश्चितताओं के खतरों से बेफिक्र ये लड़के यों ही बड़े हो रहे थे। बालक वाकणकर, जो अब तरुण हो चुके थे, इन दोनों संसारों के नागरिक हो रहे थे।

वे अब मुस्कुराते हुए बतलाते हैं कि उस दुनिया के ज्यादातर लड़के ज्यादा सफल साबित हुए हैं। नितिन प्रताप सिंह राज्य में मंत्री रह चुका है। कई दूसरे लड़के व्यापार और अपराध आदि दूसरे सामाजिक पेशों में निकल गए। सबके पास धन-संपत्ति है।

उनकी पत्नी ज्योत्स्ना वाकणकर जरूर आज तक यह नहीं जान पातीं कि डॉक्टर वाकणकर कई बार उन्हें फ्रॉक और सफेद-मटमैला, मिचुड़ा

हुआ जाँघिया पहनने के लिए क्यों कहते हैं।

हद है कि इस उम्र में भी...

उच्च शिक्षा, नौकरी और व्यक्तित्व-निर्माण

कॉलेज में बी.एस-सी. फर्स्ट इयर करने के बाद वाकणकर प्रि-मेडिकल टेस्ट (पी.एम.टी.) में शामिल हुए और मेरिट में जगह पाने के साथ ही इनका एडमीशन पुणे के मेडिकल कॉलेज में हो गया। कोई सोर्स-सिफारिश, रिश्वत आदि की जरूरत नहीं पड़ी। पिताजी और परिवारवाले उनसे प्रसन्न थे, हालाँकि वाकणकर का जीवन पहले से काफी बदला हुआ था।

वाकणकर अब 'ए' सर्टिफिकेटवाली फिल्में भी देखते थे। लड़कियों से बातचीत करने में अब उन्हें ज्यादा दिक्कत नहीं होती थी, लेकिन शर्म और संकोच ने उन्हें कभी आगे नहीं बढ़ने दिया।

कई बार इच्छा होती कि पिताजी से कहकर वे अपने लिए एक स्कूटर खरीद लें और लड़कियों को पीछे बिठाकर घूमें, लेकिन घर की आर्थिक स्थिति की उन्हें पूरी जानकारी थी इसलिए वे ऐसा नहीं कर सके। अधिक-से-अधिक लेबोरेटरी में किसी लड़की को डाइसेक्शन में हेल्प करके, किसी को अपने नोट्स और किताबें देकर या कभी-कभार किसी लड़की के कहने पर उसके टिफिन से पराँठा-सब्जी खाकर ही वे खुश और रोमेंटिक हो लिया करते थे। एम.बी.बी.एस. में अपने से दो साल सीनियर श्वेता घोड़पकर के साथ फैंटेसी में वे कई बार मसूरी में हनीमून मना चुके थे। उनकी ब्रा का हुक खोल चुके थे, सफेद, मटमैले, मिचुड़े हुए जाँघिए में उसे अपने कमरे में घंटों बिठा चुके थे, लेकिन जल्द ही श्वेता घोड़पकर ने अपने सिख ब्वॉय फ्रेंड के साथ शादी कर ली और वाकणकर के सपनों के सामने 'रास्ता बंद, काम चालू है' का बोर्ड लग गया।

वाकणकर की हार्दिक इच्छा थी कि वे मेडिकल कॉलेज में ही, भविष्य में डॉक्टर बन जानेवाली अपनी किसी क्लास फेलो या जूनियर से शादी करें, लेकिन अंततः उनका विवाह उनके पिताजी और परिवारवालों की

इच्छा से इंदौर की, होम साइंस में स्नातक, ज्योत्स्ना नामक लड़की से हुआ, जो हारमोनियम पर कुछ फिल्मी गानों और भजनों को गा-बजा लेती थी। वही ज्योत्स्ना अब उनकी पत्नी है।

एम.बी.बी.एस. के फाइनल इयर में पहुँचने के दौरान ही वाकणकर की चिंताएँ थोड़ी व्यापक होने लगीं। इस बीच उन्होंने बौद्ध धर्म, मार्क्सवाद, गाँधी और तिलक की किताबें पढ़ीं। स्वामी करपात्री, दयानंद सरस्वती और दीनदयाल उपाध्याय की किताबें भी उनके हाथ लगीं। वाकणकर को शिक्षा के बाद का जीवन मध्य प्रदेश में ही गुजारना पड़ा, लेकिन मराठा जाति के मूल संस्कारों के कारण किसी और की तुलना में उनको वीर सावरकर, तिलक, गोलवलकर तथा हेडगेवार के विचारों ने ज्यादा प्रभावित किया। इसी मराठी जातीय स्वाभिमान को उन्होंने राष्ट्रीय भावना कहना शुरू किया और छत्रपति शिवाजी उनके नए नायक बने।

यही वह दौर था जब वे धीरे-धीरे राष्ट्रीय स्वयंसेवक संघ की शाखा में नियमित जाने लगे।

1965-66 में खरगौन के एक पिछड़े इलाके में एक सरकारी प्राथमिक स्वास्थ्य केंद्र में उनकी नियुक्ति हो गई, तब से वे सरकारी डॉक्टर ही रहे। राष्ट्रीय स्वयंसेवक संघ में वे अपनी सरकारी नौकरी के दौरान लगातार सक्रिय रहे। जिस क्षेत्र में वे डॉक्टर बनकर जाते, वहाँ के नौजवानों को इस संगठन में आने और राष्ट्र-सेवा करने के लिए प्रोत्साहित करते। वे उन्हें समझाते कि संसार का इतिहास साक्षी है कि दुनिया में यहूदियों के अलावा सबसे ज्यादा अत्याचार हिंदुओं पर ही हुआ है। इस जाति को मिटाने के लिए संसार की बड़ी-बड़ी ताकतें एकजुट रही हैं। यहूदियों को तो फिर भी अपना एक अलग राष्ट्र इस्राइल मिल चुका है लेकिन हिंदुओं के पास अभी तक अपना कोई देश नहीं है। दूसरों की गुलामी और चाकरी उनके नसीब में रही है। 1947 में कौमों के नाम पर देश को खंडित करनेवाले लोग सत्ता पर काबिज रहने के लिए हिंदुओं को आपस में लड़ाते रहे हैं और आज तक अपने ही देश में उनकी स्थिति शरणार्थियों जैसी है।

पुनर्जागरण के प्रयत्न

डॉ. दिनेश मनोहर वाकणकर, एम.बी.बी.एस., एम.डी. हिंदुओं के पुनर्जागरण के लिए लगातार काम करते रहे। वे डॉक्टरी के पेशे और संघ के प्रति हमेशा ईमानदार, प्रतिबद्ध और निष्ठावान रहे। वे कभी किसी मरीज से निजी फीस नहीं लेते थे। दूसरे सरकारी डॉक्टर, स्वास्थ्य केंद्र में आनेवाले मरीजों को टालकर शाम को उन्हें अपने घर पर आने के लिए कहते थे और बाद में अपनी प्राइवेट फीस वसूलते थे। जबकि डॉक्टर वाकणकर पूरी लगन और कर्तव्यपरायणता के साथ निःस्वार्थ भाव से मरीजों की देखभाल और चिकित्सा करते थे। सरकारी सेवा कानूनों में स्पष्ट निर्देश था कि शासकीय चिकित्सक को प्राइवेट प्रैक्टिस नहीं करनी चाहिए, इसीलिए डॉक्टर वाकणकर दूसरे डॉक्टरों के इस काम को अनैतिक और गैरकानूनी मानते थे।

कई बार उनकी पत्नी ज्योत्स्ना वाकणकर, उनके कुछ मित्र और रिश्तेदार उन्हें समझाते कि जमाना बड़ी तेजी से बदल रहा है। दूसरे डॉक्टरों की तरह उन्हें भी व्यावहारिक और दुनियादार बनना चाहिए। लेकिन डॉक्टर वाकणकर सख्ती के साथ सरकारी नौकरी में निजी फीस लेने, प्राइवेट प्रैक्टिस करने और ऊपरी कमाई बटोरने से इनकार कर देते थे। उनके लिए यह नियम और नैतिकता दोनों के खिलाफ था।

दूसरे डॉक्टरों की शहर या कस्बे के मेडिकल स्टोर्सवालों या दवा कंपनियों के सेल्स एजेंटों के साथ साँठ-गाँठ थी। वे डॉक्टर सरकारी अस्पताल में सब्सिडी के साथ या मुफ्त आनेवाली सरकारी दवाइयों को सस्ते दामों में इन केमिस्ट्स को बेच देते थे। अस्पताल आनेवाले मरीजों को इलाज के लिए अपनी गाँठ से पैसा लगाकर वही दवाइयाँ दुकानों से ऊँचे बाजार भाव में खरीदनी पड़तीं। कई डॉक्टरों को तो हर महीने सरकारी वेतन के अलावा कुछ केमिस्ट्स और दवा बनानेवाली कुछ कंपनियों से माहवारी भत्ता भी मिलता था। ये डॉक्टर मरीजों को 'खास' दुकानों या 'खास' कंपनियों की 'खास' दवाइयाँ खरीदने के लिए ही मजबूर करते थे।

राज्य के पिछड़े ग्रामीण इलाकों में तो हालत और भी विचित्र थी। वहाँ कई पी.एच.सी. (प्राइमरी हेल्थ सेंटर्स) ऐसे थे, जहाँ नियुक्त होनेवाला डॉक्टर महीनों वहाँ नहीं जाता था। ऊपर के अफसरों को पटाकर अपना वेतन वह लेता रहता और आराम से अपने शहर में प्राइवेट प्रैक्टिस करता रहता। कई डॉक्टर ऐसे भी थे जो 'रिसर्च' के नाम पर वेतन और स्टाइपेंड समेत छुट्टी ले लेते थे और इस बीच या तो अपना तबादला अपनी पसंद की जगह पर करा लेते थे या किसी बड़े शहर के प्राइवेट पॉली क्लिनिक में अच्छी तनख्वाह पर लग जाते थे। कई दुबई, कुवैत आदि गल्फ देशों की ओर पैसा कमाने चले जाते थे।

डॉ. दिनेश मनोहर वाकणकर को भी उनके शुभचिंतकों ने सलाह दी कि वे आदर्शवादी न बनें, अपनी सरकारी नौकरी का लाभ उठाएँ और इस बीच ग्वालियर या ललितपुर में अपनी पत्नी के नाम से कोई नर्सिंग होम खोल लें। उनके जैसे सज्जन और ईमानदार को फाइनेंस करनेवाले बहुतेरे मिल जाएँगे। लेकिन डॉ. वाकणकर इसके विरुद्ध थे।

उन्होंने व्ही. शांताराम की फिल्म 'डॉ. कोटणीस की अमर कहानी' देख रखी थी।

सामाजिक अलगाव और रेइफिकेशन

क्या यह और स्पष्ट करने की जरूरत है कि सरकारी नौकरी में डॉ. वाकणकर एक समस्या बन गए थे। उनकी वजह से दूसरे डॉक्टरों को ही नहीं, समूचे स्वास्थ्य विभाग को दिक्कत होती थी। आखिर क्या नहीं था वहाँ। पैसा था, सम्मान था, ऊपर आमदनी थी, क्लब थे, नर्सें थीं। एक-दो डॉक्टरों ने डॉ. वाकणकर को सुधारने की कोशिश भी की, उन्हें क्लब ले गए, दारू पार्टी में शामिल किया, एक चालू नर्स को उनके साथ सोफे पर बिठाकर बाहर चले गए, लेकिन डॉ. वाकणकर का भारी-सा सिर, गंभीरता और चिंता में धीरे-धीरे काँपता हुआ, शराब के नशे में दार्शनिक होता चला गया।

एक-दो बार ऐसा भी हुआ कि जिस अस्पताल में डॉ. वाकणकर नियुक्त थे, वहाँ के इंचार्ज सीनियर डॉक्टर ने किसी घटिया कंपनी की नकली सेलाइन की बोतलें और कुछ इंजेक्शन खरीदे। डॉक्टर वाकणकर ने यह कहते हुए इस खरीद का विरोध किया कि आप लोग एनाल्जेसिक दवाइयों तक तो ऐसा भ्रष्टाचार कर लें लेकिन कृपया किसी इंसान की नसों के भीतर डाली जानेवाली इंट्रावेनस इंजेक्शन के साथ ऐसा मौत का खेल खेलें। ऐसी स्थिति में मरीज देखते-देखते मर सकता है। उनके इस विरोध के बाद सारे अस्पताल में उनका बायकॉट किया जाने लगा। हालाँकि वहाँ उनके समर्थक संख्या में ज्यादा थे लेकिन डॉ. वाकणकर के बारे में एक आम अफवाह यह फैला दी गई कि वे एक खामख्वाह के अड़ंगेबाज, दंदीफंदी, सनकी और पगलेट किस्म के प्राणी हैं।

डॉ. वाकणकर को दूसरे सरकारी अफसर और डॉक्टर अपने घर में या नाइट पार्टियों में नहीं बुलाते थे। वे फिर अकेले रह गए थे। सबसे अलग-थलग। उन्होंने डायरी लिखने की आदत डाल ली।

लेकिन वे दूसरे स्तर पर सबसे ज्यादा व्यस्त भी थे। वे लगातार अपने 'पेशे और मरीजों' की सेवा में लगे रहे। ऐसा स्वाभाविक ही था कि वे अपने क्षेत्र के लोगों में लोकप्रिय हो जाते और ऐसा हुआ भी। वे चूँकि रोगों और मरीजों के प्रति गंभीर थे, मेडिकल साइंस की नई किताबें और रिसर्च जर्नल्स पढ़ते रहते थे और मरीज की हैसियत, दशा और रोग की अवस्था देखकर दवाइयाँ देते थे इसलिए उनका इलाज असर भी करता था। अस्पताल आनेवाले ज्यादातर मरीज जिद करते कि उन्हें डॉ. वाकणकर से ही अपना इलाज कराने दिया जाए।

ऐसी स्थिति में अस्पताल और स्वास्थ्य विभाग में उनके विरुद्ध ईर्ष्या और द्वेष की भावना और गहरी जड़ें जमाने लगी।

डॉ. वाकणकर ने अपने पेशे के अन्य लोगों से अपने इस अलगाव को ध्यान में रखकर डायरी के एक पन्ने पर लिखा :

'मैं बहुत अकेला महसूस करता हूँ। साथी कहते हैं मैं व्यावहारिक नहीं हूँ। मैं आदर्शवादी हूँ। लेकिन सचमुच मुझे अपने कामकाज

> **में कहीं आदर्शवाद नहीं दिखाई देता । मैं सिर्फ यह कर रहा हूँ कि जिंदा और निर्दोष लोगों को नकली और घातक दवाइयाँ नहीं दे रहा हूँ। सरकारी नौकरी में रहते हुए लोगों से निजी फीस नहीं वसूल रहा हूँ और मन लगाकर अपनी ड्यूटी निभा रहा हूँ।'**

उन्होंने अंत में एक प्रश्न भी लिख दिया था :

> **'मैं यह समझना चाहता हूँ कि क्या जो बेईमान नहीं है, वह व्यावहारिक नहीं हो सकता?'**

हरवंश पंडित उर्फ थुकरा महराज से मुलाकात

डॉ. दिनेश मनोहर वाकणकर ने अपने अकेलेपन को भरने के लिए राष्ट्रीय स्वयंसेवक संघ की शाखा में अपनी सक्रियता और बढ़ा दी। वे सांगठिक कार्य में लग गए। उनके इलाज में फीस न लेने, मरीजों से आत्मीय और गैर-व्यावसायिक व्यवहार तथा उनकी नैतिक भावनाओं से प्रभावित कई लोग और परिवार शाखा में आने लगे। संघ के नेता और पदाधिकारी धीरे-धीरे वाकणकर के कार्यों से परिचित और प्रभावित होने लगे तथा उन्हें संघ के निष्ठावान, समर्पित कार्यकर्ता के रूप में जानने लगे।

विधानपुर नामक जिस छोटे-से कस्बे के शासकीय स्वास्थ्य केंद्र में डॉ. वाकणकर नियुक्त थे, वहाँ से लगभग आठ किलोमीटर दूर एक छोटी-सी नदी बहिनी के पार वीरपुर नामक गाँव में हरवंश पंडित का घर था।

हरवंश पंडित को ज्यादातर लोग इस नाम से नहीं जानते थे। उन्हें 'थुकरा महराज' के नाम से जाना जाता था। वजह यह थी कि हरवंश पंडित जब बोलते थे या कथा बाँचते थे तो उनके मुँह से थूक निकलता रहता था। वे जाति से ब्राह्मण, कुल के दुबे यानी द्विवेदी और गोत्र से भारद्वाज थे।

थुकरा महराज गरीब ब्राह्मण थे। सिर्फ पाँच-सात डिसमिल जमीन थी, जिसमें पंडिताइन साग-भाजी और आषाढ़-सावन में खीरा-भुट्टा बो लेती थी। घर का खर्च मुख्यतः पंडिताई और जजमानी से ही चला करता था। कई मनौतियों, स्वर्ण भस्म और कठिन परिश्रम के बाद पंडित-पंडिताइन को

एक ही पुत्र रत्न की प्राप्ति हुई थी। पुत्र का नाम थुकरा महराज ने पंडित भोला शंकर द्विवेदी रखा था लेकिन गाँव के लड़के उन्हें लेदहा महराज के नाम से जानते थे। कारण यह कि भोला शंकर का लेदा (पेट) बहुत बड़ा और तरबूज ही तरह फूला हुआ रहता था।

हरवंश पंडित पिछले कुछ वर्षों से भयानक आर्थिक तंगी से गुजर रहे थे। ऊँची जाति के लोगों में पूजा-पाठ, कथा-कीर्तन, धरम-करम में रुचि खत्म होती जा रही थी। पंडितजी ने शास्त्रों में पढ़ रखा था कि हिंदुओं में क्षत्रिय, ब्राह्मण और वैश्य ही द्विज जातियाँ हैं और पौरोहित्य का कर्म ब्राह्मण को इन्हीं जातियों के लिए करना चाहिए। शास्त्रों में शूद्रों के लिए यज्ञ, हवन और यज्ञोपवीत (जनेऊ संस्कार) आदि वर्जित थे। लेकिन वर्जित तो बहुत-सी चीजें थीं। थुकरा महराज सबका पालन करते तो भूखों मर जाते। इलाके के ठाकुर-बनियों में नया फैशन आ गया था। उनके यहाँ जजमानी ही नहीं-सीधा, अग्रासन, कथा-पूजन का काम भी बहुत कम हो गया था। कोई संस्कार आदि होता तो शहर से चमचमाता हुआ पढ़ा-लिखा पंडित बुलाया जाता।

इसीलिए थुकरा महराज ने आपद्धर्म के रूप में पंडिताई और जजमानी के काम में जात-कुजात का विचार करना बंद कर दिया। इन दिनों वे अकसर कहे जाते सुने जाने लगे कि जातियाँ 'जन्मना' नहीं, 'कर्मणा' होती हैं। जैसे करम, वैसी जाति। जिले में कई कोलियरीज थीं। निचली जातियों के बहुत सारे लोग वहाँ मजदूरी कर रहे थे और दो-ढाई हजार रुपया महीना तक कमा रहे थे। वे थुकरा महराज के नए जजमान बने और ऊँची जातियों में थुकरा महराज के बारे में मशहूर होने लगा कि यह लालची और भुक्खड़ बाम्हन आजकल तेली, तमोली, चमार, ढीमरों को जनेऊ पहनाता घूम रहा है।

इन्हीं दिनों डॉक्टर वाकणकर से हरवंश पंडित उर्फ थुकरा महराज की मुलाकात हुई और वे संघ की शाखा में नियमित आने लगे। वहाँ 'भाईजी' लोगों अथवा 'श्रद्धेय बंधुओं' के प्रवचन के अलावा लाठी-डंडा चलाना, लेजिम, व्यायाम आदि भी हुआ करता था। एक बार एक भाईजी भोपाल

से आए थे, उन्होंने कहा था कि जवाहरलालजी के न रह जाने और स्वतंत्र पार्टी के खत्म हो जाने से भारतीय राजनीति के धरातल पर जो शून्य पैदा हुआ है, उसे भरने के लिए जो चक्रवात देश की राजनीति में पैदा होगा, उसमें सबसे प्रचंड और सर्वव्यापी बवंडर हिंदूवादी राजनीति का होगा। सत्ता में जनसंघ आएगा और तब अब तक दबाए-सताये गए हिंदुओं का स्वाभिमान पुनर्स्थापित होगा।

थुकरा महराज ने उस शाम डॉ. वाकणकर से अलग से पूछा था, उनकी आवाज उत्तेजना और नशे में थरथरा रही थी। उन्होंने कहा था : 'अगर ऐसा हुआ डॉक्टर साहब, तो मेरा दिल कहता है कि गाँव-गाँव यज्ञ-हवन फिर होने लगेंगे। मुंडन, कनछेदन, यज्ञोपवीत जैसे संस्कार फिर से प्रचलित होंगे। गोहत्या पर प्रतिबंध लग जाने से घी-दूध की नदियाँ बहने लगेंगी। ब्राह्मण खीर खाएँगे, शूद्र सेवा करेंगे। आप क्या कहते हैं?'

डॉ. वाकणकर ने हरवंश पंडित के विश्वास को तोड़ा नहीं। राजनीतिक क्षितिज पर उन्हें खुद इसके आसार दिख रहे थे। हिंदू हितों, अखंड भारत और हिंदू राष्ट्र की बात करनेवाली पार्टी केंद्र में तीसरे नंबर की सबसे बड़ी पार्टी बन गई थी। भारत साधू समाज, हिंदू महासभा, राम राज्य परिषद् जैसे संगठनों की नदियाँ हिंदूवाद की मुख्य राजनीतिक जलधारा में विलीन होने के लिए बढ़ रही थीं। विलीन हो रही थीं।

वर्ष बीत रहे थे। डॉ. वाकणकर का विधानपुर से तबादला नहीं हो रहा था। हरवंश पंडित जैसे निश्छल, गरीब और भावुक कार्यकर्ता को पाकर उनका उत्साह संघ की गतिविधियों में और बढ़ गया था।

हरवंश पंडित शाखा की गतिविधियों की खिड़की के पार अपनी जजमानी के पुनर्जीवन का दृश्य देखते। उनका मन कहता भाईजीयों पर विश्वास करो।

बंबई से आनेवाले भाईजी ने कहा था कि गौतम बुद्ध ने और महावीर स्वामी ने हिंदू धर्म का बहुत अहित किया है। अगर आदि शंकराचार्य न आए होते, तो भारत से हिंदू धर्म विलुप्त हो जाता। बाद में राजा राममोहन

राय, गाँधी और नेहरू जैसे लोगों ने भी हिंदू धर्म को नुकसान पहुँचाया है। ये लोग पाश्चात्य मानसिकता के व्यक्ति थे।

भाईजी लोगों की बातों का शाखा के साधारण सदस्यों पर गहरा असर होता। वैदिक काल से लेकर अब तक का एक बिल्कुल दूसरा इतिहास धीरे-धीरे उनके मस्तिष्क में बहुत सरल ढंग से डाल दिया गया था। शाखा के अधिकांश सदस्यों के घरों में महाराणा प्रताप, छत्रपति शिवाजी, गुरु गोलवलकर, श्यामा प्रसाद मुखर्जी के चित्र लटके दिखाई देते।

डॉ. दिनेश मनोहर वाकणकर हालाँकि अपने संस्कारों से हिंदू थे लेकिन लगातार पढ़ने-लिखने और सोचने-विचारने से उनके भीतर धीरे-धीरे भक्ति और आध्यात्मिकता के तत्त्व भी गहराई में पैदा हो रहे थे। वे किसी भी हिंसा या क्रूरता को देखकर विचलित हो उठते थे। खास तौर पर एक हिंदू मंदिर की सीढ़ियों पर अस्सी साल के बूढ़े गाँधी की एक हिंदू महासभाई द्वारा हत्या को उनका विवेक और हृदय उचित नहीं ठहरा पाता था। कई-कई बार जब वे इस बारे में अपनी राय प्रगट करते तो संघ के बौद्धिक प्रमुख उनके सामने स्व. श्यामा प्रसाद मुखर्जी और दीनदयाल उपाध्याय की संदिग्ध मृत्यु का उदाहरण रखकर कहते कि हिंदू राष्ट्र के अंतिम लक्ष्य तक पहुँचने के लिए हिंसा के माध्यम को बिलकुल न अपनाने की बात नहीं सोची जा सकती, खास तौर पर ऐसे समय में जब दूसरे संप्रदाय बमों और बंदूकों से लैस हो रहे हैं और उन्हें बाहरी ट्रेनिंग भी मिल रही है। वे जोश में कहते कि अपने ही देश की स्वतंत्रता और दूसरों की गुलामी तथा दमन से बचने के लिए हिंदुओं को रामायण, महाभारत के वीर नायकों और योद्धाओं जैसा आचरण करना पड़ेगा। आत्मरक्षा के लिए युद्ध और हिंसा का मार्ग तो श्रीकृष्ण ने गीता में पहले ही दिखा दिया है।

थुकरा महराज थे तो 65 वर्ष के, लेकिन ऐसा प्रवचन सुनते ही उनकी बूढ़ी हड्डियों में नया जोश भर जाता। वे किसी बूढ़े नरभक्षी शेर की तरह हुंकार भरने लगते, हालाँकि वे पिछले बीस वर्षों से क्रॉनिक अस्थमा (पुरानी दमा) के मरीज थे। वे लाठी भाँजते, लेजिम बजाते, मैदान में थोड़ा-बहुत

दौड़ते और उन्हें लगता कि लाठी, लेजिम और हिंसा के द्वारा वे हिंदू राष्ट्र, वर्णाश्रम व्यवस्था और जजमानी का लक्ष्य अपने जीते जी अवश्य प्राप्त कर लेंगे।

उलझन और दुविधा

शहर के सबसे बड़े कपड़ा व्यापारी श्री कोमल चंद गुप्त, जो कि क्षेत्रीय शाखा के संचालक भी थे, कहते थे कि इतना सुंदर, इतना वैज्ञानिक विभाजन था हिंदू समाज का, इसे मुसलमानों, ईसाइयों, हूणों और यवन-तुर्क जातियों ने नष्ट-भ्रष्ट कर डाला। सब कुछ दुबारा दुरुस्त और यथावत करने के लिए हिंदुओं को अपने भीतर हिटलर पैदा करना पड़ेगा। गुरु गोलवलकरजी ने भी श्रेष्ठ जर्मन जाति के हित में किए गए हिटलर के कार्यों की प्रशंसा की थी।

डॉ. वाकणकर पूरी निष्ठा और लगन से संघ के प्रचार-प्रसार में लगे तो जरूर थे, लेकिन बचपन से ही किताबें पढ़ने, चीजों को गहराई से जानने-समझने की उनकी अदम्य जिज्ञासा ने उनके मस्तिष्क को कभी चैन नहीं लेने दिया। उन्होंने नीत्शे को पढ़ा। मीन काफ को देखा। गुरुजी की पुस्तक 'बी एंड अवर नेशनहुड डिफाइंड' पढ़ी। वे उलझनों में घिरते चले गए।

डॉ. वाकणकर श्रेष्ठ और हीन मानव जातियों या नस्लों के सिद्धांत से अगर एक बार सहमत भी हो जाते तब भी उनका अतंर्मन इसे स्वीकार न कर पाता। उनकी आत्मा कहती कि अगर ऐसा सच भी हो तो भी इन नस्लों को मारा या सताया क्यों जाए? अगर यह मान भी लें कि जर्मन जाति के मुकाबले यहूदी, नीग्रो, मंगोल, मेक्सिकंस या इंडियन जातियाँ हीन और क्षुद्र ही हैं, तो क्या उन्हें इस पृथ्वी पर रहने, जीने, प्यार करने और अपना संसार बनाने का कोई अधिकार नहीं है?

डॉक्टर वाकणकर तो चिकित्सा के पेशे में आए ही इसलिए थे कि वे मरते हुए मनुष्य को फिर से जीवन दें। लेकिन ऐसे सिद्धांत, जो किन्हीं भौगोलिक, नृत्तत्त्व और जेनेटिक कारणों से कम विकसित या हीन रह गई

मनुष्य जातियों को पृथ्वी से मिटा डालने पर आमादा हों, उन्हें कुछ-कुछ आसुरी या राक्षसी सिद्धांत लगते। क्या पृथ्वी में सिर्फ जर्मन और ग्रीक ही रहेंगे। क्या भारत में सिर्फ कश्मीरियों और पंजाबियों को ही रहना चाहिए? अगर संसार में सिर्फ श्रेष्ठ नस्लें ही राज करेंगी तो पतली, रोएँदार टाँगों, फूले-पिचके पेट और औसतन पाँच साढ़े पाँच फुट की ऊँचाईवाले अननुपातिक ढंग से हड़ैले-तुंदियल, काले-कत्थई हिंदुस्तानी कहाँ जाएँगे?

डॉ. दिनेश मनोहर वाकणकर ने अपनी डायरी में लिखा :

जूलॉजी का शुरू से विद्यार्थी होने के नाते मैंने मेडेल और डार्बिन के सिद्धांतों और प्राणियों के विकास संबंधी धारणाओं को पढ़ रखा है। मैं सरवाइवल ऑफ फिटेस्ट जैसे निर्मम और क्रूर सिद्धांतों से भी परिचित हूँ। लेकिन मैं कभी-कभी अपने भीतर से उठनेवाली आत्मा की आवाज सुनता हूँ। यह मेरे भी भीतर के किसी अज्ञात कोने से आती है। शायद मेरी आत्मा यह चाहती है कि यह पृथ्वी ऐसी रहे जिसमें सिर्फ विकसित और ताकतवर प्राणी ही नहीं कमजोर, कोमल और अल्पविकसित जीवों का वास हो। एक ऐसी पृथ्वी हो जिसमें तितली, कीट-पतंग, सर्प-मयूर, हिरण-खरगोश, हाथी, शेर, पेड़-पौधे, घास-पात भी रहें और काले, गोरे, पीले, कत्थई, रंग-बिरंगे मनुष्यों की सभी जातियाँ और नस्लों का भी आवास हो।

यह समूची सृष्टि, यह समूचा चराचर जगत परमपिता परमात्मा की सृष्टि है। यह सब कुछ जो दृश्य और अदृश्य है, उसी की रचना है। भला उसकी कोई एक रचना अपनी श्रेष्ठता के अहंकार और सिर्फ इसी तर्क पर अन्य सभी रचनाओं को नष्ट करने का विचार कैसे पाल सकती है?

यह सच था कि डॉक्टर वाकणकर इन विषयों पर जितना ज्यादा सोचते उन्हें अपने भीतर के किसी अँधेरे कोने से आती आत्मा की आवाज धीरे-धीरे स्पष्ट सुनाई देने लगती। इसमें किसी संदेह की कोई गुंजाइश नहीं थी। यह आवाज आत्मा की ही थी। उन्होंने अपनी डायरी के उसी पन्ने पर

एक वाक्य अलग से लिखा था। इस वाक्य की लिखावट टेढ़ी-मेढ़ी और अनगढ़-सी थी। शायद इसे लिखते हुए उनकी सारी ऊर्जा किसी गहरे विचार-सूत्र का कोई सिरा पकड़ पाने के लिए जूझ रही थी और उनकी उँगलियाँ थक चुकी थीं :

'मुझे लगता है, फासीवाद या कोई दूसरा ऐसा सर्वसत्तावादी या नस्ली सिद्धांत, ईश्वर के विरुद्ध शैतान की साजिश है। ओम शांतिः ! शांतिः !! शांतिः!!!'

हरवंश पंडित उर्फ थुकरा महराज की मृत्यु अर्थात् हत्या

उस रोज शाम से ही हलकी-हलकी बारिश हो रही थी। यह असमय की बूँदा-बाँदी थी। दो रोज पहले सुबह-सुबह पाला गिरा था। रात का तापमान चार डिग्री से भी नीचे हो रहा था। शहरों में हीटर, कस्बों में सिगड़ी और गाँव में चूल्हों-अलावों के आसपास लोग सिमटकर ठंड से बच रहे थे।

रात के साढ़े आठ बज रहे होंगे जब किसी ने डॉक्टर वाकणकर का दरवाजा खटखटाया। वे उस वक्त रजाई में घुसे हुए थे। उन्होंने उठकर दरवाजा खोला। बाहर सर्दी की बारिश के अलावा तेज-बर्फीली हवा के झोंके भी थे।

डॉ. वाकणकर ने बरामदे की लाइट जलाई तो जूट के बोरे को अपनी पीठ पर ओढ़े हुए वीरपुर गाँव का सुभद्रा कहार खड़ा हुआ था। उसने बताया कि थोड़ी देर पहले थुकरा महराज को दमा का बहुत तेज दौरा पड़ा था और जब वह वहाँ से डॉक्टर वाकणकर को बुलाने के लिए साइकिल पर चला था, उस वक्त थुकरा महराज साँस पाने के लिए तड़फड़ा रहे थे और उनकी आँखें बाहर कढ़ आई थीं।

डॉक्टर वाकणकर ने तैयार होकर अपना स्कूटर स्टार्ट करने की कोशिश की तो वह स्टार्ट नहीं हुआ। उन्होंने सोचा शायद ठंड से ऐसा हुआ होगा। स्कूटर को बाहर निकालकर उन्होंने सुभद्रा कहार से धक्का लगवाया तब भी स्कूटर स्टार्ट नहीं हुआ। उन्होंने प्लग निकालकर उसका कॉर्बन

साफ किया, इसके बाद भी स्कूटर स्टार्ट नहीं हुआ। थोड़ा-सा घरघराकर वह बंद हो जाता था। एक्सीलरेटर पूरा घुमाने या चौक लेने पर भी कोई फर्क नहीं पड़ रहा था।

डॉक्टर वाकणकर जान गए कि सायलेंसर में कॉर्बन भर गया है और पाइप अंदर से जाम है। उन्होंने सायलेंसर खोल डाला। उनके हाथ और कपड़े कोयले, मोबिल और ग्रीज से काले पड़ गए थे।

वे अभी सायलेंसर का कॉर्बन निकालने की जुगत करते लेकिन तभी उनकी पत्नी ने आकर बताया कि अगर उनको हरवंश पंडित को देखने जाना है, तो वे जल्दी जाएँ क्योंकि स्कूटर ठीक करते हुए उन्हें डेढ़ घंटा हो चुका है।

सुभद्रा कहार की साइकिल के हिलते हुए कैरियर पर बैठकर बूँदा-बाँदी, ठंडी हवा और घने अँधेरे में गाँव जानेवाली ऊबड़-खाबड़ कच्ची सड़क से डॉ. वाकणकर वीरपुर में थुकरा महराज के घर पहुँचे । वे सोच रहे थे कि जब वे हरवंश पंडित को बताएँगे कि आज पाकिस्तान निर्णायक तौर पर दो टुकड़ों में टूट गया है, बांग्लादेश स्वतंत्र हो चुका है और दुनिया के सैनिक इतिहास में पहली बार नब्बे हजार से ज्यादा पाकिस्तानी फौजियों ने भारतीय सेना के सामने आत्मसमर्पण कर दिया है, तो हरवंश पंडित के बीमार फेफड़ों में नई ताजी हवा आ जाएगी।।

डॉ. वाकणकर को आज सुबह अखबारों के पहले पन्ने पर छपा वह फोटोग्राफ बार-बार दिखाई दे रहा था, जिसमें ले. जनरल जे.एस. अरोड़ा के सामने शर्म और पराजय में गर्दन झुकाए पाकिस्तानी ले. जनरल नियाजी आत्मसमर्पण के कागजों पर दस्तखत कर रहा था। वाकणकर सिखों की वीरता, बलिदान और इस देश के लिए की गई उनकी कुरबानी के सामने नतमस्तक हुए जा रहे थे। सवा लाख से एक लड़ाऊँ, तब गोबिंद सिंह नाम कहाऊँ। दसवें गुरु गोबिंद सिंह ने हिंदुओं की रक्षा के लिए ही तो खड्ग धारण किया था।

लेकिन मिट्टी के उस छोटे-से घर में सिर्फ केरोसिन की एक ढिबरी जल रही थी, जिसकी लौ रह-रहकर काँप उठती थी। हरवंश पंडित की

हालत बहुत विकट थी। एक-एक साँस के लिए वे जूझ रहे थे। जैसे ही एक साँस पूरी होती, हरवंश पंडित का बूढ़ा कमजोर शरीर अगली साँस को जल्द-से-जल्द खोजने और पाने के लिए तड़प उठता।

थुकरा महराज ने जब डॉ. वाकणकर की ओर देखा तो उनकी आँखों में जीवन की उम्मीद छोड़ देनेवाली राख थी। उनकी आँखें बाहर निकल आई थीं लेकिन उनमें डरावनापन नहीं, किसी जनम-भर से भूखे, वंचित और दरिद्र ब्राह्मण की याचना थी। जीवन की, सिर्फ कुछ और साँसों की याचना।

डॉ. वाकणकर से थुकरा महराज की हालत देखी नहीं जा रही थी। उन्होंने उन्हें नींद का इंजेक्शन लगाया और बैलगाड़ी में सुलाकर प्राथमिक स्वास्थ्य केंद्र विधानपुर के लिए रवाना कर दिया। बाहर बूँदा-बाँदी तेज होने लगी थी। रात के डेढ़ बज रहे थे। हवा में बर्फ की तेज धारवाली छुरियाँ छिपी थीं। थुकरा महराज को बैलगाड़ी में पुआल बिछाकर लिटा दिया गया था और उनके ऊपर तिरपाल का छाजन बना दिया गया था, जिससे वे भीग न जाएँ। इंजेक्शन के कारण वे गहरी नींद में निश्चल थे।

डॉ. वाकणकर क्रॉनिक अस्थमा के मरीजों को अच्छी तरह जानते थे। जब उन पर दमे का दौरा पड़ता था, तो वे इसी हालत में पहुँच जाते थे, जैसे बस अब उनकी अंतिम घड़ी आ गई हो, लेकिन उन्होंने अपने वर्षों के अनुभवों से यह जाना था कि दमे के मरीजों की औसत आयु अन्य मरीजों ही नहीं, स्वस्थ लोगों के मुकाबले भी ज्यादा होती थी। उन्होंने दमे के मरीजों को अस्सी-नब्बे साल तक यों ही जीते हुए देखा था।

थुकरा महराज गहरी नींद या अर्द्ध-मूर्च्छा (सेमी कॉमा) में थे। डॉ. वाकणकर निश्चिंत थे। रात के पौने तीन बजे उन्होंने सिस्टर पोन्नम्मा से कहा कि वह हरवंश पंडित को ग्लुकोज चढ़ा दे। पोन्नम्मा विधानपुर में शासकीय स्वास्थ्य केंद्र द्वारा आवंटित दो कमरों के फ्लैट में रहती थी। वह बहुत दुबली थी और उसे एक्जिमा था। उसका घर अस्पताल से सटा हुआ था;।

डॉ. वाकणकर लगभग तीन चालीस पर घर लौटे थे। वे पूरी तरह थक चुके थे। आँखें नींद से भारी हो रही थीं। ठंड, नमी, मोबिल और ग्रीज़ की गंध, कालिख और थकान। उन्हें याद आया कि उन्होंने रात में खाना नहीं खाया था। उनकी पत्नी और बेटियाँ सो रही थीं।। वे बिना किसी को जगाए रसोई में घुसे। सारे बर्तन धुले-पुँछे रखे थे। उन्होंने फ्रिज खोलकर देखा। उसमें दूध, टमाटर और कुछ केलों के अलावा कोई पकी हुई खाने की चीज नहीं थी। वे लौटकर अपने बिस्तर पर गिर गए और दस मिनट के भीतर ही उनकी नाक से खर्राहट निकलने लगी।

सुबह साढ़े पाँच बजे ही किसी ने दरवाजा पीटना शुरू कर दिया। ज्योत्स्ना वाकणकर, जो उस समय फटे हुए पेटीकोट और ब्लाउज में थीं, ने उठकर दरवाजा खोला। आकाश में असमय के बादल अभी छँटे नहीं थे। बाहर सिस्टर पोन्नम्मा अस्त-व्यस्त हालत में खड़ी थी। साथ में सुभद्रा कहार था। थुकरा महराज का लड़का, पंडित भोला शंकर दुबे उर्फ लेदहा महराज भी कुछ पीछे हटकर खड़ा हुआ था। ज्योत्स्ना वाकणकर का बायाँ स्तन फटे हुए ब्लाउज से बाहर झाँक रहा था। इसलिए वह फौरन मुड़कर घर के अंदर आ गईं।

डॉ. वाकणकर को जगाने में बहुत मेहनत करनी पड़ी। वे बड़ी गहरी नींद में थे। जागने पर उनकी आँखें बुरी तरह से लाल थीं, जैसे उनमें खून उतर आया हो। वैसे ऐसा उच्च रक्तचाप या रक्तचाप के असंतुलित होने पर भी होता है।

सिस्टर पोन्नम्मा ने जब बताया कि हरवंश पंडित की मृत्यु हो गई है तो डॉ. वाकणकर को समझने में थोड़ा वक्त लगा। फिर उन्हें आश्चर्य हुआ और गहरा आघात महसूस हुआ। उनकी नींद काफूर हो गई। वे उसी हालत में, बिना हाथ-मुँह धोए, चप्पल चढ़ाकर लगभग दौड़ते हुए अस्पताल पहुँचे। पंडिताइन बाहर बरामदे में बैठी जोर-जोर से रो रही थीं। साथ में गाँव की एक-दो औरतें और कुछ मर्द थे। हरवंश पंडित की बहू भी वहाँ थी।

डॉ. वाकणकर ने प्राथमिक स्वास्थ्य केंद्र, विधानपुर के इनडोर पेशेंट नंबर सत्रह श्री हरवंश पंडित उर्फ थुकरा महराज, निवासी ग्राम वीरपुर, थाना तथा पोस्ट ऑफिस विधानपुर, जिला रायगढ़, पिन कोड 752 003 को देखा। मृत शरीर लोहे के पलंग पर पड़ा हुआ था। एक हाथ छाती पर था।

डॉ. दिनेश मनोहर वाकणकर, एम.बी.बी.एस., एम.डी. की निगाह स्टैंड पर लटकते ग्लुकोज की बोतल की ओर गई। वे जान गए। इसी का शक उन्हें हुआ था। बोतल के भीतर उसके पारदर्शी द्रव की सतह पर फंगस के थक्के तैर रहे थे। यह शायद किसी मेडिकल स्टोर्स से एक्सपायरी के बाद की ब्लैक सप्लाई है। 'हत्यारे' ...वे बुदबुदाए। उन्होंने लेबल पर पड़ी हुई एक्सपायरी की तारीख देखी। उस जगह को चाकू की नोक से खरोंचा गया था, तब भी तारीख समझ में आती थी।

प्राथमिक स्वास्थ्य केंद्र विधानपुर के वरिष्ठ चिकित्सक और इंचार्ज डॉ. डी.एन. मिश्रा नया बजट मिलते ही एक्सपायरी के बाद की दवाइयाँ या नकली दवाइयाँ फर्जी फर्मास्युटिकल कंपनियों के एजेंटों या केमिस्ट से कमीशन बेसिस पर खरीदा करते थे। उन्हें काफी कमाई होती थी। डॉ. वाकणकर ने इस पर कई बार आपत्ति प्रकट की थी, जिसके बाद वाकणकर के कई वास्तविक बिलों और रसीदों का भुगतान लंबे समय तक रोक दिया गया था, उनका एल.टी.ए. मंजूर नहीं किया गया था और उनकी छुट्टी की अर्जियाँ पास नहीं की गई थीं।

वरिष्ठ चिकित्सक डॉ. डी.एन. मिश्रा की स्थानीय नेताओं, व्यापारियों, तहसीलदार तथा थानेदार समेत अन्य सरकारी अफसरों से खूब पटती थी। इन लोगों ने रात में शराब पीने और ताश खेलने के लिए एक ऑफिसर्स क्लब भी बना रखा था। यह एक अलग समाज था। इस समाज की अपनी अलग संहिताएँ थीं, जिन्हें भारतीय प्रशासन ने अपने लंबे इतिहास से अर्जित किया था।

इन्हीं में से एक संहिता यह थी कि किसी अवांछित और ईमानदार मातहत को छोटे-छोटे अप्रकट तरीकों से, नियमों के दायरे के भीतर रहते

हुए, इतना तंग करो कि वह गुस्से में या दुख में फूट पड़े। और तब उसे नियमानुसार चार्जशीट करके दंडित करो।

डॉ. दिनेश मनोहर वाकणकर की आँखों में खून उतर आया। पंडिताइन की धाड़ें मार-मारकर रोती हुई विकल और बूढ़ी आवाज पूरे स्वास्थ्य केंद्र को हिला रही थी। हरवंश पंडित एक्सपायरी के बाद के, गंदे घटिया और नकली ग्लुकोज को नसों के भीतर इंजेक्ट करने से सरकारी अस्पताल के भीतर मरे थे। उनकी एक तरह से हत्या की गई थी। थुकरा महराज राष्ट्रीय स्वयंसेवक संघ के एक निष्ठावान ग्रामीण कार्यकर्ता थे और उन्हें विश्वास था कि उनके जीते जी ही जजमानी, वर्णाश्रम व्यवस्था और हिंदू राज की स्थापना होगी और उनकी पंडिताई फिर से पुरखों के जमाने की तरह चल पड़ेगी। जजमानों के न्यौतों से वे खीर-पूड़ी अपने गमछे में बाँधकर घर लाया करेंगे। अगर कल के अखबारों में छपा ले. जनरल जे.एस. अरोड़ा और पाकिस्तानी ले.जनरल नियाजी का फोटो वे देखते तो जोश में कहते—'डॉक्टर साहेब, देखो, एक रोड़ा गया। हिंदुओं की भाग्य बाधा हटी। अब अखंड भारत बनकर रहेगा। सत सिरी अकाल अरोड़ा जी ...!' और ऐसा कहते हुए उनके मुँह से जरूर थूक निकलने लगता, इसीलिए उनके गाँव के लोग उन्हें हरवंश पंडित के नाम से नहीं, थुकरा महराज के नाम से जानते थे।

डॉ. वाकणकर ने वहीं अस्पताल में अपने लेटर हेड में वरिष्ठ चिकित्सक डॉ. डी.एन.मिश्रा को एक बहुत सख्त पत्र लिखा। इसमें उन्होंने साफ-साफ लिखा कि आप हरवंश पंडित के हत्यारे हैं। आप जैसे भ्रष्ट और लालची डॉक्टरों की वजह से इस देश में एक नहीं हजारों निर्दोष मरीजों की मौतें हो रही हैं। आप मनुष्यों के जीवन के साथ मौत का दानवी और आपराधिक खेल खेल रहे हैं। हरवंश पंडित इस देश के एक नागरिक थे। वे इस प्राथमिक स्वास्थ्य केंद्र में भरती किए गए एक इनडोर पेशेंट थे। वे एक ब्राह्मण थे और शास्त्रों में ब्रह्महत्या से बड़ा कोई पाप नहीं माना गया है। आप जैसे डॉक्टर समूचे समाज और मनुष्यता के अलावा हिंदू धर्म के

लिए भी एक कलंक हैं। आपको मैंने कई बार सपरिवार स्थानीय मंदिर में पूजा-चढ़ावा करते और प्रसाद-चरणामृत लेते देखा है। अगर आपके भीतर धर्म के प्रति कोई आस्था है तो यह साफ समझ लीजिए कि आप पापी और गुनहगार हैं। कानून की दृष्टि से भी आपने अपराध किया है और भारतीय दंड संहिता की धारा 304 के तहत आप पर होमिसाइड का मुकदमा चलाया जाना चाहिए।

डॉ. वाकणकर के इस उद्वेग-भरे पत्र का अंतिम पैराग्राफ था :

'मैं अपने साथ ग्लुकोज की बोतल, आप द्वारा ग्लुकोज की अस्सी बोतलें खरीदने का शर्मा मेडिकल स्टोर्स को दिया गया आर्डर तथा स्टॉक से संबंधित कागजात लिए जा रहा हूँ। नकली दवाइयाँ, खास तौर पर लाइफ सेविंग ड्रग्स तथा मरीज की नसों के भीतर इंजेक्ट की जानेवाली इंट्रावेनस इंजेक्शन के मामले में जानलेवा और संगीन भ्रष्टाचार न करने का आग्रह मैंने आपसे एक बार नहीं, औपचारिक और अनौपचारिक तरीके से कई बार किया है। आपने मेरी बात को गंभीरता से लेने की बजाय तरह-तरह से मुझको तंग करने की कोशिश की है। मुझे लगता है कि आप नासमझी में यह अपराध नहीं कर रहे हैं बल्कि असल में आप पेशेवर मुजरिम हैं।

मैं अपने धर्म, अपने पेशे और ईश्वर की शपथ लेकर आपको चेतावनी देता हूँ कि आप अपनी करतूतों से बाज आइए वरना आप सोच भी नहीं सकते कि मैं किस हद तक जा सकता हूँ।'

हरवंश पंडित की मृत्यु से डॉक्टर वाकणकर इतने खिन्न, दुखी और तनाव में थे कि उन्होंने इस पत्र को एक लिफाफे में बंद करके एक हफ्ते की छुट्टी का एक अप्लीकेशन भी लिख डाला और दोनों चीजें सिस्टर पोन्नम्मा को थमाकर अपने फ्लैट में लौट आए।

ज्योत्स्ना वाकणकर और उनकी बेटी पूजा ने देखा कि उनकी आँखें लाल थीं, जैसे उनमें खून तैर रहा हो। वे अपने बिस्तर पर गिरे और जल्द ही उनकी खर्राहट कमरे में गूँजने लगी।

डॉ. वाकणकर की आँखों के इस तरह लाल होने तथा नाक और गले से निकलती ऐसी खर्राहट से ज्योत्स्ना वाकणकर जान गई कि उनका रक्तचाप बढ़ गया है और असंतुलित है।

स्थानांतरण का आदेश

दोपहर ढाई बजे तक डॉ. वाकणकर के खर्राटे गूँजते रहे। इसी समय दरवाजे पर दस्तक हुई। प्राथमिक स्वास्थ्य केंद्र का जूनियर डॉक्टर सुरेश गुप्ता उनसे मिलने आया था। उसने तीन साल पहले ही सरकारी नौकरी ज्वायन की थी। वह लोक निर्माण विभाग (पी.डब्ल्यू.डी.) के विधानपुर ऑफिस में एस.डी.ओ. श्री दीनदयाल गुप्ता का भांजा था। डी.डी. के नाम से मशहूर दीनदयाल गुप्ता के बारे में कहा जाता था कि विधानपुर में आने के बाद उसने पिछले चार सालों में लगभग पैंतीस-चालीस लाख रुपए कमाए थे। सड़कों की मरम्मत, नई सड़कों और पुलों की स्वीकृत परियोजनाओं में घपला और ठेकेदारों-कर्मचारियों से मिली-भगत के दम पर उसने ये कमाई की थी।

डॉ. सुरेश गुप्ता उसी डी.डी. का भांजा था।

चाय पीने के बाद डॉ. गुप्ता ने डॉ. वाकणकर से अनुरोध किया कि वे ग्लुकोज की बोतल, अस्पताल के स्टॉक के कागजात और शर्मा मेडिकल स्टोर्स को डॉ. मिश्रा द्वारा दिए गए खरीद ऑर्डर की कॉपी डॉ. मिश्रा को लौटा दें। डॉ. मिश्रा उनसे मिलना चाहते हैं। माफी माँगना चाहते हैं और वे सचमुच परेशान और दुखी हैं।

डॉ. वाकणकर ने जवाब दिया कि उनका डॉ. मिश्रा से कोई निजी झगड़ा नहीं है। वे अगर उनके घर आएँ, तो उनका स्वागत है। रही बात बोतल और कागजात लौटाने की तो डॉ. वाकणकर ने कहा कि यह ठीक नहीं होगा क्योंकि अगर ये सबूत उन्होंने डॉ. मिश्रा को लौटा दिए तो डॉ. मिश्रा उन्हें तंग कर डालेंगे।

डॉ. सुरेश गुप्ता से उन्होंने कहा कि अपने पास ये प्रमाण वे डॉ. मिश्रा

को सजा दिलाने के लिए नहीं, अपनी सुरक्षा के लिए भी रखना चाहते हैं।

उसी रात आठ साढ़े आठ बजे प्राथमिक स्वास्थ्य केंद्र विधानपुर के वरिष्ठ चिकित्सक तथा इंचार्ज डॉ. डी.एन. मिश्रा उनके घर आए। हालाँकि वे डॉ. वाकणकर के बॉस थे लेकिन उनके सामने वे ऐसे व्यवहार कर रहे थे जैसे डॉ. वाकणकर ही उनके अधिकारी हों।

ज्योत्स्ना वाकणकर जब चाय देने आईं तो डॉ. मिश्रा ने कुर्सी से उठकर उन्हें 'भाभीजी' कहते हुए प्रणाम किया। बाद में पता चला कि वे हरवंश पंडित की विधवा पंडिताइन को वीरपुर में 10,000 रु. नगद देकर आए हैं। उन्होंने डॉक्टर वाकणकर की पत्नी ज्योत्स्ना से अलग से बात की। ज्योत्स्ना वाकणकर ने आकर डॉ. वाकणकर को समझाया कि अब जो होना था, सो हो गया। डॉ. मिश्रा के मन में हरवंश पंडित की मृत्यु के लिए गहरा पश्चात्ताप है। वे दस हजार रुपए पंडिताइन को दे ही चुके हैं और उनका कहना है कि अगर डॉ. वाकणकर कह दें तो वे उन्हें और भी रुपए दे सकते हैं। डॉ. मिश्रा ने वाकणकर की भूरि-भूरि प्रशंसा भी की और कहा उनके जैसे निःस्वार्थ और आदर्श डॉक्टर स्वास्थ्य विभाग की शान हैं।

खैर, बाद में यह हुआ कि ज्योत्स्ना वाकणकर ने अपने पति से अनुमति लेकर डॉ. डी.एन. मिश्रा से डॉ. वाकणकर द्वारा लिखा गया पत्र वापस लिया और उन्हें ग्लुकोज की बोतल और सारे कागजात वापस लौटा दिए। डॉ. सुरेश गुप्ता उसी दिन से राष्ट्रीय स्वयंसेवक संघ का सदस्य बन गया। उसने डॉ. वाकणकर के चरण छूकर कहा कि वह आज से उनकी तरह ही अस्पताल में धाँधली के खिलाफ लड़ेगा।

डॉ. दिनेश मनोहर वाकणकर उदास थे। हरवंश पंडित की मृत्यु दमे से नहीं हुई थी। उनकी हत्या हुई थी। उन्होंने उस रात अपनी डायरी में लिखा :

> **'मुझे दिखाई दे रहा है कि हमारे देश में हर रोज हजारों हत्याएँ हो रही हैं—नकली दवाओं, जहरीली शराब, गुंडों और अपराधियों के संगठित गिरोहों, पुलिस द्वारा दमन और सरकार द्वारा गोली-बारी से। इस सबका धर्म और संप्रदाय से कोई लेना-देना**

नहीं है। एक पूरा भ्रष्ट और अपराधी तंत्र बन चुका है, जिसकी हिंसा और लूट के सामने इस चीज का कोई मतलब नहीं है कि सामनेवाला हिंदू है या मुसलमान या किसी और संप्रदाय का। बांगलादेश में भी मुसलमानों ने ही मुसलमानों का संहार किया था। हजारों औरतों से बलात्कार किया था और लाखों मुहाजिरों को उनके घर-गाँव से उजाड़कर खानाबदोश बना दिया था। यह सच है कि हमारे देश में भी हिन्दू किसी और के द्वारा नहीं सबसे ज्यादा हिंदुओं द्वारा ही मारे जा रहे हैं। डॉ. डी.एन. मिश्रा भी हिंदू थे और हरवंश पंडित भी। जानलेवा नकली दवाइयों के व्यापारी भी हिंदू हैं। हद यह है कि इनमें से कई हिंदू राष्ट्र के विचार के समर्थक हैं और संघ को धन आदि से मदद देते रहते हैं।'

डॉ. वाकणकर ने डायरी के उस पन्ने पर, आखिर में एक प्रश्न लिख छोड़ा था :

'यह सवाल बार-बार मेरे सामने आ खड़ा होता है कि अगर भविष्य में कभी हिंदू राष्ट्र बना तो वह किस हिंदू का राष्ट्र होगा? डॉ. डी.एन. मिश्रा का? या थुकरा महराज का?'

एक सप्ताह का अवकाश अभी चल रहा था। डॉ. वाकणकर अस्पताल तो नहीं जा रहे थे, लेकिन शाखा में नियमित शाम को जाते थे। वहाँ उन्हें राम सनेही भाईजी ने बताया कि डॉ. सुरेश गुप्ता अभी तीन दिन से ही शाखा में आ रहा है लेकिन उसने अभी से उनके बारे में कई अनाप-शनाप बातें फैलानी शुरू कर दी हैं। राम सनेहीजी ने कहा कि कहीं डॉ. सुरेश गुप्ता ने डॉ. मिश्रा ने ही तो नहीं शाखा का सदस्य बनाया है, जिससे वह वहाँ पर डॉ. वाकणकर की जड़ें काट सके।

पाँचवें दिन वाकणकर जिला मुख्यालय के शासकीय अस्पताल से जिला चिकित्सा अधिकारी डॉ. एस.एन. अग्निहोत्री, सिविल सर्जन के आदेश क्रमांक 26/डी.1371 के तहत डॉ. दिनेश मनोहर वाकणकर का

तबादला सुदूर आदिवासी बहुल क्षेत्र ढींगर गाँव के प्राथमिक स्वास्थ्य केंद्र में कर दिया गया। उन्हें 48 घंटे के भीतर अपना समस्त कार्यभार डॉ. सुरेश गुप्ता को सौंपने का आदेश दिया गया था। अगले दिन जिला रायगढ़ से निकलनेवाले साप्ताहिक अखबार 'रायगढ़ वाणी' में हरवंश पंडित की विधवा पंडिताइन कर्मवती की ओर से जिलाधीश के नाम एक पत्र छपा था जिसमें अपने पति की मृत्यु की जिम्मेदारी उन्होंने डॉ. वाकणकर पर डाली थी और शासन से अनुरोध किया था कि हरवंश पंडित की मृत्यु की पूरी जाँच कराई जाए।

ज्योत्स्ना वाकणकर इस विश्वासघात और षड्यंत्र को सहजता से बर्दाश्त नहीं कर पा रही थीं। वे फूट-फूटकर रोने लगीं और डॉ. डी.एन. मिश्रा से सीधी–दो टूक बात करने के इरादे से उनके निवास की ओर चलीं। डॉ. वाकणकर ने मना भी किया लेकिन वे नहीं मानीं। उन्होंने कहा, 'मैं जाकर उस नीच धोखेबाज का मुँह नोच लूँगी।'

ज्योत्स्ना वाकणकर जब प्राथमिक स्वास्थ्य केंद्र विधानपुर के वरिष्ठ चिकित्सक और इंचार्ज डॉ. डी.एन. मिश्रा के बंगले पर पहुँचीं तो वहाँ ताला लगा था।

पता चला डॉ. मिश्रा अपने परिवार समेत, एल.टी.ए. लेकर पंद्रह दिन की छुट्टी मनाने देहरादून चले गए हैं।

काले पानी का दंड-द्वीप

विधानपुर से ढींगर गाँव में आए हुए डॉ. दिनेश मनोहर वाकणकर को लगभग चौदह साल हो गए। न उनका प्रमोशन हुआ, न तबादला। सिर्फ सालाना वेतन वृद्धि यानी इंक्रीमेंट का इजाफा होता रहा।

ढींगर गाँव में डॉ. वाकणकर खुश थे। हालाँकि वहाँ उन्हें सजा के बतौर भेजा गया था। किताबें और जर्नल्स वहाँ देर से पहुँचते थे, लेकिन उस आदिवासी बहुल इलाके में झंझट कम थे।

ढींगर गाँव सतपुड़ा की पर्वत श्रेणियों में से एक की चोटी से लेकर तलहटी तक बसा हुआ एक चित्रात्मक-सा सुंदर कस्बा था। सड़कें वहाँ

ठीक नहीं थीं। आवागमन के साधन कम थे और शहरों में मिलनेवाली नई-नई उपभोक्ता चीजें वहाँ की दुकानों में नजर नहीं आती थीं। जैसे वहाँ लेमन सोडा, लस्सी और शिकंजी के अलावा तरह-तरह के सॉफ्ट ड्रिंक्स नहीं मिलते थे। कुकिंग गैस का नामो-निशान नहीं था। एक दो लोगों ने सरकारी या सहकारी अनुदान मिलने के कारण गोबर गैस या बायोगैस की टंकी बनवा रखी थी। लेकिन वे टंकियाँ ऐसे ही बेकार पड़ी हुई थीं।

ढींगर गाँव में रहते हुए भी डॉ. वाकणकर ने संघ का काम जारी रखा। उन्हें यह अहसास वहीं रहते हुए गहराई से हुआ कि संघ और हिंदूवादी राजनीति में निचली जातियों और आदिवासियों की बहुत कम रुचि है। वे अगर शाखा में, डॉ. वाकणकर के प्रभाव के कारण, आने भी लगते थे, तो कुछ दिनों के बाद उनकी रुचि उसमें खत्म हो जाती थी। संघ का जैसा स्वरूप था, उसमें उन्होंने पाया कि व्यापारी, ठेकेदार सवर्ण जातियों के लोग और सरकारी कर्मचारी ही उसमें उत्साह दिखाते थे।

डॉ. वाकणकर ने अपनी डायरी में लिखा :

'कभी-कभी मैं सोचता हूँ कि स्वामी रामतीर्थ, विवेकानंद, रामकृष्ण परमहंस आदि चिंतकों और मध्यकाल के भक्त संतों का रास्ता यही है? मेरे मन में संदेह उठता है कि संघ का कार्यकलाप हिंदू समाज के पुनर्जागरण और पुनर्गठन के लिए नहीं, सत्ता पर इस संगठन और इसके समर्थक राजनीतिक दलों को बिठाने के लक्ष्य को लेकर चल रहा है।'

ढींगर गाँव एक बड़ा क्षेत्र था। पिछले दस वर्षों से जनसंख्या में वृद्धि के कारण यह पृथक् संसदीय क्षेत्र बन गया था। आदिवासी जनजातियों के लिए सुरक्षित संसदीय क्षेत्र। लेकिन चुनाव और राजनीति के सारे मोहरे गैर-आदिवासी लोगों द्वारा ही संचालित होते थे। श्री भुलई साधो यहाँ के निर्वाचित सांसद थे, लेकिन इस आदिवासी सांसद के बारे में हर कोई जानता था कि वह जिले के माफिया किंग त्रिभुवन सिंह का नौकर है।

तो डॉ. वाकणकर ढींगर गाँव में सजा काट रहे थे। ऐसा ही लोकतांत्रिक

भारत सरकार ने सोचा था। ढींगर गाँव कोई सरकारी अफसर या कर्मचारी नहीं आना चाहता था। सरकारी दफ्तरों में जब कोई अफसर अपने मातहत पर नाराज होता तो धमकी देता था, ज्यादा आँय-बाँय किया तो साले ढींगर गाँव भेज दूँगा। ढींगर गाँव में डॉ. वाकणकर शासकीय फ्लैट में अकेले रहते थे। वहाँ कोई कॉलेज नहीं था। इसलिए अपने परिवार को उन्हें ललितपुर भेजना पड़ता था। विधानपुर में उनकी एक ही संतान थी, इन चौदह वर्षों में उसमें तीन की बढ़ोतरी और हो गई थी। उपासना, प्रार्थना और तपस्या।

यहाँ रहते हुए उन्होंने उरांव, बैगर, गोंड, कोल, धनुहार आदि जनजातियों की जीवन-पद्धति, फूड हैबिट्स और पारंपरिक औषधियों के बारे में गहरी छान-बीन की। आदिवासियों के पाए जानेवाले सामान्य मौसमी रंगों पर काम किया। उनके चार शोध-पत्र अंतर्राष्ट्रीय जर्नल्स में प्रकाशित हुए। दो बार उन्हें जर्मनी और एक बार लंदन बुलाया गया, लेकिन उनके विभाग ने एक तो उन्हें देर से सूचित किया, दूसरे उनके जाने में कुछ अड़चनें भी खड़ी कीं, इसलिए वे कहीं नहीं गए। ढींगर गाँव ही उनका क्षेत्र बनकर रह गया।

स्थानीय लोगों का कहना था कि कस्बे के सरकारी अस्पताल में डॉ. वाकणकर के आने के पहले कोई आदिवासी नहीं आता था। वे लोग वहाँ जाने से डरते थे। उनके बीच आम मान्यता यह थी कि जब पुलिस चौकी का दरोगा खाकी वर्दी उतारकर कोट-पैंट पहन लेता है तो वह डॉक्टर बन जाता है और आदमी अगर अस्पताल में जाता है तो वह उसका अंडा और कलेजा चुरा लेता है।

आदिवासियों के अंडे और कलेजे से चाकलेट बनता है, जिसे दिल्ली की औरतें खाती हैं।

टी.वी. ढींगर गाँव में छह साल पहले आ गया था। लेकिन टी.वी. के पर्दे पर दिखाई देनेवाली चीजें वहाँ नहीं आई थीं। मैगी नूडल्स वहाँ नहीं थे, सैमुराइ और अटारी के वीडियो गेम्स नहीं थे। पामऔलिव का केयर सोप नहीं था। वहाँ गार्डेन बरेली की साड़ी के जरिए अपनी छाती, पीठ, कमर

और बगलों का चिकना नंगापन दिखाती औरतें नहीं थीं। वे लड़कियाँ नहीं थीं जो लिरिल या पोंड्स लेवेंडर सोप के झाग में झरने या शॉवर के नीचे लाखों लोगों के सामने नंगी नहाती थीं।

लेकिन ढींगर गाँव में तरोई, अमरूद, कुम्हड़ा, लौकी, पालक जैसी तमाम सब्जियाँ खूब ताजा मिलती थीं। दूध और घी महँगा था लेकिन शुद्ध होता था। चावल की तमाम किस्में थे और भात बहुत स्वादिष्ट बनता था।

अपराध वहाँ के ग्रामीण इलाकों में नहीं के बराबर थे। एक खास तरह की सुस्त, शांत और बहुत नैसर्गिक जीवन की गति थी।

प्रधानमंत्री की यात्रा की घोषणा

घोषणा हुई कि भारत के प्रधानमंत्री ढींगर गाँव की यात्रा पर आनेवाले हैं। उनका दोपहर का भोजन, पहाड़ के ऊपर बने अंग्रेजों के जमाने के कठ-बँगला यानी ढींगर गाँव के लोक निर्माण विभाग के सर्किट हाउस में होगा। भोजन के बाद वे शाम साढ़े तीन बजे तलहटी के मैदान में आदिवासियों की जनसभा को संबोधित करेंगे। तलहटी की आबादी से तीन किलोमीटर दूर लालगंज के प्लांटेशन साइट पर उनका हेलिकॉप्टर उतरेगा।

यह तहलका था। कहाँ भारत के प्रधानमंत्री, कहाँ ढींगर गाँव। स्वतंत्र भारत की देशी सरकार का अंडमान निकोबार। काले पानी का दंड-द्वीप, ढींगर गाँव के इतिहास में पहली बार यह महत्त्वपूर्ण अध्याय जुड़ने जा रहा था।

जीपें दौड़नें लगीं। ट्रक दौड़ने लगे। सरकारी इमारतें ही नहीं, ढींगर गाँव-बाजार की मुख्य सड़क के अगल-बगल की दुकानों और मकानों पर भी चूना, स्नोसिम पोता जाने लगा। सड़क के दोनों किनारों में, लालगंज से ढींगर गाँव तक गेरू और चूने में रँगी ईंटों की कतार सजाई गई। थोड़ी-थोड़ी दूर तक तोरणद्वार बनाए गए–'ढींगर गाँव संसदीय क्षेत्र की जनता प्रधानमंत्री का स्वागत करती है।'

लालगंज के प्लांटेशन साइट को, जहाँ प्रधानमंत्री का हेलिकॉप्टर उतरना था, लोहे के कँटीले तारों से घेर दिया गया। तलहटी के मैदान की

सरहद में खंभे गाड़े गए, तार ताने गए, हर खंभे पर स्पीकर फिट किया गया। मैदान के बीचोंबीच पहले ईंट-सीमेंट का चबूतरा और उसके ऊपर लकड़ी के तख्तों का मंच। उसके ऊपर जिला मुख्यालय से और राज्य की राजधानी से लाई गई कुर्सियाँ।

इसी चबूतरे से प्रधानमंत्री ढींगर गाँव की जनता के लिए बोलेंगे और स्पीकर से उनकी आवाज पहाड़, तलहटी और जंगल तक जाएगी। गरीबी हटाओ, तरक्की, जनता की समस्याएँ, सरकार कटिबद्ध है, सुनहरा कल। जय हिंद, जय हिंद, फूल-माला, जिंदाबाद, हाथ जोड़े मुस्कुराता चेहरा।

सिर पर बैगाओं, उरावोंवाला मुरैठा। पता चला प्रधानमंत्री आदिवासियों का करमा-सैला नाच देखेंगे और अगर नाच बढ़िया हुआ तो महुए का ठर्रा पीकर खुद भी नाचेंगे।

ढींगर गाँव में जगह-जगह चर्चा थी कि प्रधानमंत्री मुरैठा बाँधकर करमा नाचेंगे और ठर्रा पिएँगे। कलेक्टर साहब ने सोहना बैगा को निखालिस महुए की रासी बनाने का ऑर्डर दिया है। ऐसा ठर्रा कि दीवाल पर हाथ से रगड़ दो तो भक से आग जल जाए। पता चला प्रधानमंत्री के साथ दिल्ली दरबार के कई अफसर और अखबारवाले भी आ रहे हैं। वे भी ठर्रा पिएँगे। टी.वी. वाले भी आएँगे।

और सरकिट हाउस। पहाड़ की चोटी के सपाट समतल पर बना अंग्रेजों के जमाने का कठबँगला। यहाँ अंग्रेज अफसर और रीवा, सरगुजा के राजा लोग पहले आकर ठहरते थे। खूब शिकार-हाँका होता था। पिकनिक मनती थी।

कठबँगला दूर से दिखाई देता था। लोहे के ऊँचे-ऊँचे पोल कोरबा से ट्रक में ढोकर लाए गए। पहाड़ की चोटी पर मरकरी लाइट। रात में भी दिन जैसा उजाला। क्या पता, कहीं प्रधानमंत्री का हेलिकॉप्टर खराब हो जाए और उन्हें रात कठबँगले में गुजारनी पड़ जाए। इसीलिए।

तलहटी से लेकर चोटी तक सड़क के अगल-बगल रंगीन ईंटें। एड़ी से चोटी तक बल्ब ही बल्ब। जगमग-जगमग। पतंगी कागज के असंख्य

नन्हे-नन्हे त्रिभुज सुतली की डोरी में चारों ओर हिलते हुए। झंडियाँ—हरी, नीली, पीली, बैंगनी रंग-बिरंगी।

कलेक्टर श्री एन.एस. खरे, आई.ए.एस. ढींगर गाँव में ही डेरा डालकर पड़े थे। पैंतीस-छत्तीस की उम्र। जवान, राऊज कोचिंग सेंटर से रट्टा मारकर आई.ए.एस. किया था। घुड़सवारी, ब्रिज, ब्लू फिल्मों और रिश्वत के शौकीन। शत्रुघ्न सिन्हा की तरह डायलॉग बोलने का ढंग।

एस.पी., डी.आई.जी., कमिश्नर, तहसीलदार, बी.डी.ओ. सब ढींगर गाँव में पड़े थे। हर कोई दौड़ रहा था। जनसंपर्क विभाग और आदिवासी कल्याण परिषद् के अफसर आदिवासी औरतों-मर्दों को सही तरीके से नाचने की ट्रेनिंग दे रहे थे। पी. एम. के सामने नाचना है। सही नाचोगे तो दिल्ली घुमाएँगे। बख्शीश मिलेगा। आदिवासी औरतों को सख्त हिदायत कि कोई ब्लाउज नहीं पहनेगी। ऐसे ही आँचल से दूध को मूँद लेना है। जिसकी छाती ज्यादा लटक गई है, उसे पीछे रहना है। प्रधानमंत्री की यात्रा की तैयारी में ढींगर गाँव टायरों और जूतों के नीचे रौंदा जा रहा था। साठ लाख खर्चा बैठा था। सब जुटे हुए थे। हर कोई दौड़ रहा था। पी.डब्ल्यू.डी. के ठेकेदार अग्रवालजी, त्रिपाठीजी, ऑल इंडिया ट्रांसपोर्ट कंपनी के डेढ़ सौ ट्रकों के मालिक खन्ना साहेब, कोयला खदानों से ब्लैक और चोरी से कोयला और परमिट बेचनेवाले कोल माफिया किंग त्रिभुवन सिंह, जिले के मशहूर गुंडा कोले पहलवान इंदरभान सिंह, दारू के ठेकेदार जवाहर जैन जी, जिनके बाँदा से लाए गए गुंडों और एक्साइज के कर्मचारियों के आतंक से पूरा आदिवासी इलाका थर्राता था।

कई पेट्रोल पंपों के मालिक और मोबिल आयल में पेट्रोल और मिट्टी का तेल मिलाकर डीजल के नाम से बेचनेवाले केडियाजी, चूना-सीमेंट फैक्टरी के जडेजा साहेब, कागज के कोटे को ब्लैक में बेचकर सरकारी अफसरों और मंत्रियों की चमचागिरी करके लाखों कमा लेनेवाले 'लोकवाणी' के संपादक नटवरलाल 'नटवर' जो टी.वी. के कवि सम्मेलन में हमेशा दिखाए जाते थे वगैरह-वगैरह।

ढींगर गाँव सरकारी लोगों से भर गया था। व्यवस्था हो रही थी। पुलिस, सी.आर.पी., पी.ए.सी., तंबू ही तंबू, छावनी ही छावनी। वर्दी ही वर्दी। जीप, ट्रक, कार, मोटरसाइकिल।

लेकिन ढींगर गाँव के आसपास के छोटे-छोटे गाँवों में सन्नाटा था। हाट-बाजार के अलावा आदिवासी शहर-कस्बे की तरफ कम ही रुख करते थे। सरकार के नाम पर वे सिर्फ पुलिस, पटवारी और आबकारीवालों को ही जानते थे, जो उनके घर में घुसकर उनकी मुर्गियाँ उठा ले जाते थे, ठर्रा बनानेवाला मटका फोड़ देते थे, औरतों-लड़कियों के पेट में अपना बीज डाल जाते थे और मारते-पीटते थे। सिंदवारी, बोड़ारी, पोंडी, खांडा, बकेली, नवनियाँ आदि तमाम गाँवों के आदिवासी मना रहे थे कि उधर न जाना पड़ता तो अच्छा रहता। बोडारी गाँव के मिखना बैगा ने तो ठकुरदेई में जाकर मुर्गी का चढ़ावा दिया था कि प्रधानमंत्री ढींगर गाँव न आएँ।

लेकिन पी.एम. के आने की तारीख और वक्त तो तय थे। सारे सरकारी लोग गाँव-गाँव घुसने लगे। पटवारी आकर ऐलान कर गए थे कि ढींगर गावँ नहीं जाओगे, तो जमीन छिन जाएगी। बल्कि जाओगे तो प्रधानमंत्री खुद अपने हाथ से पट्टा बाँटेंगे। बी.डी.ओ. बोल गया था। ढींगर गाँव में प्रधानमंत्री आदिवासियों को कुआँ खोदने और गाय-गोरू खरीदने के लिए रुपया बाँटेंगे। होगा तो कर्जा लेकिन बाद में माफ हो जाएगा।

थानेदार और पुलिस के सिपाहियों ने कहा था, अगर नहीं जाओगे ढींगर गाँव तो घर-घर में डंडा घुसेड़ दिया जाएगा। फिर मत आना नालिश फरियाद करने। ऊँची जाति के किसान जमींदार और सेठ साहूकार कह रहे थे। ससुर रह गए बैल के बैल। जंगली साले। ढींगर गाँव संसदीय क्षेत्र का गौरव बढ़ रहा है, प्रधानमंत्री आ रहे हैं और ये ससुर जंगल में छुपकर झाड़ा फिरने में लगे हुए हैं। इनके भुच्च और पिछड़े रहे आने के असली जिम्मेदार साले ये आदिवासी खुद हैं।

हर पटवारी, हलके, स्कूल और थाना क्षेत्र से लोगों को लाने का कोटा बाँध दिया गया था। हर सरकारी मुलाजिम अपने-अपने इलाके से

ज्यादा-से-ज्यादा कोल, बैगा, गोंड, सेउंता, भरिया, अगरिया, ढीमर, हरिजन, धनुहार लाने की कोशिश कर रहा था जिससे ऊपर के हाकिम खुश हो जाएँ। ठेकेदार, गुंडे, नेता और दारू भट्ठेवाले भी अपनी तथा सरकारी गाड़ियों में गाँव-गाँव दौड़ रहे थे।

सरकार आदिवासियों को उनके घरों और जंगलों से निकालकर प्रधानमंत्री के सामने खड़ा कर देने को कटिबद्ध थी।

महामारी और जिलाधीश

> **'कभी-कभी यह मूल प्रश्न मुझे सोचने को विवश करता है कि सत्ता और जनता के परस्पर संबंधों में पिछले सौ-डेढ़ सौ सालों में कितना परिवर्तन हुआ है। ढींगर गाँव के आसपास के गाँवों के बूढ़े आदिवासियों से बात करने पर पता चलता है कि उन्हें पुराना जमाना पसंद था। इसकी दो मुख्य वजहें थीं कि एक तो तब जंगल इतने नहीं उजड़े थे और दूसरे यह कि आदिवासी समाज में तब सरकार और बाहरी लोगों की इतनी दखलंदाजी नहीं थी।**
>
> **आदिवासियों के बीच धारणा है कि सरकार ने सड़कें जंगल काटकर लकड़ी की ढुलाई करने, पहाड़ों से खनिज संपदा निकालने और आदिवासियों की आजादी छीनकर उन्हें परावलंबी और गुलाम बनाने के लिए बनाई है।'**

डॉ. वाकणकर ने अपनी डायरी में उन्हीं दिनों यह लिखा था। अंत में उन्होंने अपनी ओर से निष्कर्ष भी लिखा था :

> **'मुझे उनकी धारणा के सार में सत्य नजर आता है। अगर सड़कें आदिवासियों के विकास के लिए बनाई गई होतीं, तो उनके पास सड़क पर चलनेवाली कोई-न-कोई चीज जरूर होती। ऐसा नहीं है।'**

डॉ. दिनेश मनोहर वाकणकर को इत्तला मिली कि पोंडी तथा खांड़ा

गाँव में गैस्ट्रो एंट्राइटिस के कुछ केस हुए हैं। उन्होंने सिविल सर्जन, जिला मुख्यालय को नियमानुसार इसकी सूचना भेजी थी लेकिन अभी तक उसका कोई जवाब नहीं आया था। इस बीच पता चला कि चार मौतें और हो गई हैं। उन्होंने सी.एस. को रिमाइंडर भेजा। जवाब फिर नहीं आया। तीन दिन बाद पता चला कि छह आदिवासी जिनमें तीन बच्चे और दो औरतें शामिल थीं, फिर मर गए हैं। अब तक मरनेवाले कुल सोलह लोगों में नौ बच्चे थे।

डॉ. वाकणकर स्कूटर से हैजा प्रभावित गाँवों में पहुँचे। मई का महीना था। तेज गर्मी पड़ रही थी और संभवतः पाँच-छह गाँवों के बीच पानी के लिए जो एक ही तालाब था, उसका पानी प्रदूषित हो गया था। अगर तत्काल कोई रोकथाम या व्यवस्था नहीं की गई तो महामारी और ज्यादा फैल सकती थी।

आदिवासियों से बातचीत करने पर उन्हें पता चला कि 1942 के अकाल के बाद इस इलाके में पहली बार हैजा फैला है। उस बार अंग्रेज सरकार थी और यहाँ के कलेक्टर श्री फिलिप्स हुआ करते थे। मिस्टर फिलिप्स ने महामारी की रोकथाम के लिए व्यवस्थित प्रशासनिक कदम उठाए थे और अधिक लोग नहीं मरने पाए थे। आश्चर्य था कि तब ढींगर गाँव में कोई प्राथमिक स्वास्थ्य केंद्र नहीं था और यहाँ सरकारी डॉक्टर भी नहीं थे। सड़कें भी नहीं थीं। सड़कें तो दरअसल आजादी के सात-आठ साल बाद जंगल की कटाई, तेंदू पत्ते और लाख का व्यापार तथा इस इलाके में पाए जानेवाले बाक्साइट ओर की ढुलाई के लिए बनवाई गईं।

अगली सुबह साढ़े दस बजे डॉ. वाकणकर को सूचना मिली कि पोंडी गाँव में दो बच्चे और मर गए हैं। डॉ. वाकणकर को पता था कि इस समय कलेक्टर श्री एन. एस. खरे, आई.ए.एस. ढींगर गाँव के सिंचाई विभागवाले रेस्ट हाउस में रुके हुए हैं। उन्होंने अपना स्कूटर उठाया और वहाँ पहुँच गए।

रेस्ट हाउस में भीड़ थी। एस.पी., डिप्टी कलेक्टर, तहसीलदार, दरोगा समेत वहाँ जिले के कुख्यात अपराधी इंदरभान सिंह और कोल माफिया किंग त्रिभुवन सिंह आदि बैठे हुए थे। कलेक्टर अंदर दारू भट्टे के ठेकेदार

जैन से भारतीय प्रधानमंत्री की यात्रा की व्यवस्था आदि के संबंध में कुछ जरूरी और गंभीर बातें करने में लगे थे। बड़ी मुश्किल में कलेक्टर साहब से मिलने का टाइम डॉ. वाकणकर को मिल पाया।

जिलाधीश एन.एस. खरे ने उनसे कहा कि वे दो मिनट में अपनी बात बता दें क्योंकि उनके पास वक्त बिलकुल नहीं है। डॉ. वाकणकर ने उन्हें पाँच गाँवों में हैजा फैलने और अब तक हुई 16 मौतों के बारे में बताया। उन्होंने माँग की कि जिला प्रशासन को फौरन कोई कदम उठाना चाहिए वरना मरनेवालों की संख्या और भी बढ़ सकती है।

कलेक्टर खरे ने हँसते हुए कहा, 'अरे डॉक्टर साहब, लोगों ने आपके बारे में जो बातें मुझे बताई थीं, आप वैसे ही निकले। देखिए आप भी आखिर हमारे ही बीच के आदमी हैं। इस वक्त अपनी पॉलिटिक्स मत चलाइए। हो सके तो एडमिनिस्ट्रेशन की मदद कीजिए जिससे पी.एम. का दौरा अच्छी तरह से निपट जाए। बाद में हम लोग इस सिचुएशन को भी टैकल कर लेंगे।'

डॉ. वाकणकर ने गंभीरता और ईमानदारी से कहा कि इसमें उनकी कोई पॉलिटिक्स नहीं है। गैस्ट्रो एंट्राइटिस वास्तव में बड़ी तेजी से फैल रहा है और खतरा है कि यह आसपास के गाँवों को भी अपनी चपेट में ले लेगा। ऐसा हुआ तो हालात काबू के बाहर हो जाएँगे। मरनेवालों में सबसे बड़ी तादाद बच्चों की होगी। उनकी इस बात पर कलेक्टर ने कहा कि आप दो दिन और रुक जाइए। उसके बाद मैं इसको प्रायरिटी देकर देखूँगा।

हारकर डॉ. वाकणकर ने कहा, 'लेकिन यह ज्यादा अच्छा होगा कि उन्हें आज दो-तीन घंटे के लिए कोई जीप दे दी जाए जिससे कम-से-कम उस तालाब के प्रदूषित पानी में कीटाणुनाशक दवाइयाँ डालकर उसे पीने लायक बनाया जा सके और जो लोग इस समय क्रिटिकल हालत में बीमार हैं, उन्हें ढींगर गाँव अस्पताल लाया जा सके।'

कलेक्टर ने ब्लाक डेवलपमेंट ऑफिसर और एस.पी. से पूछा तो उनका कहना था कि सर, आज का शिड्यूल तो बहुत टाइट है। गाड़ियाँ

जहाँ-जहाँ जानी हैं, वहाँ पहले से अपायंटमेंट हैं। आज तो बिलकुल नहीं हो सकता। हाँ, अगर डॉक्टर वाकणकर कल सुबह पता कर लें तो बेहतर होगा।

डॉ. वाकणकर उस रात ठीक से सो नहीं सके। जागते रहे। उन्होंने डायरी में लिखा :

'उनकी आँखों में कहीं चिंता या दया के निशान नहीं थे। अगर उनमें से किसी का अपना बच्चा मर रहा होता तो क्या वे यही व्यवहार करते? क्या मैं सचमुच आदर्शवादी हूँ? लेकिन ऐसा तो नहीं लगता। अगर दो घंटे के लिए मुझे जीप मिल जाती और मैं कुछ लोगों को मरने से बचा लेता, तो इससे सरकार और प्रशासन का क्या अहित होता?

कहीं ऐसा तो नहीं कि जो तंत्र या व्यवस्था यहाँ बनी हुई है, वह अपने आपमें एक समानांतर प्रणाली है? वह सिर्फ अपनी ही दुनिया की चिंताओं में व्यस्त है।

शायद उसका हित ही इसमें जुड़ा हुआ हो तो लोग भूख, गरीबी, महामारी आदि से मरें।

कहीं हमारे देश में लोकतंत्र का असली अर्थ जनता द्वारा अपनी शत्रु व्यवस्था का चुनाव तो नहीं है?'

सुबह जब डॉ. वाकणकर जीप के लिए रेस्ट हाउस पहुँचे तब तक एक सात-आठ साल के गोंड बच्चे के मरने की सूचना और पहुँच चुकी थी। उन्हें रेस्ट हाउस में कलेक्टर से मिलने का मौका नहीं दिया जा रहा था जबकि अन्य लोग, जिनमें कोल माफिया किंग त्रिभुवन सिंह और 'लोकवाणी' के जालसाज संपादक तथा दूरदर्शन के कवि सम्मेलनों के स्थायी कवि नटवरलाल 'नटवर' जी आदि शामिल थे, उनसे मिल-मिलकर आ-जा रहे थे।

डेढ़ घंटे इंतजार करने के बाद जिलाधीश श्री एन.एस. खरे बाहर निकले तो डॉ. वाकणकर ने गाड़ी का इंतजाम करने की कलवाली बात याद

दिलाई। कलेक्टर तमाम चीजों में व्यस्त थे। उन्होंने लगभग चीखकर अपनी घड़ी को ठोंकते हुए कहा, 'आपका दिमाग तो सही जगह पर है, डॉक्टर? देखिए घड़ी देखिए, पी.एम. के आने में चौबीस घंटे भी नहीं रह गए हैं। आप प्लीज, अपनी पॉलिटिक्स अपने पास ही रखिए।'

डॉ. वाकणकर ने उन्हें टोका, 'देखिए आपने कल भी यही बात कही थी। मैं साफ कह रहा हूँ, इसमें मेरी कोई पॉलिटिक्स नहीं है। सवाल जीप की व्यवस्था का है।'

कलेक्टर खरे को गुस्सा आ गया। भोपाल, दिल्ली की हॉट लाइन लगी थी। बार-बार उनसे सूचनाएँ माँगी जा रही थीं और हिदायतें दी जा रही थीं। पी.एम. की सिक्योरिटी का नाजुक मामला था। नक्सलवाद इस इलाके में पनप रहा था। ईसाई मिशनरियों को भी संदेह के साथ देखा जा रहा था। कलेक्टर ने कहा, 'जीप, जीप! कल से आप रट रहे हैं। आपको दिखाई नहीं देता, कितनी अर्जेंट चीजों में हम लोग बिजी हैं!' वे लगभग डाँटने और चीखने के अंदाज में बोल रहे थे।

इतने लोगों के सामने कलेक्टर का इस तरह अपमानजनक ढंग से चीखना डॉ. वाकणकर को अच्छा नहीं लगा। उन्होंने क्रोध से कलेक्टर खरे को देखा और ऊँची आवाज में खुद कुछ कहने की कोशिश की तो कलेक्टर फट पड़े, 'जाइए, नहीं करता मैं जीप का इंतजाम! तुम मेरा क्या उखाड़ लोगे? आयँ! क्या उखाड़ लोगे?'

सब लोग हँसने लगे। डॉ. वाकणकर अचानक जिलाधीश खरे के सामने खड़े हो गए और भारी, दूर तक सुनाई देनेवाली आवाज में उन्होंने कहा, 'राज्य सरकार के आदेश क्रमांक 3क/1958(म)/1122 के अनुसार मैंने अपनी पी.एच.सी. एरिया में एपिडेमी की सूचना डिस्ट्रिक्ट हेड क्वार्टर में सी.एस. को एक हफ्ता पहले, दिनांक 7 मई को भेज दी थी। नियमानुसार उसकी एक प्रति आपके कार्यालय को भी रजिस्टर्ड डाक से भेजी थी। चार दिन बाद 11 मई को मैंने सी.एम. को रिमाइंडर और नियमानुसार आपको रिमाइंडर की प्रतिलिपि भेजी। मुझे अफसोस है, अभी तक मुझे दोनों जगह

से कोई जवाब नहीं मिला है। राज्य सरकार के आदेश क्रमांक 3क/1958(म)/1123 और 1124 में यह साफ निर्देश है कि किसी क्षेत्र में महामारी के फैलने की स्थिति में जिलाधीश को वाहन तथा अन्य साधनों की व्यवस्था, उस क्षेत्र के वरिष्ठ चिकित्सक की माँग एवं अनुशंसा के आधार पर, प्राथमिकता देकर अवश्य करनी चाहिए। मगर जिलाधीश ऐसा नहीं करता तो वह अपने दायित्व और कर्तव्य से मुकर रहा है और वह प्रशासनिक दंड का भागी है।'

एक साँस में इतना बोलने के बाद डॉ. वाकणकर मुस्कुराये और उन्होंने कहा, 'मिस्टर खरे, आप सिर्फ हाँ या नहीं में जवाब दीजिए, आप जीप का बंदोबस्त करेंगे या नहीं?'

डॉ. वाकणकर के ऐसा कहने पर कलेक्टर एन.एस. खरे, आई.ए.एस, जिसने राऊज कोचिंग सेंटर से पिछले पाँच सालों के पेपर्स का रट्टा मारकर प्रशासनिक सेवा में आने में सफलता पाई थी, वह एक मिनट के लिए स्तब्ध होकर उन्हें देखता रह गया। इसके बाद उसने लगभग चीखते हुए एस.पी. से कहा, 'मिस्टर डबराल, इस पागल को आप मेरे सामने से हटा लीजिए वरना मैं कुछ कर बैठूँगा।'

एस.पी डबराल ने डॉक्टर वाकणकर के कंधे पर हाथ रखा और उन्हें रेस्ट हाउस के बाहर ले गए। एस.पी. डबराल के बारे में मशहूर था कि वे बहुत ठंडे मिजाज के अफसर हैं। सिर्फ शराब पीने पर कभी-कभी बहकते हैं। छियालीस साल की उम्र में भी उन्हें अपने आकर्षक और नौजवान होने पर विश्वास है और वह दूसरों की पत्नियों तथा लड़कियों के सामने वर्दी के बावजूद संकोची बिल्ली की तरह पेश आते हैं।

डबराल के बारे में यह भी विख्यात था कि वे अपने से ऊपर के अधिकारियों के आदेशों का हमेशा बिना किसी दुविधा के पालन करते हैं। कर्फ्यू लगाने से लेकर गोली चलाने तक।

एस.पी. डबराल ने रेस्ट हाउस के बाहर निकलकर डॉ. वाकणकर को समझा-बुझाकर वापस भेज दिया।

डॉ. वाकणकर बहुत अपमानित होकर लौटे थे। ढींगर गाँव में दुकानदारों और सरकारी मुलाजिमों के बीच यह बात फैल गई थी कि डॉ. वाकणकर को आज कलेक्टर साहब ने अच्छी डोज दी। बस कसर इतनी रह गई कि जूतों से नहीं पीटा।

खबर यह भी थी कि एस.पी. डबराल ने डॉ. वाकणकर को बतला दिया हैं कि उनके आर.एस.एस. के साथ जुड़े होने की बात सरकार को मालूम है और अगर उन्होंने ज्यादा चीं-चपड़ की तो पी.एम. के आने के पहले ही उन्हें शांति भंग होने की आशंका में गिरफ्तार किया जा सकता है।

डॉ. वाकणकर ने प्राथमिक स्वास्थ्य केंद्र में उपलब्ध एकमात्र कीटाणुनाशक पोटेशियम परमैगनेट का पैकेट उठाया, कंपाउंडर गोपीनाथ यादव को साथ लिया और स्कूटर से 15 कि.मी. दूर खांड़ा-पोंड़ी गाँव के पास के प्रदूषित तालाब की ओर चल पड़े।

साँझ की स्याही जंगल से उतरती हुई तालाब के पानी में घुल रही थी। पानी बिलकुल शांत था। काई, मछलियों, कीचड़ और सड़ती हुई पत्तियों की गंध वहाँ फैल रही थी। डॉ. वाकणकर ने पोटेशियम परमैगनेट की पैकेट की ओर देखा। मुश्किल से पचास ग्राम।

उनकी आँखें पराजय, असहायता और अकेलेपन में नम थीं। मेरे साथ हमेशा ऐसा क्यों होता है? मैं ही अलग-सा क्यों खड़ा हो जाता हूँ? मेरा अपराध क्या है? क्या मैं सचमुच अव्यावहारिक हूँ? क्या मुझे दो-तीन दिनों तक एपिडमी की बात बिलकुल नहीं उठानी चाहिए थी? सिक लीव लेकर चुपचाप घर में सो जाना चाहिए था? क्या यही व्यावहारिक होता?

वे बिलकुल चुप, तालाब के एक नगण्य से कोने में कीटाणुनाशक के पैकेट को पानी में डुबाकर हिला रहे थे। हे ईश्वर, तू जो समस्त वनस्पतियों में रस बनकर व्याप्त है, तू जो पदार्थों के भीतर सूक्ष्म से सूक्ष्मतम परमाणुओं के भी भीतर, गति बनकर व्याप्त है, तू जो नाना रूपों और नाना विधियों में स्वयं को प्रकट और अप्रकट कर रहा है, तू जो जय भी है, पराजय भी है, तू जो.........

कंपाउंडर गोपीनाथ चुपचाप डॉक्टर वाकणकर को देख रहा था। वह उन्हें अच्छी तरह समझता था।

उसकी आँखें भीग रही थीं।

जब डॉ. दिनेश मनोहर वाकणकर अपने फ्लैट में लौटे तब तक रात हो गई थी। पहाड़ की चोटी पर बना कठबँगला असंख्य मरकरी बल्बों की वजह से दूर से ही जगमग-जगमग चमक रहा था। पूरे कस्बे का कायाकल्प हो गया था। कोई कह नहीं सकता था कि मच्छरों, सिगड़ी के धुएँ, लो-वोल्टेज की बीमार रोशनी और खराब, टूटी-फूटी सड़कोंवाला, अपनी सुस्त और पिछड़ी हुई जिंदगी में साँस लेनेवाला यही कस्बा ढींगर गाँव है। भारत सरकार का काले पानी का बदनाम भू-खंड।

डॉ. वाकणकर का परिवार ललितपुर में था। वे अपने फ्लैट में अकेले थे। खाना वे खुद बनाते थे। आज उन्हें भूख बिलकुल ही नहीं थी।

सोने के पहले उन्हें अपनी पत्नी ज्योत्स्ना वाकणकर की खूब याद आई। उन्होंने देखा हल्के नीले रंग की फ्रॉक और सफेद जाँघिये में, बालों में दो चोटियाँ निकालकर हँसती हुई ज्योत्स्ना वाकणकर उनकी गोद में बैठ गईं। उनके शरीर से बचपन की ताजा गंध फूट रही थी।

ज्योत्स्ना ने उनके चेहरे को अपने हाथ में ले लिया और बेतहाशा उन्हें चूमने लगीं। डॉ. वाकणकर ने देखा कि वह रो रही थीं। 'तुम्हें हाई ब्लड प्रेशर है। वह भी कभी स्टेबल नहीं रहता। तुम्हें पता है कोई भी टेंशन ऐसे में कितना खतरनाक होता है। जरा अपनी आँखें देखो, कैसी लाल हो रही हैं।' नींद के अँधेरे में ज्योत्स्ना की जंघाएँ जैसे हल्के फास्फोरस में जल रही थीं।

'तुम्हीं अकेले तो नहीं इसलिए बने हो कि दुनिया-भर की मुसीबतें अपने ऊपर ओढ़ते फिरो। तुम्हारा काम था एडमिनिस्ट्रेशन को हैजा के बारे में सूचित करना, तुमने कर दिया। अब अगर कोई कुछ नहीं कर रहा है, तो इसमें तुम्हारी क्या गलती? चैन से बैठो प्लीज! अपना ख्याल रखो।'

डॉ. वाकणकर की उँगलियाँ फास्फोरस की मद्धिम रोशनी में जलती

जंघाओं पर घूमती हुई काँप रही थीं। ज्योत्स्ना वाकणकर या शायद बचपन की पुष्पा श्रीवास्तव की साँसें उनके चेहरे को छू रही थीं। वासना के तेज आवेग में डॉ. वाकणकर का शरीर धीरे-धीरे काँप रहा था।

'मैं क्या करूँ। यह मेरी ड्यूटी थी। जिन गाँवों में गैस्ट्रो-एंट्राइटिस है, वे मेरे पी.एच.सी. के एरिया के भीतर आते हैं।' इसके बाद डॉ. वाकणकर ने जरा ऊँची आवाज में कहा : 'बताओ, तुम्हीं बताओ पुष्पा, क्या मैं छोटे-छोटे निर्दोष आदिवासी बच्चों और औरतों को यों ही कांटेमिनिटेड पानी पीकर मरने देता?'

डॉ. वाकणकर अचानक चौंक गए। वे जंघाएँ ज्योत्स्ना वाकणकर की नहीं थीं। पुष्पा श्रीवास्तव ने अँधेरे में गायब होने के पहले अपनी फ्रॉक एक बार ऊपर उठाई और उसके कंठ से निकलती बचपन की हँसी कमरे में भर गई।

डॉ. वाकणकर की नाक बज रही थी।

प्रधानमंत्री की फूड टेस्टिंग और चरणामृत

सुबह डॉ. वाकणकर स्वास्थ्य केंद्र में जल्दी पहुँच गए। वहाँ पहुँचकर उन्होंने सी.एस. को महामारी के बारे में एक रिमाइंडर और कलेक्टर के कार्यालय को उसकी प्रतिलिपि भेजी। इसके बाद उन्होंने एक सख्त पत्र कलेक्टर एन.एस. खरे को अलग से लिखा। इसमें एपिडमी से संबंधित भारत सरकार तथा राज्य सरकार के अन्य आदेशों और उनके विभिन्न अनुच्छेदों का उन्होंने सिलसिलेवार हवाला दिया। इसी पत्र में उन्होंने कलेक्टर खरे को ढींगरपुर के रेस्ट हाउस में किए गए उनके अभद्र तथा अशालीन व्यवहार की याद दिलाई। उन्होंने लिखा कि जैसा व्यवहार जिलाधीश एन. एस. खरे ने किया है वह शर्मनाक है और असभ्यता की श्रेणी में आता है। भारतीय प्रशासन में सिर्फ आई.ए.एस. हो जाने से कोई व्यक्ति या अधिकारी हर तरह की निरंकुशता और बत्तमीजी का हकदार नहीं बन जाता। डॉक्टर, अध्यापक, इंजीनियर, तकनीशियनों, लेखकों, कलाकारों,

पत्रकारों आदि सभी की अपनी निजी और पेशेगत गरिमा होती है। इस गरिमा का समादर किया जाना चाहिए। कुशल प्रशासक उनके इस सम्मान को बनाए रखकर ही उनसे बेहतर सहयोग और काम ले सकता है।

डॉ. वाकणकर ने पत्र में स्पष्ट किया था कि वे कलेक्टर से निजी काम के लिए वाहन और साधन माँगने रेस्ट हाउस नहीं आए थे। राज्य सरकार द्वारा प्रदत्त सार्वजनिक कर्तव्य निर्वाह के लिए ही उन्होंने यह माँग की थी।

पत्र के अंतिम हिस्से में उन्होंने लिखा था कि कलेक्टर के अशोभनीय और अभद्र व्यवहार का मामला वे मेडिकल ऑफिसर्स एसोसिएशन की अगली बैठक में उठाएँगे और कोशिश करेंगे कि कलेक्टर के क्षमा माँगने तक जिले के सभी स्वास्थ्य केंद्रों के चिकित्सक तथा स्वास्थ्य विभाग के कर्मचारी हड़ताल पर रहें।

पत्र समाप्त हुआ ही था कि स्वास्थ्य केंद्र में राज्य प्रशासन की, एम. पी.जेड., नंबर प्लेटवाली जीप आकर रुकी। जिलाधीश की इस जीप में जालसाज संपादक और दूरदर्शन के कवि नटवरलाल 'नटवर' तथा बी.डी. ओ. श्री गुप्ता बैठे हुए थे।

बी.डी.ओ. ने डॉक्टर वाकणकर को, सिविल सर्जन तथा कलेक्टर द्वारा हस्ताक्षरित आदेश थमाया। इस आदेश के अनुसार डॉ. दिनेश मनोहर वाकणकर, एम.बी.बी.एस. एम.डी. की ड्यूटी लोक निर्माण विभाग के सर्किट हाउस (यानी कठबँगले) में प्रधानमंत्री के भोजन परीक्षण (फूड टेस्टिंग) के लिए लगा दी गई थी।

बी.डी.ओ. गुप्ता ने मुस्कुराते हुए कहा, 'कलेक्टर साहब ने कहा है कि आप अभी से सर्किट हाउस में पहुँच जाएँ।'

कठबँगले में प्रधानमंत्री के लंच के लिए जो सामान मँगाया गया था, उसमें लगभग छत्तीस हजार रुपए खर्च हुए थे। प्रधानमंत्री को भारतीय खाना पसंद नहीं था इसलिए कांटीनेंटल डिशेज तैयार करने के लिए राज्य की राजधानी भोपाल के तीन सितारा होटल 'शाहनुमा' के खानसामे लाए

गए थे। लेकिन चूँकि प्रधानमंत्री भारत के प्रधानमंत्री थे इसलिए परंपरा का निर्वाह करते हुए कई तरह के भारतीय व्यंजन भी बनाए जा रहे थे। अब क्षेत्रीय परंपरा का प्रश्न उठता था। ढींगर गाँव के ज्यादातर आदिवासी चावल का पेय या माँड पीते थे। प्रधानमंत्री को माँड तो पिलाया नहीं जा सकता था इसलिए दूसरा तरीका खोज निकाला गया था। ढींगर गाँव में बटेर बहुत होते थे। यहाँ की आदिवासी जनजाति धनुहार और सेउंता लोग जंगल से तीतर, बटेर और पंडुक जाल में फाँसकर उन्हें बेचकर अपना जीवन-यापन करते थे। हालाँकि मशहूर पक्षी विशेषज्ञ सालिम अली की किताब 'भारत के पक्षी' के मुताबिक तीतर और बटेर देश की विलुप्त होती पक्षी-प्रजातियाँ थीं, लेकिन प्रधानमंत्री के लंच के लिए प्रशासन ने इस तथ्य को अनदेखा किया था। बटेर का शोरबा बहुत ही स्वादिष्ट होता है। ढींगर गाँव के इस खास, ठेठ क्षेत्रीय व्यंजन को बनाने के लिए सरगुजा के महाराजा के पैलेस का मुसलमान खानखामा बुलाया गया था।

और पहाड़ की तलहटी से लेकर कठबँगले के अहाते तक स्त्रियाँ, लड़कियाँ। एक से एक। ये अफसरों, नेताओं, ठेकेदारों, व्यापारियों और अपराधियों के परिवारों की स्त्रियाँ थीं। लगातार बोलनेवाली, गोरी, थोड़ा-सा चलने-फिरने पर हाँफ जानेवाली, अंग्रेजी-हिंदी की अशुद्ध और भ्रष्ट जुबान में बोलनेवाली ये सब अपने प्रिय प्रधानमंत्री को देखने और अपने आपको उन्हें दिखाने आई थीं।

डॉ. वाकणकर का मन उदासी और वितृष्णा से भर उठा था।

ठीक साढ़े बारह बजे, जब सूरज बिलकुल आकाश के ऊपर बीचोंबीच जल रहा था, अचानक आकाश में घरघराहट शुरू हो गई थी। ढींगर गाँव की तलहटी में शोर उठा। गिरते-पड़ते, चीखते-चिल्लाते लोग भाग रहे थे। पी.एम. आ गए। प्रधानमंत्री आ गए। वो रहा हेलिकॉप्टर। आकाश में उड़ता लोहे का विशाल टिड्डा।

हेलिकॉप्टर लालगंज की प्लांटेशन साइट पर उतरा। पंखे की हवा से खूब धूल का बवंडर उठा। कँटीली बाड़ के बाहर लोग हेलिकॉप्टर को उतरता हुआ देखने के लिए एक-दूसरे पर टूटे पड़ रहे थे। उन्होंने अपने

जीवन में पहली बार हेलिकॉप्टर को इतने करीब से देखा था। वह भी जमीन पर उतरते हुए।

ढींगर गाँव संसदीय आरक्षित क्षेत्र धन्य हो गया। इस क्षेत्र में इतिहास का पहला हेलिकॉप्टर उतरा। इस क्षेत्र में इतिहास का पहला प्रधानमंत्री आया।

बैगा, उराँव, कोल, गोंड, पासी, ढिमरा, सेउंता, धनुहार, अगरिया—सारे के सारे आदिवासी औरतों, पुरुषों, बच्चों की आँखें फटी और मुँह खुले रह गए। वह बदहवास आकाश में घरघराते उस विशाल दानव को देखते, उसके नीचे-नीचे, उसकी परछाईं तक छूने के लिए दौड़ रहे थे। अँगरेज आ गया। अँगरेज आ गया! राजा आ गया!

ढींगर गाँव की मनुष्य जाति ने ही नहीं, जंगल के पशु-पक्षियों और ढोर-डाँगरों ने भी पहली बार हेलिकॉप्टर का अनुभव किया था।

जिंदाबाद, जिंदाबाद, जै हो। जै हो। वो देख—वो पी.एम. पीछे-पीछे होम मिनिस्टर। वो रहा हेलिकॉप्टर चलानेवाला ड्राइवर। धत् ड्राइवर नहीं बोलते। ड्राइवर तो ट्रक और रेलगाड़ी चलाता है। और जो बैलगाड़ी चलाता है उसे क्या बोलते हैं? प्रधानमंत्री की प्रतीक्षा में कमांडो और सुरक्षा दस्ते तैनात थे। गाड़ियों-मोटरकारों की कतार थी। देखते-देखते पलभर में पधानमंत्री किसी कार में लुप्त हो गए और स्टेनगन लोगों की ओर ताने पुलिस, कमांडो और सुरक्षा दस्ते की गाड़ियों के बीच घिरी उनकी कार सर्र से सर्किट हाउस यानी कठबँगले की ओर रवाना हो गई।

पी.एम. कारों-जीपों के काफिले के बीच की किसी कार में थे। स्याह, बुलेटप्रूफ काँच के भीतर। भीड़ पीछे-पीछे सड़क पर दौड़ रही थी। अगर पुलिस और सी.आर.पी. वाले न रोकते तो भीड़ कठबँगले तक पहुँच जाती।

'वो देख, वो रही पी.एम. की कार।'

'वो नहीं, पी.एम. तो पीछेवाली में हैं।'

'हट, पी.एम. एंबेसेडर में चलेंगे? कोई लोकल लीडर होगा।'

लाउडस्पीकर से ऐलान हो रहा था : 'जनता जनार्दन से अनुरोध है

कि आप लोग लालगंज के मैदान में जमा हों। माननीय प्रधानमंत्री जी ठीक तीन बजे वहाँ आम जनता को संबोधित करेंगे। जनसभा को कामयाब बनाएँ।'

सर्किट हाउस के मुख्य फाटक के बाद सिर्फ दो कारों को अंदर आने दिया गया। एक में प्रधानमंत्री थे। दूसरी में होम मिनिस्टर। एक फिल्मी हीरो और एक तांत्रिक टाइप का आदमी उनके साथ था।

वह डॉ. दिनेश मनोहर वाकणकर के जीवन का अद्भुत, अभूतपूर्व और सनसनाता हुआ क्षण था जब उन्होंने अपने सामने से गुजरते हुए भारत के प्रधानमंत्री को एक बीता की दूरी से देखा।

प्रधानमंत्री उनके इतने करीब से गुजर रहे थे कि अगर वे जोर से साँस छोड़ते तो उनकी गर्दन के रोएँ काँप जाते। यह किसी फैंटेसी का साक्षात्कार था। यह पचास के आस-पास का थुलथुल-सा थका हुआ आदमी भारतवर्ष का प्रधानमंत्री है। संसार की प्राचीनतम सभ्यताओं में से एक महान सभ्यता को अपने इतिहास में समेटे, अनेक भाषाओं, जातियों, राष्ट्रीयताओं, उपराष्ट्रीयताओं, पहाड़ों, नदियों, महानगरों से भरे-पूरे एक विशाल भूखंड के लगभग एक अरब की आबादी का नायक प्रधानमंत्री के गोरे-चिट्टे शरीर में चर्बी चढ़ती जा रही थी। आँखें मुँदती जा रही थीं। हर कदम पर तोंद थोड़ी-सी हिलती थी। चेहरे पर थकान और कुछ-कुछ चिढ़ने जैसा भाव।

डॉ. वाकणकर अचानक चौंक गए। उन्हें अपने ऊपर शक हुआ। लेकिन मेडिकल साइंस का इतना लंबा तजुर्बा इतना गलत तो नहीं हो सकता। यह आदमी तो पुराने कब्ज का मरीज है। ओल्ड कांस्टिपेशन। इसे पाइल्स या फैश्च्युला की भी शिकायत हो सकती है।

डॉ. वाकणकर के सामने किसी रहस्य के पर्दे खुलते जा रहे थे। प्रधानमंत्री के बारे में कहा जाता था कि वे तुरंत फैसला लेनेवाले आदमी हैं। लंबी-लंबी मीटिंगें और बहसें पसंद नहीं करते। चार घंटे की सेक्रेट्रियल या मिनिस्टीरियल मीटिंग, एक घंटे में खत्म कर देते हैं। डॉ. वाकणकर जान

गए कि ऐसा क्यों होता है। पाइल्स दुखते होंगे। बवासीर या फैश्च्युला देर तक बैठने नहीं देता होगा। तो इस आदमी की सक्रियता के पीछे बवासीर का हाथ है।

डॉ. वाकणकर ने देश की तरफ से पाइल्स और कब्ज को शुक्रिया अदा किया।

कलेक्टर एन.एस. खरे बदहवास से डॉक्टर वाकणकर को धकियाते हुए प्रधानमंत्री के पीछे लपकती अफसरों की भीड़ में घुसने की कोशिश कर रहे थे। स्थानीय नेताओं को ही नहीं, राज्य सरकार के कई मंत्रियों तक को फाटक के अंदर नहीं आने दिया जा रहा था। सर्किट हाउस में जिनकी ड्यूटी थी उनके अलावा बहुत कम लोगों को तलाशी के बाद ही अंदर आने दिया गया।

पी.एम. तांत्रिक और हीरो के साथ कमरे में रिलैक्स कर रहे थे। नया एयरकंडीशनर वहाँ लगाया गया था। डॉ. वाकणकर द्वारा टेस्टिंग के बाद ठंडा पेय उन्हें दिया गया था।

पी.एम. ढींगर गाँव इसलिए आए थे कि वे यहाँ एशिया के सबसे बड़े, अमेरिका के सहयोग से विश्व बैंक के कर्ज और कारपोरेट किंग फिरोजलाल मलकानी की पूँजी से बननेवाले कागज के कारखाने का शिलान्यास करें।

पेपर मिल तीन साल में बनकर तैयार हो जाएगा। ढींगर गाँव देश के औद्योगिक नक्शे में आ जाएगा। यहाँ के लोगों को रोजगार के साधन मुहैया होंगे। क्षेत्र का विकास होगा। कागज का कारखाना कागज का उत्पादन करने के लिए ढींगर गाँव के सारे पेड़ों को खा जाएगा। जंगल उसके लिए रौ मैटीरियल है। कच्चा माल। आसपास के सारे जंगल खत्म हो जाएँगे। पीपल, सागौन, शीशम, सरई, कहुआ, महुआ, कोसम, छिउला कुछ नहीं बचेंगे। जंगलों पर निर्भर आदिवासी शहरों में बननेवाली इमारतों या ऐसी ही किन्हीं दूसरी परियोजनाओं में सस्ती दिहाड़ी और फर्जी मास्टर रोल पर काम करनेवाले लेबर बन जाएँगे। अगरिया, बंसोर, मिम्मा, ढींगर आदि जातियों की पारंपरिक दस्तकारी का कुटीर उद्योग खत्म हो जाएगा।

यहाँ के असली और बहुत पुराने बाशिंदों के खेत-बारी कारखाने के विस्तार के लिए ले लिए जाएँगे। पेपर मिल का वेस्ट प्रोडक्ट यानी रबड़, कचड़ा और कॉस्टिक सोडा तथा अम्लों से भरा जहरीला धुआँ चारों ओर फैल जाएगा। धरती पर, आकाश में, तीतर-बटेर, साँभर-छिगरा, रीछ-खरगोश नहीं रहेंगे। वन्य प्राणी समाप्त हो जाएँगे। सिर्फ कुछ गिने-चुने सियार बचेंगे, जो ढींगर गाँव शहर के पिछवाड़े रोएँगे।

लेकिन कागज का उत्पादन जारी रखने के लिए और कारखाने को चालू रखने के लिए और कच्चा माल चाहिए और पेड़ चाहिए। इसलिए जल्दी-जल्दी तैयार होनेवाले यूक्लिप्टस या सफेदे के पेड़ों का प्लांटेशन होगा। नर्सरियाँ खोली जाएँगी, जहाँ विदेशी पेड़ों के नन्हे-नन्हे बच्चे लाखों की तादाद में पैदा किए जाएँगे। सफेदे का जंगल तैयार होगा। कागज बनेगा, लोग भूल जाएँगे यहाँ पहले कौन-कौन से वृक्ष होते थे। यूक्लिप्टस के जंगल ज्यादा पानी खींचेंगे। ढींगर गाँव की धरती का जल संस्तर नीचे खिसकता जाएगा। कुओं में पानी नहीं होगा। और गहरी बोरिंग होगी। फिर और गहरी। खेत अनुपजाऊ, जमीन परती होती जाएगी। वनस्पति जगत और ऋतुओं के बीच अब तक चला आता पर्यावरण संतुलन बदल जाएगा। वर्षा नहीं होगी। गर्मी में यहाँ भी बिना कूलर-पंखे के रहना मुश्किल हो जाएगा। लोगों के फेफड़े कॉस्टिक सोडा और दूसरे केमिकल्स के कणों से भरी हवा को खींचते-खींचते बीमार हो जाएँगे। मिट्टी के क्षरण की रफ्तार बढ़ जाएगी। स्योंतार नदी में बारिश के दिनों में बाढ़ आया करेगी और गर्मियों में वह सूख जाया करेगी। निचाट रेत और कंकड़-पत्थर! आदिवासियों-जनजातियों की पारंपरिक औषधियाँ, वे जड़ी-बूटियाँ जिन पर डॉ. वाकणकर ने अनुसंधान किया था और जिस विषय पर उनका रिसर्च पेपर फ्रांस के जर्नल में छपा था, वे वनस्पतियाँ जिनका उल्लेख वामनदास बसु की दुर्लभ शोध पुस्तक में मिलता है, खत्म हो जाएँगी। डॉ. सालिम अली की किताब 'डि इंडियन बर्ड्स' में इस क्षेत्र की जिन दुर्लभ पक्षी-प्रजातियों का वर्णन है, उनके सिर्फ चित्र इस कारखाने के कागज से बनी किताबों में

मिलेंगे। स्योंतार नदी में पेपर मिल का वेस्ट, लुगदी और रसायन फेंक दिए जाएँगे। मछलियाँ मर जाएँगी। पशुओं में अनेक बीमारियाँ फैलेंगी। वे भी मर जाएँगे। जंगली जानवरों के शिकार और नदी की मछलियों पर निर्भर सेउंता, धनुहार जैसी जनजातियाँ गायब हो जाएँगी।

ढींगर गाँव में आदिवासी, बटेर, महुआ नहीं रह जाएँगे। इसका विकास हो जाएगा।

धन्यवाद प्रधानमंत्री जी। थैंक यू वेरी मच मिस्टर पी.एम.। धन्यवाद बवासीर। थैंक यू वेरी मच फैश्च्युला। क्या इस तथाकथित औद्योगीकरण और विकास की कोई नस्लवादी परिभाषा नहीं हो सकती? ऐसे विकास से कौन-सी नस्लें मिटती हैं और किन नस्लों का इजाफा होता है? डॉ. वाकणकर ने सोचा।

लेकिन उन्होंने यह भी सोचा कि क्या वे विकास का, शहरीकरण का, औद्योगिक प्रगति का विरोध कर रहे हैं? उन्हें शक हुआ कि कहीं उनके दिमाग के भीतर कोई अमरीकी एजेंट तो नहीं छिपा बैठा है जो इस देश को एक पिछड़ा, पूर्व आधुनिक और गैर-आधुनिक समाज ही बनाए रखना चाहता है। हैड्स ओफ अमेरिका! हेल ...हेल प्राइम मिनिस्टर!

देश के जाने-माने उद्योगपति और ढींगर गाँव में खुलनेवाले एशिया के सबसे बड़े कागज के कारखाने के भावी मालिक फिरोजशाह मलकानी, दि कार्पोरेट हुडनी, प्रधानमंत्री से मिलने के बाद बाहर निकल रहे थे। उक्त रक्तचाप! एक्सेस फैट एंड कोलेस्ट्रौल।

लंच तैयार था। पी.एम. का इंतजार हो रहा था। किसी भी वक्त वे आ सकते थे। लेकिन उसके पहले फूड टेस्टिंग होनी थी। डॉ. दिनेश मनोहर वाकणकर, एम.बी.बी.एस., एम.डी. द्वारा।

डॉ. वाकणकर ने एक बड़ी-सी प्लेट में सारे फूड सैंपल्स जमा किए। पी.एम. के सचिव विश्वेश्वरन वहाँ मौजूद थे। डॉ. वाकणकर ने मुस्कुराकर विश्वेश्वरन को देखा।

'आइ थिंक, दि औनर टु हैव टेस्टेड दिस ग्रेट लंच फर्स्ट, मस्ट गो टु दि होस्ट, मिस्टर खरे!'

'येस-येस' विश्वेश्वरन मुंडी हिलाते मुस्कुराते रहे थे। 'कॉल हिम, कॉल हिम! ह्वेयर इज ही हाइडिंग?'

पीछे से, अफसरों और सुरक्षा अधिकारियों के बीच से रास्ता बनाते कलेक्टर एन.एस. खरे, आई.ए.एस. रेंगते हुए आ रहे थे।

'आयम हियर सर!'

'केंचुए।' डॉ. वाकणकर ने फुसफुसाकर कहा फिर उन्होंने विश्वेश्वरन की ओर देखकर मजाक किया।

'शुड बी एक्सप्लेन हिम दैट ही इज नॉट टु टेल अस अबाउट दि स्वीट एंड सौर। बी.आर. कंसर्न्ड विद सम अदर क्वालिटीज दैन दि टेस्ट!'

'येस-येस!!' दक्षिण भारतीय विश्वेश्वरन की गंजी खोपड़ी फिर से हिलने लगी। 'हाँ.....हाँ! मिस्टर खरे इज अवर पुअर लैब! गिनीपिग!'

'हें-हें सर!' कलेक्टर खरे की समझ में ठीक से नहीं आ रहा था। वे प्लेट पकड़े खड़े थे। हँसने की कोशिश करते हुए।

'वी क्विक! मिस्टर खरे! प्रधानमंत्रीजी आनेवाले होंगे। मुझे टेस्टिंग के लिए पंद्रह मिनट चाहिए। आय हैव टु औब्जर्व युअर सिंपटम्स! बी क्विक!'

कलेक्टर खरे को जल्दी-जल्दी प्लेट खाली करनी पड़ी। वे शाकाहारी थे लेकिन बटेर का शोरबा भी जल्दी में वे खा गए। उन्हें डॉ. वाकणकर का आदेश मानना था क्योंकि वे प्रधानमंत्री के लंच के मेडिकल सुपरविजन के लिए नियुक्त थे।

प्रधानमंत्री के सामने टेबि‍ल पर व्यंजनों की भरमार थी। वे पसोपेश में थे। डॉ. वाकणकर उनकी ओर लगातार देख रहे थे। पुरान कब्ज। पाइल्स।

'मेरा सुझाव है सर, आप रायता, मूँग की दाल और एक-दो फुलके लें।'

प्रधानमंत्री ने आँख उठाकर डॉ. वाकणकर को देखा। आँखें टकराईं। प्रधानमंत्री की आँखें मुस्कराकर उन्हें धन्यवाद दे रही थीं। मरीज जान गया था कि डॉक्टर ने नब्ज पहचान ली है।

कठबँगले में अफसरों और नेताओं ने आश्चर्य से देखा कि भारत का प्रधानमंत्री डॉ. दिनेश मनोहर वाकणकर द्वारा सुझाया गया खाना ही खा रहा था। मूँग की दाल, बटेर का शोरबा, रायता और दो फुलके।

कलेक्टर एन.एस. खरे का चेहरा फीका था। वे डॉ. वाकणकर से आँखें मिलाने से कतरा रहे थे।

तीन बजे प्रधानमंत्री को लालगंज के मैदान में आम सभा को संबोधित करना था। इस बीच उन्हें सलाह दी गई कि उसके पहले वे ढींगर गाँव के मंदिर ठकुरदेई में जाकर चरणामृत लें। ठकुरदेई पर आदिवासियों, जन-जातियों और स्थानीय ग्रामीणों की बड़ी गहरी आस्था है। अगर प्रधानमंत्री ऐसा करेंगे तो वे जनता का दिल जीत लेंगे।

बैगा मुरैठा (पगड़ी) में सजे-धजे प्रधानमंत्री ठकुरदेई पहुँचे। वहाँ भी सख्त इंतजाम। ठकुरदेई के देवता ठाकुर कहे जाते थे। विशाल पत्थर की मूर्ति। आश्चर्य था कि यह मूर्ति बुद्ध की थी। ढींगर गाँव के आसपास के इलाकों में कई शैलियों और शताब्दियों की मूर्तियाँ बिखरी पड़ी थीं। यहीं से प्राचीन कलिंग साम्राज्य की सीमाएँ शुरू होती थीं। उड़ीसा और मध्य प्रदेश का सीमांत क्षेत्र। आदिवासियों को नहीं पता था कि यह बुद्ध की मूर्ति है। वे उन्हें ठाकुर कहते थे और दारू-मुर्गी चढ़ाते थे। गैर-आदिवासी फूल-पत्र चढ़ाकर चरणामृत लेते थे। सभी का विश्वास था कि यहाँ हर किसी की मनौतियाँ पूरी होती हैं।

तो कपिलवस्तु के राजा शुद्धोदन के पुत्र सिद्धार्थ यानी गौतम बुद्ध का इस आदिवासी इलाके में ऐसा रूपांतरण हो गया था। संसार-भर में बौद्ध धर्म का प्रणेता यहाँ ऑकल्ट (झाड़-फूँक) और दैवी पूजा-अर्चना का निमित्त बन गया था-दारू-मुर्गी खा-पीकर लोगों की मनौतियाँ पूरी करनेवाला।

दूसरी तरफ, डॉ. वाकणकर ने सोचा, पचास की उम्र का बिलकुल सामान्य-सा मनुष्य, जिसके शरीर पर चर्बी चढ़ रही थी, जो उच्च रक्तचाप, पुराने कब्ज, बवासीर और फैश्च्युला का मरीज था, जो एक लंपटनुमा तांत्रिक और तीसरे दर्जे के बंबइया एक्टर के साथ खुद को सहज महसूस

कर रहा था, जो भारतीय प्रशासन के भ्रष्ट, निकम्मे और रिश्वतखोर अफसरों से हँसी-मजाक कर रहा था, जिसे तस्करों, दलालों, बेईमान ठेकेदारों, माफिया गिरोहों के हत्यारे सरगनाओं, दारू भट्ठे के ठेकेदारों और जालसाज पत्रकारों ने घेर रखा था, जो ढींगर गाँव के हरे-भरे आदिवासी इलाके को कारखानों के उजाड़ और विषाक्त मैदान में बदल देने के लिए आया हुआ था, उस आदमी का भी भारत के प्रधानमंत्री के रूप में हैरतअंगेज रूपांतरण हुआ था।

डॉ. वाकणकर को हँसी आ रही थी। बैगा मुरैठे में सजा यह आदमी लगातार मुस्कुराने का अभिनय कर रहा था, तेज-तेज चलकर लोगों को अपनी कर्मठता और सक्रियता का परिचय दे रहा था। उसने कोटे के कुर्ते के ऊपर एक अँगोछा डाल रखा था। ऐसा ही अँगोछा यहाँ के पाँच आदिवासी गाँव के माँझी (मुखिया) डालते थे। यानी यह आदमी, जो फिरोजलाल मलकानी के पेपर मिल का शिलान्यास करने ढींगर गाँव आया हुआ था और जो इस क्षेत्र के मूल निवासी आदिवासियों को उनके घर-जमीन से उजाड़कर उन्हें दूसरी नस्लों की अंतहीन गुलामी में हमेशा के लिए झोंक देने का मोहरा था, वह आदमी अगोछे, पगड़ी और अपनी मुस्कुराहट से आदिवासियों को इस भ्रम में डालना चाहता था कि जैसे वह भी उनका माँझी है। उनका मुखिया, जो उनके भले-बुरे, हित-अहित की बात सोचता है और उन्हें तमाम आपदाओं से बचाता है।

ठकुरदेई में ठाकुर की प्रतिमा ध्यानस्थ मुद्रा में थी। रोली, अबीर और तेल से प्रतिमा के कई अंग लाल हो गए थे। एक तरफ पंडित बड़गैया महराज थे दूसरी तरफ सद्धू बैगा। बड़गैया महराज कस्बेवालों के पुजारी थे। नारियल, फूल-पत्र, मंत्र-मिष्ठान से पूजा करनेवाले। सद्धू बैगा आदिवासियों का ओझा था। चिकारा बजाकर, महुए का ठर्रा और मुर्गा देवता को चढ़ाकर, गा-गाकर मनौतियाँ पूरी करवानेवाला ओझा।

ठाकुर देव की दोनों तरह की पूजा चल रही थी। ठकुरदेई चारों ओर अचानक विख्यात हो गया था। आखिर भारत का प्रधानमंत्री ठाकुर देव के

चरणों में सिर नवाने आ रहा था। लोग टूट पड़ रहे थे। ठाकुर देव की जय। प्रधानमंत्री जिंदाबाद। स्कूली बच्चे गा रहे थे—सारे जहाँ से अच्छा हिंदोस्ताँ हमारा।

प्रधानमंत्री ने अपने दोनों हाथों की हथेलियों को एक के ऊपर एक रखकर अंजुरी बनाई। बड़गैया महराज ने गायत्री का पाठ शुरू किया। 'ओंम् भूर्भूवः स्वः तत्स-वितुर्वरेण्यम्...' सद्धू बैगा जोर-जोर से कमानी को चिकारे पर रेत-रेतकर 'रूँ-रूँ-रूँ' कर रहा था। 'आजमानी नरसिंह बघेसुर, हमन खोह-नारा के बसैया, चिरैया-फुनैगुन लाल खवैया......'

पंडित बड़गैया महराज ने प्रधानमंत्री की अंजुरी में चरणामृत टपकाया। ठाकुर देव की जय। प्रधानमंत्री जिंदाबाद। रूँ-रूँ-रूँ।

प्रधानमंत्री अंजुरी को अपने माथे की ओर ले गए और फिर आँखें मूँदकर उसका पान करने ही जा रहे थे कि अचानक एक तेज आवाज उठी, जैसे कोई विस्फोट हुआ हो।

'स्टॉप इट! स्टॉप ! आई से, डोंट ड्रिंक इट!'

भीड़ को चीरता हुआ एक हाथ उनकी ओर बढ़ा और प्रधानमंत्री की कलाई को थाम लिया। कमांडो और सुरक्षा कर्मचारी भौचक्के थे।

चिकारा रुक गया था। शोर की अचानक मृत्यु हो गई थी।

वह हाथ डॉ. दिनेश मनोहर वाकणकर, एम.बी.बी.एस., एम.डी. का था।

'व्हाट इज द मैटर? क्या बात है?' घबड़ाया हुआ बवासीर का मरीज डॉक्टर से पूछ रहा था।

'सर, वह चरणामृत कांटेमिनेटेड पानी का है। ढींगर गाँव के इस इलाके में, जहाँ यह ठकुरदेई का मंदिर बना है, पानी का एक ही तालाब है। वह पानी प्रदूषित है, सर। उसमें खतरनाक वैक्टीरिया हैं। इसका पानी पीकर पिछले एक हफ्ते में इस इलाके के बाईस से ज्यादा आदिवासी मर चुके हैं। आसपास के इलाकों में महामारी फैल गई है। हैजा। लोग कीड़े-मकोड़ों की तरह मर रहे हैं।'

अपनी अंजुरी में ठाकुर देव का चरणामृत लिए हुए प्रधानमंत्री भय और अनिर्णय से घिरा काँप रहा था।

'आई थिंक, यू शुड थ्रो इट अवे! ऑफ्टर औल ही इज युअर फूड सुपरवाइजर।' काला चश्मा लगाए बंबइया अभिनेता ने प्रधानमंत्री से कहा, 'देख, वही एक्टर है, जो 'खून की ललकार' में माधुरी दीक्षित का रेप करता है।' किसी लाला का नौजवान लड़का अपने दोस्तों को बतला रहा था।

प्रधानमंत्री की मुस्कुराहट फिर लौट आई। अंजुरी ऊपर गई और चरणामृत बैगा मुरैठे पर गिर गया। आदिवासी अँगोछे से, प्रधानमंत्री ने अपने हाथ पोंछे और डॉक्टर वाकणकर की ओर देखकर कृतज्ञता से कहाः 'थैंक्यू! यू हैव स्टेप्ड इन राइट टाइम।'

डॉ. वाकणकर मुस्कुराए। 'सर, मैं पाँच-छह दिन से लगातार डिस्ट्रिक्ट एडमिनिस्ट्रेशन को वार्न कर रहा हूँ कि हमें जल्द-से-जल्द कोई स्टेप उठाना चाहिए बट दे डोंट लिसेन एनीथिंग एक्सेप्ट पी.एम्स. टूर!'

'एंड दे वुड प्रोबैल्ब्ली हैव किल्ड दि पी.एम.।' माधुरी दीक्षित को रेप करनेवाला, काला चश्माधारी अभिनेता गुस्से में था। गेरुआ वस्त्र और रुद्राक्ष की माला पहने हुए तांत्रिक सामने आ गया। 'यहाँ का कलेक्टर कौन है। आस्क हिम टु रिपोर्ट मी राइट नाउ !'

जिलाधीश एन.एस. खरे पास ही थे। उनके चेहरे का रंग जर्द पड़ चुका था। उन्हें अपनी औकात का अहसास आज सबके सामने हो रहा था। उनके साथ तो जिला स्तर के ठेकेदार, गुंडे और पत्रकर थे जबकि प्रधानमंत्री के साथ तो अंतर्राष्ट्रीय स्तर के कारपोरेट किंग, उद्योगपति, बिचौलिए, तस्कर और आला हाकिम हुक्काम थे। भारतीय प्रशासन का यह मामूली आई.ए.एस. अफसर एक विशाल यंत्र का एक अत्यंत नगण्य पुर्जा-भर था। नट और वोल्ट भी नहीं, रबर का एक मामूली वॉशर जो चूड़ियों पर पकड़ को मजबूत बनाए रखने के लिए दोनों तरफ से पिसता है।

'आपको क्या ये इनफार्मेशन नहीं थी कि इस इलाके में एपिडेमिक है? लोगों की डेथ हो रही है ?' प्रधानमंत्री के साथ आनेवाला तांत्रिक जो

अंतर्राष्ट्रीय स्तर के हथियारों की खरीद-फरोख्त का दलाल भी था, कह रहा था।

'नहीं सर, बात ये थी कि मैं ऑफिस पिछले एक हफ्ते से जा ही नहीं सका। यहीं ढींगर गाँव के पी.एम. के विजिट के इंतजाम में लगा था।' एन. एस. खरे की आवाज काँप रही थी।

'एंड यू बेयर ब्लाइंड! यहाँ आपको हैजा नहीं दिखाई पड़ा? आपको पता नहीं चला कि ढींगर गाँव में बाईस से ज्यादा आदिवासी मर चुके हैं?' यह प्रधानमंत्री की आवाज थी। थकान, कब्ज और बवासीर के दर्द के बीच से निकलती हुई।

डॉक्टर वाकणकर चुपचाप इस दृश्य को देख रहे थे। इस नाटक के इस उत्तेजक दृश्य को उन्होंने ही लिखा था। वही निर्देशक थे और वही सूत्रधार। यह एक एब्सर्ड नाटक था। आदिवासी, पेपर मिल, तांत्रिक, प्रधानमंत्री, अपराधी, तस्करों, दलालों, अफसरों, नेताओं, सुरक्षा दस्तों, पत्रकारों, उद्योगपतियों की भूमिकाओं से भरा एक ऊलजलूल नाटक।

उस रात प्रधानमंत्री के लौट जाने के बाद डॉ. वाकणकर ने अपनी डायरी में लिखा :

> **'वह सारा प्रसंग गड्डमड्ड था। लेकिन वही यथार्थ था। एब्सर्ड रियलिटी। इसी यथार्थ में हम रह रहे हैं। इस यथार्थ की मौलिकता असंदिग्ध है और इसकी भयावहता कल्पनातीत।**
>
> **प्रधानमंत्री के साथ आनेवाले प्रेस सलाहकार ने ढींगर गाँव के मैदान की जनसभा के लिए दूसरा भाषण लिखा और आधे-पौने घंटे तक प्रधानमंत्री को नए भाषण की तैयारी करनी पड़ी। उन्होंने अपनी शोक में डूबी आवाज में हैजे से मरे आदिवासियों के परिवारों के लिए प्रधानमंत्री कोष से दस-दस हजार रुपए के अनुदान की घोषणा की, ढींगर गाँव के आसपास के इलाकों में पेयजल की व्यवस्था के लिए अविलंब परियोजना शुरू करने का आश्वासन दिया। जनसभा में हजारों लोगों के सामने उन्होंने कलेक्टर और दूसरे सरकारी अफसरों को डाँट पिलाई और अंत**

में चालाकी के साथ इस क्षेत्र की तरक्की के लिए कागज के कारखाने के निर्माण की बात की।'

उस पृष्ठ के अंत में कुछ असंबद्ध-से वाक्य और भी थे :

'मैंने उसके चेहरे पर मृत्यु की परछाईं का हलका धुँधलका देखा। मुझे यकीन है कि वह इसे जानता है। देश से यह बात गुप्त रखी गई है, लेकिन उसे दिल का एक-दो दौरा जरूर पड़ चुका है।

वह अपने जीवन की अनिश्चितता को जानता है उसके वश में कुछ नहीं है। वह वक्त गुजार रहा है। भविष्य में जीनेवालों के प्रति वह पूरी तरह से अनुत्तरदायी है। वह एक निहायत मामूली आदमी है। उसे कब्ज और बवासीर है। ये रोग ही उसके जीवित होने के लक्षण हैं। उसकी थोड़ी-बहुत सक्रियता बीमारियों की वजह से है। उसके अधिक दिन जीवित रहने पर संदेह है।'

प्रधानमंत्री की वापसी के तीसरे दिन ही राज्य सरकार की ओर से ढींगर गाँव में महामारी की रोकथाम के लिए अभियान शुरू हुआ। आपातकालीन स्वास्थ्य शिविर खोले गए। तालाबों-कुओं के पानी में कीटनाशक दवाएँ डाली गईं। बच्चों को टीके लगाए गए। परिवार कल्याण का ऑपरेशन शिविर भी आयोजित हुआ। जीपें दौड़ती रहीं।

लेकिन स्वास्थ्य विभाग के इस पूरे अभियान में डॉक्टर वाकणकर की कोई भूमिका नहीं थी। उन्हें राज्य तंत्र ने इस कल्याणकारी कार्य से पूरी तरह अलग कर रखा था।

अफवाह थी कि उनके बारे में सी.आई.डी. रिपोर्ट यह थी कि वे राष्ट्रीय स्वयंसेवक के बहुत पुराने कट्टर कार्यकर्ता हैं। इस बात में तथ्य भी था।

राज्य सरकार द्वारा संचालित इस स्वास्थ्य अभियान के इंचार्ज थे डॉ. डी.एन. मिश्रा, विधानपुर प्राथमिक स्वास्थ्य केंद्र के भूतपूर्व वरिष्ठ चिकित्सक जिन्होंने डॉक्टर वाकणकर का तबादला विधानपुर से ढींगर गाँव करवाया था और जिनकी फर्जी खरीद के ग्लुकोज को चढ़ाने से हरवंश पंडित उर्फ

थुकरा महराज की मृत्यु हुई थी। डॉ. डी. एन. मिश्रा कई प्रोमोशंस के बाद अब राजधानी के इंस्टीट्यूट ऑफ मेडिकल सांइस के डिप्टी डायरेक्टर थे।

डॉ. वाकणकर को उस रोज विधानपुर में बिताए अपने बीते दिनों की खूब याद आई। इनके साथ ही उन्होंने देखा कि संघ की शाखा में, किसी स्कूल के खेल के मैदान में लाठी और लेजिम के साथ थुकरा महराज अकेले चले जा रहे हैं। वे गा रहे हैं :

सुजलाम् सुफलाम् मलयज शीतलाम्
मातरम्
बंदे मातरम्!

फिर उन्हें दमे का तेज दौरा पड़ा। वे हाँफने लगे। लाठी गिर गई लेकिन लेजिम को उन्होंने अपनी छाती के साथ चिपकाए रखा। उनके फेफड़े एक-एक साँस को पाने के लिए फड़फड़ा रहे थे और विकट यंत्रणा में फूलती-पिचकती उनकी छाती के पंजर के साथ-साथ लेजिम बज रहा था।

डॉ. वाकणकर ने आँखें खोल दीं। कमरे में अँधेरा था। जो दृश्य उन्होंने अभी-अभी देखा था, वह भी संभवतः इसी ऊलजलूल यथार्थ का एक हिस्सा था। इसी यथार्थ का अतीत।

डॉ. वाकणकर सो नहीं सके। उन्होंने तिलक की पुस्तक 'गीता रहस्य' उठाई और उसे पढ़ते रहे।

कोतमा : एक नया शहर

कोतमा एक छोटा-सा शहर था। या शायद बड़ा-सा एक कस्बा। ट्रेनें यहाँ आती थीं। बसें आती थीं। ट्रांसपोर्ट का बहुत काम था। चूना, सीमेंट और अनाज के थोक व्यापारी यहाँ थे। यहाँ एक इंटर कॉलेज, लड़के और लड़कियों के लिए अलग-अलग दो हाई स्कूल । मालती और किरण नाम के दो टाकीज थे। दो-तीन वीडियो हॉल थे जहाँ ज्यादातर अभी तक रिलीज न हुई फिल्में और ब्लू-फिल्में दिखाई जाती थीं।

कोतमा के आसपास कई कोलियरीज थीं। इन कोयला खदानों ने ही

एक दशक के भीतर-भीतर इस क्षेत्र का हुलिया बदला था। आसपास के गाँवों के ज्यादातर नौजवान इन्हीं खदानों में काम करते थे। कोलियरी का एक साधारण मजदूर भी ओवरशिफ्ट में करके ढाई-तीन हजार रुपए महीने कमा लेता था। यह सच भी था कि कोलियरी के मजदूर की कमाई प्राइमरी स्कूल के मास्टरों, अस्पताल की नर्सों, कंपाउंडरों और ग्राम सेवकों से ही नहीं, गाँव के मध्यम किसानों से भी ज्यादा थी। जिन लोगों के पास पाँच-छह एकड़ जमीन भी होती थी, वे खेती की बजाय कोलियरी में काम करना पसंद करते थे। जमीन रेतीली थी, सिंचाई के साधन नहीं थे, आसमान के भरोसे फसलें पकती थीं और फसलें भी क्या–ज्यादातर जमीन एक-फसली थी। सिर्फ धान यहाँ होता था।

चूने, सीमेंट के थोक व्यापार, ट्रांसपोर्ट और कोयला खदानों की बदौलत कोतमा में भी रुपया बोलने लगा था। रुपए आने चाहिए–चाहे जिस तरह से। रुपयों के आने का ही यह प्रमाण था कि दिल्ली के एक हजार पाँच सौ किलोमीटर से भी ज्यादा दूर मध्य प्रदेश के एक बेहद पिछड़े इलाके के इस कस्बे में भी मारुति, टाटा सियेरा जैसी कारें, जापानी तकनीक से बनीं मोटरसाइकिलें, वाक मैन, कैसेट रिकार्ड्स दिखाई देने लगे थे। अब ऐसी आधुनिकता आ रही थी जिसका संबंध क्षेत्र के विकास या पिछड़ेपन से नहीं, बल्कि रुपयों से था। जिसके पास रुपया था, वह आधुनिक हो रहा था। जिसके पास नहीं था, वह पिछड़ रहा था। कोतमा के कोलियरी के मजदूर, जिनके लिए इसी शताब्दी के महान दार्शनिकों ने घोषित किया था कि यह वह वर्ग है, जिसके श्रम की बुनियाद पर सभ्यता का सारा ढाँचा टिका हुआ है और जो आनेवाले दिनों में जब अपने आपको शोषण और जहालत की जंजीर से मुक्त करेगा, तो एक नई सभ्यता और समाज व्यवस्था का चेहरा उभरेगा, वही कोतमा कोलियरी का मजदूर ओवर शिफ्ट में पैसे कमा रहा था, दारू पी रहा था, वी.सी.आर. किराए में लेकर ब्लू और बंबइया फिल्में देख रहा था और मस्त था। शहर के बाहर चुंगी नाके के पार छोटे-छोटे ढाबे खुले हुए थे, जहाँ शराब मिलती थी और स्नो-पाउडर पोतनेवाली आदिवासी लड़कियाँ ग्राहकों के पास 'बैठती' थीं।

इसके बावजूद शहर में बेरोजगारों की अच्छी-खासी तादाद थी। उन्हें दिन-भर और रात-भर दरवेशों की तरह किसी संदिग्ध यात्रा में मशगूल यहाँ से वहाँ आते-जाते देखा जा सकता था। वे किसी पुलिया पर दस-पाँच के झुंड में बैठे दिखते, किसी ढाबे में चाय के 'कट' पर घंटों गुजारते, बीड़ी-सिगरेट फूँकते दिखाई देते या यों ही बस अड्डे और प्लेटफॉर्म पर अपने जत्थे के साथ इस तरह लापरवाही और अकड़ में टहलते जैसे एक दिन इस पृथ्वी पर उन्हीं का आधिपत्य होता। उनके चेहरे एक जैसे उदास, सख्त और अपरिचित थे। तिरस्कार, निर्वाचन और सामाजिक अनुपयोगिता ने उन्हें एक हिंसक अहंकार से भर दिया था। बहुत मामूली-सी बात पर वे मारपीट कर सकते थे, हत्या कर सकते थे और ऐसा करते हुए उन्हें यह संतोष हो सकता था कि उनका अस्तित्व अभी भी संसार में है और वे कुछ कर सकते हैं। हिंसा, फसाद, झगड़ा और बलात्कार उनके लिए अपने सामाजिक विस्थापन और मानसिक लाचारी से किसी तरह मुक्त होने का एक छटपटाता हुआ प्रतिरोध था, जिसे समाज अपराध मानता था।

वे अकसर किसी पुलिया में बैठे किसी ट्रक, बैंक या दुकान को लूटने की फैंटेसी करते। दो-चार पुलिस कांस्टेबलों के साथ बैठकर गाँजा, चरस या अफीम की नेपाल सीमा से तस्करी करके मालामाल हो जाने की तरकीबें सोचते। इस इलाके में किस सेठ के पास सोना-चाँदी है, कहाँ गाँजा-चरस मिलता है, किस-किस मोहल्ले की कौन-कौन-सी लड़कियाँ चालू हैं, थाने का कौन-सा इंस्पेक्टर और कौन-सा कांस्टेबल रिश्वत में क्या-क्या पसंद करता है—उन्हें सारी जानकारी रहती थी। टी.वी. में वे तरह-तरह की चीजों का विज्ञापन देखते। उनके मन में उन चीजों को हासिल करने का लालच पैदा होता। लेकिन रुपए उनके पास नहीं थे। रुपए किसी नौकरी, किसी व्यवसाय, किसी काम से ही मिल सकते थे। वह उनके पास नहीं था। होने की कोई संभावना भी कहीं दिखाई नहीं देती थी। इसीलिए दस-पाँच रुपए मिलने पर ही वे सट्टा खेलते या लाटरी की टिकट खरीदते। यह पैसा कमाने का उतना ही अवास्तविक, हवाई और अनिश्चित तरीका था, जितना खुद उनका जीवन और उनकी स्थिति।

डॉ. दिनेश मनोहर वाकणकर को कोतमा आए तीन साल हो गए थे। ढींगर गाँव से उनका तबादला सी.आई.डी. रिपोर्ट के बाद किया गया था। उन्हें राज्य के संघ संचालक ने बतलाया था कि यह बात हैरतअंगेज है कि सी.आई.डी. ने उनके बारे में लिखा था कि उनकी ढींगर गाँव में उपस्थिति से राष्ट्रीय स्वयंसेवक संघ को ही नहीं, नक्सलवादी गतिविधियों को भी बढ़ावा मिल सकता था। इस जानकारी ने डॉ. वाकणकर को हतप्रभ कर दिया था। वे संघ में जरूर थे और पिछले कई वर्षों से वे इसमें लगातार सक्रिय थे। इस सक्रियता का ही परिणाम था कि अब वे राष्ट्रीय स्वयंसेवक संघ के जिला बौद्धिक प्रमुख तथा मेडिकल ऑफिसर्स एसोसिएशन के अध्यक्ष बन गये थे। लेकिन उनकी गतिविधियों से नक्सलवाद को कैसे बढ़ावा मिल रहा था, यह उनकी समझ में नहीं आ रहा था। बाद में काफी सोचने पर उन्हें लगा था कि दरअसल सरकारी नौकरशाही जिस व्यक्ति के विरुद्ध कोई ठोस आपराधिक प्रकरण नहीं बना सकती लेकिन जिसकी सामाजिक गतिविधियों से खुद को परेशानी में महसूस करती है, उसके लिए उसने नक्सलवाद की श्रेणी बना रखी थी। उसे उसी में डाल दिया जाता था। जबकि डॉक्टर वाकणकर नक्सलवाद की विचारधारा और उनकी प्रणाली से पूरी तरह से असहमत थे। उनकी आस्था अहिंसा पर जबर्दस्त थी। वे हिंसा के किसी भी रूप को नापसंद करते थे। यहाँ तक कि वे संघ की शाखा में हिंदू राष्ट्र के निर्माण के लिए स्वयंसेवकों और कार्यकर्ताओं से समूचे समर्पण, सहृदयता और जनसेवा के द्वारा लोगों का हृदय जीतने की बात करते थे। ऐसे में उनके साथ कुछ दूसरे श्रद्धेय बंधुओं या भाईजीयों की कहा-सुनी भी हो जाती थी। कोतमा में भी डॉक्टर वाकणकर नें शहर और आसपास के गाँवों के लोगों के मन में अच्छी जगह बना ली थी। लोग उन पर अपना पूरा अधिकार मानते। कोई भी बीमार होता तो डॉक्टर वाकणकर अगर चिकित्सालय में न हों तो उन्हें घर पर जाकर घेर लिया जाता, बिना यह देखे कि यह रात है या दिन। डॉक्टर वाकणकर का पारिवारिक जीवन इससे अस्त-व्यस्त हो जाता लेकिन वे इसे किसी पर

जाहिर न करते। वे कोतमा के आसपास के क्षेत्र में भी एक भले, सहृदय और कुशल चिकित्सक के रूप में मशहूर होने लगे थे। एक ऐसा डॉक्टर जिसका इलाज असरदार था। और जो मरीजों को लूटता नहीं था। जाहिर है, डॉक्टर वाकणकर के आने के बाद से कोतमा के संघ की शाखा में भी नई सक्रियता आई और उसकी गतिविधियों में हिस्सा लेनेवाले लोगों की संख्या बढ़ गई।

लेकिन डॉक्टर वाकणकर देखते कि सबकुछ के बावजूद संघ की गतिविधियाँ व्यापारियों और सवर्णों के दायरे तक ही सीमित थीं, उनकी बहुत इच्छा होती कि आसपास के गाँवों के साधारण लोग, आदिवासी और अन्य जातियों के व्यक्ति इसमें शामिल हों, लेकिन संघ की संरचना ऐसी थी कि इसमें न तो इतने अधिक लोगों के प्रवेश की ऐसी संभावना थी, न ही स्वयं उन लोगों के भीतर इसके प्रति कोई खास उत्सुकता थी। इस बारे में डॉक्टर वाकणकर ने ऊपर, राज्य के स्तर तक पत्र व्यवहार भी किया लेकिन उनके पत्रों का बहुत ही औपचारिक और संक्षिप्त-सा जवाब दे दिया जाता।

डॉक्टर वाकणकर को कई बार संदेह होने लगता कि क्या सचमुच राष्ट्रीय स्वयंसेवक संघ का निर्माण देश-भर में हिन्दू धर्म के मतावलंबियों के भीतर किसी सामुदायिक किस्म की कौटुंबिक भावना पैदा करने, उनमें नई जागृति लाने, अपनी रूढ़ियों को त्यागने तथा वेदों, उपनिषदों, पुराणों में वर्णित धर्म के मूल स्वरूप को अंगीकार करने की प्रवृत्ति पैदा करने के लिए हुआ है, या इसका कोई दूसरा मकसद है, जिसे यह बखूबी पूरा कर रहा है। इस बात को सर संघ चालक और दूसरे अधिकारी जानते हैं, इसीलिए वे इतने में ही संतुष्ट हैं। डॉक्टर वाकणकर जितना सोचते, उनके भीतर बेचैनी और असंतोष उतना ही बढ़ता। वे संघ को अपना मानते थे, अपने जीवन के लगभग पच्चीस वर्ष उन्होंने इसे सौंपे थे, ऐसा हो कैसे सकता था कि वे उससे खुद को निस्संग और उदासीन बना पाते।

बेटियाँ बड़ी हो गयी थीं। दहेज की समस्या सामने थी। हालाँकि डॉक्टर वाकणकर को विश्वास था कि पढ़ाई में तीनों लड़कियाँ जितनी तेज

थीं, उससे आगे चलकर उन्हें कोई समस्या नहीं आएगी।

लेकिन ज्योत्स्ना वाकणकर चिंतित रहती थीं। वे थक चुकी थीं। डॉ. वाकणकर की ईमानदारी, लगन और मूल्य निष्ठा का बोझ उन्हें ढोना पड़ा था। कई-कई बार वे अपने भाग्य को कोसतीं। अगर उनका विवाह किसी सामान्य, व्यवहार कुशल, दुनियादार डॉक्टर के साथ हुआ होता तो जीवन में हँसी-खुशी के पल आते। घर की चूलें हर वक्त इस तरह टूटती-दरकती न लगतीं। आशंकाएँ और आपदाएँ इस तरह हर घड़ी आँगन के ऊपर के आकाश में डैने फैलाए मँडराती न रहतीं।

संघर्ष की भी एक हद होती है। एक उम्र होती है। वे डॉक्टर वाकणकर को देखकर सिहर जातीं। झुर्रियों में घिरता जाता चेहरा, लगातार कम और सफेद होते बालों में से झाँकता एक पराजित और मासूम गंजापन। थका हुआ बूढ़ा होता शरीर। ब्लड प्रेशर और दाढ़ों में दर्द।

ज्योत्स्ना का मन होता कि वे अपने पति को पकड़कर उन्हें हिलाएँ, उनसे लिपटकर कहें कि अब बस करो। मान जाओ। मुश्किल से दस-बारह वर्ष और बचे हैं इस जीवन के। देखो..... हम दोनों और हमारा परिवार धीरे-धीरे किसी गहरे अँधेरे कुएँ में उतर रहा है। हर कदम पर मृत्यु और असहायता का अंधकार घना होता जा रहा है। अपनी इन तीनों बेटियों की ओर देखो। यह उम्र ऐसा त्रस्त और बदहवास चेहरा ढोने के लिए नहीं है। तुम्हारे संघर्षों और आदर्शों ने उनके भीतर एक गहरी असुरक्षा पैदा कर डाली है। हर वक्त वे किसी अनिष्ट के घटने की भयभीत प्रतीक्षा कर रही हैं।

ज्योत्स्ना वाकणकर रोने लगी थीं। उनके मन में पहली बार एक ऐसी खीझ पैदा हो रही थी जो धीरे-धीरे अपने पति के प्रति घृणा में बदलती जा रही थी। अगर इस आदमी को यही करना था तो इसने विवाह क्यों किया? इतने लोगों का जीवन बिगाड़ने का उसे क्या अधिकार है?

ज्योत्स्ना वाकणकर को लगा कि अपने जिस पति की प्रशंसा वे तमाम लोगों से सुनती रहती हैं, वे सब वास्तव में उनका मजाक उड़ाने के लिए है। उन्हें लगा कि अपनी मूर्खता और जिद्दीपन में डॉक्टर वाकणकर ने

अपने पूरे परिवार को एक ऐसी सामाजिक प्रयोगशाला में बदल डाला है। जिसे हर कोई बड़ी उत्सुकता और हैरत से देख रहा है कि देखो इस परिवार का अंत कैसे होता है। ये लोग सामूहिक आत्मघात करते हैं या कहीं भाग जाते हैं। या किसी भी स्थापित सामाजिक-असामाजिक ताकत के द्वारा निगल लिए जाते हैं।

ज्योत्स्ना वाकणकर डर गईं। उन्हें लगा कि वे पता नहीं कितने वर्षों से एक ऐसे खतरनाक और क्रूर तानाशाह की कैद में हैं जो ऊपर-ऊपर से बच्चों जैसा सरल और संतों जैसा वीतराग दिखाई देता है। लेकिन इस तानाशाह की सारी शक्ति खत्म हो चुकी है और कभी भी उसके खिलाफ कोई भयावह बगावत हो सकती है।

आह ! उस दोपहर के तीन घंटे

डॉ. दिनेश मनोहर वाकणकर के व्यवहार में कुछ निश्चित परिवर्तन दिखाई देने लगे थे। सुबह वे अब भी जल्दी उठते, हलका-सा व्यायाम करते, शाखा जाते। वहाँ सामूहिक व्यायाम होता। लौटकर अखबार पढ़ते, नाश्ता करते और फिर दस बजे तक अस्पताल चले जाते। कोतमा में उनका शासकीय आवास अस्पताल से लगभग दो किलोमीटर दूर रेलवे लाइन की दूसरी तरफ था।

अभी तक वही पुराना स्कूटर उनके साथ था। चलते हुए वह एक खास तरह की आवाज निकालता। यह कई दशक पुरानी आवाज थी। एक ऐसे इंजन की भाषा जो अब दुर्लभ और विलुप्तप्राय था। समय के साथ मशीन की आवाज और उसकी प्रजाति भी बदलती है, डॉ. वाकणकर को लगता। यह स्कूटर पेट्रोल भी बहुत पीता था। लेकिन उसे बेचने की बात डॉ. वाकणकर के मन में कभी न आती। उस लोहे की मूक मशीन से उन्हें एक मानवीय लगाव-सा हो गया था।

उनके स्कूटर की आवाज से, बिना देखे ही कोई जान सकता था कि यह डॉक्टर वाकणकर का आगमन है। डॉ. वाकणकर को शक होता कि

उनके जीवन और व्यवहार से भी ऐसी ही, कई वर्ष पुराने किसी इंजन की आवाज आती है। और लोग इसे जानते हैं। वे चुप रहते हैं, सम्मान प्रगट करते हैं लेकिन उस सम्मान के पीछे एक ठंडा मजाक या विचित्रता-बोध छिपा रहता है। देखो इस अजूबे आदमी को......

कहीं मैं मानसिक रूप से बीमार तो नहीं हो रहा हूँ, डॉक्टर दिनेश मनोहर वाकणकर एम.बी.बी.एस., एम.डी. ने सोचा। उन्होंने अपने जीवन और व्यक्तित्व पर इस तरह नजर डालना शुरू किया जैसे कोई ग्राहक किसी खरीदी जानेवाली चीज को, फैसले के पहले, अच्छी तरह से, पैनी निगाहों से परखता है। मैं दफ्तर सही समय पर जाता हूँ। मरीजों के रोगों के विश्लेषण और पहचान में कोई गंभीर भूल या गड़बड़ी नहीं होती। दवाइयों का चयन और प्रिस्क्रिप्शन बिलकुल ठीक रहता है। ढींगर गाँव और कोतमा के बीच के वर्षों में रिसर्च पेपर्स भी प्रतिष्ठित अंतर्राष्ट्रीय जर्नल्स में छपे हैं। लोग मुझ पर विश्वास करते हैं। यह विश्वास अगर न होता तो अस्पताल में और घर में भी मेरे पास इतने सारे लोगों का ताँता क्यों लगा रहता। अगर संघ ने मुझे जिला बौद्धिक प्रमुख और मेडिकल आफिसर्स एसोसियेशन का अध्यक्ष बनाया है तो साफ पता चलता है कि मेरे भीतर सांगठनिक गतिविधियों को चलाने, सुनियोजित करने की क्षमता है।

तो फिर ऐसा क्यों है? वे इस तंत्र द्वारा लगातार विस्थापन और अस्वीकार की कोशिशों को क्यों महसूस कर रहे हैं। उन्हें लगता जैसे वे इस राज्य तंत्र के शरीर में धोखे से दाखिल हो जानेवाले कोई विजातीय तत्त्व है, जिन्हें तंत्र उल्टियाँ करके बाहर निकालना चाहता है।

अचानक डॉ. वाकणकर को याद आया कि उन्होंने पिछले सात महीनों से कोई छुट्टी नहीं ली है। शायद यह सही समय है, जब एक लम्बी छुट्टी की जरूरत है।

• •

वे साढ़े दस बजे ही अपने शासकीय आवास यानी घर में लौट आए। तीनों लड़कियाँ स्कूल और कॉलेज चली गयी थीं। उन्हें चार बजे तक लौटना था। ज्योत्स्ना वाकणकर सब्जी काटने में लगी हुई थीं।

डॉ. वाकणकर ने घर को अच्छी तरह से देखा। वहाँ हवा ठहरी हुई-सी थी। शहर और दफ्तर की तेज आवाजों का कोलाहल नहीं था। एक ताजी शिथिलता और विश्राम का पर्यावरण। पिछवाड़े की घास में साढ़े दस बजने के बावजूद अभी भी नमी थी। अमरूद का इकलौता पेड़ अभी तरुण हुआ था और उसकी टहनियों में कच्चापन था।

डॉ. वाकणकर ने पहले अहाते का मुख्य फाटक बन्द किया। स्कूटर को उठाकर पिछवाड़े रखा, जिससे लोगों को यह पता न चले कि वे आज घर पर ही हैं। फिर उन्होंने दरवाजा अन्दर से बन्द कर लिया।

इतने वर्षों बाद आज उन्होंने अलमारी से पुराना रिकॉर्ड प्लेयर निकाला। एच. एम. वी. का फिएस्टा पॉप्युलर। इसे लगभग पंद्रह वर्ष पहले उन्होंने तब खरीदा था, जब महँगाई भत्ते की कई बकाया किस्तों का भुगतान उन्हें एक साथ हुआ था। रिकॉर्ड प्लेयर अभी भी बिलकुल नया लगता था लेकिन अब डिस्क बनने बंद हो गए थे। बाजार में कैसेट प्लेयर्स और ऑडियो कैसेट्स का जमाना आ गया था।

सारे रिकॉर्ड्स खुद उनकी पसंद के थे।

'हम भी हैं, तुम भी हो...... दोनों हैं आमने-सामने.......
देख लो, क्या असर, कर दिया प्यार के नाम ने......!'

......

'हो मैंने प्यार किया, हाय हाय क्या जुर्म किया
कि आँखों का रंग हो गया गुलाबी, गुलाबी.....'

गाने उस ताजी शिथिलता से भरे मुक्त पर्यावरण में तैरने लगे। डॉ. वाकणकर बीच-बीच में अपनी आवाज गानों में मिला देते थे। ज्योत्स्ना वाकणकर ने सब्जी में छौंक लगा दी थी और वे छींकने लगी थीं। उनकी छींक ने डॉ. वाकणकर के मन में गहरा प्यार और सहानुभूति पैदा की। शायद थोड़ी-सी आसक्ति और वासना भी।

एक छींक ज्योत्स्ना वाकणकर को और आई, तो डॉ. वाकणकर को हँसी आ गई। वे उठकर रसोई तक गए। दरवाजे पर खड़े होकर उन्होंने ज्योत्स्ना को देखा। जीरे और मिर्च की झार से उनकी आँखों से पानी निकल रहा था और नाक लाल हो रही थी। लौकी की सब्जी बन रही थी।

'अब कड़ाही को ढँक दो और चलकर उस कमरे में बैठ लो थोड़ी देर।' डॉ. वाकणकर ने प्यार से कहा। ज्योत्स्ना वाकणकर ने उन्हें उदासीनता के साथ देखा। फिर उन्होंने कड़ाही को थाली से ढँक दिया।

ज्योत्स्ना वाकणकर के बाल सूखे और बिखरे हुए थे। सफेदी जगह-जगह से झाँक रही थी। गोरे शरीर में स्थूलता आ गई थी और उनके चेहरे पर थकान और क्लांति की मुद्रा जैसे स्थिर हो गई थी। डॉ. वाकणकर ने उनके सिर को सहलाया। हथेली के स्पर्श में ही कुछ ऐसा था कि ज्योत्स्ना वाकणकर की आँखें नम हो गईं। 'कंघी कहाँ रखी है?' डॉ. वाकणकर ने पूछा। फिर कहा, 'या फिर चलो पहले नहा लेते हैं।'

नहाते हुए डॉ. वाकणकर ने ज्योत्स्ना वाकणकर के शरीर को देखा। ये दोनों शरीर जो अब थक चुके थे। थकान और संघर्ष ने जिनमें समय से पहले प्रौढ़ता और स्थूलता भर दी थी, अब भी उनमें जीवन की आभा थी। ज्योत्स्ना के शरीर में पड़ती पानी की धार को देखकर अभी भी लगता कि वह एक ठोस, जीवंत और मांसल शरीर पर गिर रही है। डॉ. दिनेश मनोहर वाकणकर ज्योत्स्ना वाकणकर की देह पर साबुन का झाग बनाते हुए उस थके और दुखी शरीर के भीतर के अंधकार में छुपे यौवन और जीवन के आदिम ताप को अपनी हथेलियों में जागता हुआ महसूस कर रहे थे। 'हटो' अचानक ज्योत्स्ना ने कहा, वे बेतहाशा हँस रही थीं... 'गुदगुदी लगती है।'

डॉ. वाकणकर सफल हो गए थे। यह पुष्पा श्रीवास्तव की हँसी थी, जो ज्योत्स्ना वाकणकर के कंठ से निकल रही थी। बचपने से सराबोर, उमंग, उत्तेजना और वासना से भरी एक खुली हुई निश्छल किलकारी। डॉ. वाकणकर ने ज्योत्स्ना की बाँहों को उठाकर उनकी बगल को चूम लिया। साबुन का झाग उनके मुँह में भर गया और वे खुद हँसने लगे। ज्योत्स्ना की

देह अचानक कई वर्ष पीछे के अतीत में चली गई थी। युवा—एक निदाघ और अछूते कौमार्य के अजनबीपन से भरी देह, जिसमें अभी भी कई रहस्यों का आकर्षण बाकी था। पानी की नन्ही-नन्ही बूँदों में वह शरीर सिहर रहा था।

अलमारी से डॉ. वाकणकर ने खुद सफेद फ्रॉक निकाला। वर्षों से उसे ज्योत्स्ना ने नहीं पहना था। उस सूती फ्रॉक के सफेद रंग में समय का पीलापन चढ़ चुका था। लेकिन जाँघिया अभी भी सफेद था। एक ऐसा सफेद रंग, जो जैविक और प्राकृतिक लगता है। हर रोज नया होता हुआ। जीवित और ताजगी से भरा।

ज्योत्स्ना वाकणकर शुरू में शरमा रही थीं और उनमें हलकी-सी अनिच्छा भी थी। लेकिन धीरे-धीरे वे डॉक्टर वाकणकर के साथ इस समय से परे ले जानेवाले जादू-भरे खेल में शामिल हो गई थीं। उन्होंने दो चोटियाँ निकाल ली थीं। लाल रिबन के दो फूल उनकी पीठ और कंधों पर तितलियों की तरह मँडराने लग गए थे। सफेद फ्रॉक और जाँघिए में बँधकर, उस कसाव में उनका शरीर स्वयं उनके लिए एक अपरिचित उत्तेजना से भर गया था।

रिकॉर्ड प्लेयर में अब पन्नालाल घोष की बाँसुरी बज रही थी। बाँसुरी की अनुगूँज स्पीकर से नहीं, खुद उन दो शरीरों के भीतर के रहस्यों और अंधकार से उठती हुई बाहर आ रही थी।

डॉक्टर वाकणकर ने ज्योत्स्ना की कलाई पकड़ी और उन्हें अपनी गोद में बिठा लिया। 'सब ठीक हो जाएगा ज्योति, अब मैं समझौता कर लूँगा। मैं भी उन सब लोगों की तरह हँसना चाहता हूँ। जीना चाहता हूँ।'

फ्रॉक सरक गई थी और ज्योत्स्ना की कोमल विस्तृत जंघाओं से हलकी रोशनी फूटने लगी थी। ऐसी मद्धिम रोशनी, जिसकी आँच में डॉक्टर वाकणकर की साँसें गर्म होने लगीं। उन्होंने कसकर ज्योत्स्ना को अपनी छाती में भींच लिया।

बाँसुरी अभी भी विलंबित में थी। दूर तक जाकर अदृश्य होती हुई तान। फिर उतनी ही दूर से वापसी। पन्नालाल घोष अब जीवित नहीं थे

लेकिन उनकी बाँसुरी में जीवन की वैसी ही स्पष्ट निरंतरता और प्राणवत्ता थी। वैसी ही बारीकी और लोच, जो मृत्यु के बाद संभव कभी नहीं हो सकती।

बिस्तर पर ज्योत्स्ना हर आघात के बाद डॉक्टर वाकणकर को कसकर जकड़ लेती थीं और उनके भीतर से अथाह रुलाई-सा सोता फूट निकलता था। वे रो रही थीं। यह आनंद थकान, असुरक्षा, पराजय और हताशा के बीच किसी अबोध और अवास्तविक चेष्टा के द्वारा प्राप्त किया जा रहा था। यह संभोग इतना दुर्लभ और अवास्तविक था कि कुछ पलों के बाद वह नश्वर हो जानेवाला था। एक ऐसा उड़न-छू, जो हवा की किसी पर्त में तैरता हुआ अचानक उन दोनों के जीवन में कुछ पलों के लिए आ गया था और बस, फिर उसे अदृश्य हो जाना था। वे दोनों हाँफ रहे थे। ज्योत्स्ना के गले से हर बार रुलाई फूटकर बाहर निकलती और सुख की किलकारी में खो जाती। वे दोनों एक-दूसरे के भीतर अपने-अपने खोये हुए जीवन और अतीत की स्मृतियों को खोज निकालने की व्याकुल कोशिश में थे। एक-दूसरे के भीतर वे अपनी सुरक्षा और सार्थकता तलाश रहे थे।

यह एक कठिन और दुर्धर्ष कोशिश थी। आँसुओं में डूबी बेचैन छटपटाहट से पैदा होते क्षणभंगुर सुख का चरम शिखर। समय से मुक्त। यथार्थ से अलग किसी दूसरे लोक का अनुभव। डॉक्टर वाकणकर ने अचानक ज्योत्स्ना के चेहरे को असंख्य उन्माद-भरे चुंबनों से भर दिया। आँसू का खारापन उनके भीतर समा गया और इस स्त्री, जो उनकी पत्नी थी और जो इस समय अपनी देह के नशीले गुरुत्वाकर्षण में उन्हें अपने भीतर खींचे ले रही थी, उनके लिए एक अपूर्व निकटता और आत्मीयता उन्होंने महसूस की।

एकता और आनंद के चरम क्षणों में पन्नालाल घोष की बाँसुरी द्रुत में आ गई थी।

खाना खाते हुए डॉक्टर वाकणकर ने ज्योत्स्ना वाकणकर से कहा कि उन्होंने पंद्रह दिन की छुट्टी ले रखी है और अगले हफ्ते तक वे परिवार के साथ पंचमढ़ी चलने की योजना बना रहे हैं।

ये वे दिन थे जब मध्य प्रदेश ही नहीं देश के अन्य तीन राज्यों में भारतीय जनता पार्टी की सरकार बन गई थी। डीजल से चलनेवाले ट्रक के ऊपर रखे गए रथ के मॉडल के साथ एक बूढ़े राजनीतिक हिंदू नेता ने देश-भर में रथ यात्रा की थी। अयोध्या में मंदिर-मस्जिद विवाद से पूरे देश का एक अतार्किक, अमानवीय और डरावना ध्रुवीकरण पैदा हो रहा था।

डॉ. दिनेश मनोहर वाकणकर इस समूची उथल-पुथल को अपनी चेतना में महसूस कर रहे थे।

जूता, दंगा और पोस्टमार्टम

संघ में इन दिनों स्पष्ट परिवर्तन दिखाई दे रहे थे। शाखा के सदस्य औपचारिकता पूरी करने की जल्दबाजी में आते। हिंदूवादी दल की राजनीतिक विजय हुई थी। संघ इस जीत की नींव में था। यही वह ढाँचा था, जो उस राजनीतिक दल की आत्मा की तरह चुपचाप धीरे-धीरे काम करता रहता था और विपरीत से विपरीत परिस्थितियों में भी, उस दल के राजनीतिक बिखराव और विघटन के दौर के बाद किसी फीनिक्स की तरह उस दल को दुबारा पैदा कर देता था।

लेकिन अब वर्षों के बाद वे सत्ताधारी थे। राज्य की सत्ता उनके हाथ में थी। तंत्र उनके हाथ में था। नौकरशाही, पुलिस और तमाम तरह के वित्तीय संस्थान उनके अधीन थे। उनकी सामाजिक स्थिति प्रत्यक्ष रूप से बदल गई थी।

संघ का काम अब ज्यादातर राजधानी में आनेवाले किसी मंत्री की स्टेशन पर अगवानी, जुलूस और जनसभा आयोजित करना, राजधानी में प्रतिनिधिमंडल भेजना और सरकारी परियोजनाओं को अपने कब्जे तथा नियंत्रण में लेना रह गया था। ज्यादातर सदस्य और कार्यकर्ता व्यापारी वर्ग से आते थे। इन दिनों हर सदस्य की कोशिश रहती कि शासकीय योजनाओं से होनेवाले लाभ ज्यादा-से-ज्यादा उसके हिस्से में आ जाएँ। कई लोगों ने लोक निर्माण विभाग के सड़क, पुल तथा भवन निर्माण के ठेके

हासिल कर लिए थे। कई लोगों ने राज्य की लघु उद्योग योजना के अंतर्गत मिलनेवाले आर्थिक अनुदानों और सब्सिडी का फायदा उठाकर अपनी-अपनी फैक्ट्रियाँ खोल रखी थीं। शिक्षित बेरोजगारों को मिलनेवाला शासकीय लाभ ज्यादातर संघ के सदस्यों ने हासिल कर लिया था। नई-नई दुकानों के परमिट, कई तरह के उत्पादनों और मालों का कोटा, परिवहन का लाइसेंस, दारू और वनोपजों का ठेका भी संघ के ही लोगों ने लेने की होड़ लगा रखी थी। साइकिल में चलनेवाले भाईजी स्कूटर पर और स्कूटर पर चलनेवाले कार या जीप में चलने लगे थे। पुलिसवाले उन्हें देखकर नमस्कार करते। तहसीलदार, ओवरसियर, कानूनगो, पटवारी, डॉक्टर अपने-अपने तबादले या प्रमोशन की समस्याएँ लेकर संघ के नेताओं के पास जाते। कलेक्टर और एस.डी.एम. का दौरा होता, तो वे अपने साथ संघ के नेताओं को रखते। उन्हीं के घर पर उनका लंच या डिनर होता।

वह भारतीय प्रशासन, जिसे नौकरशाही कहा जाता था, अपना चरित्र और अपनी वफादारी बदलने में माहिर था। अंग्रेजों के जमाने से लेकर आज तक इसने अपनी अवसरवादियों की अद्भुत मिसालें कायम की थीं। वैसे, कुछ ऐसे अधिकारी और शासकीय कर्मचारी, जो संघ और हिंदूवादी राजनीतिक दल की आँख में खटक रहे थे, उनका तबादला सुदूर पिछड़े आदिवासी इलाकों में कर दिया गया था। पनिशमेंट पोस्टिंग।

डॉ. वाकणकर को भी मित्रों ने सलाह दी कि यह सही समय है जब उन्हें तरक्की हासिल करके किसी अच्छे शहर में अपना तबादला करवा लेना चाहिए। उनका पूरा जीवन जिस संघर्ष में गुजरा है, संघ के प्रति निष्ठा के कारण जो-जो परेशानियाँ उन्होंने उठाई हैं, उनका प्रतिदान पाने का वक्त अब आ गया है।

डॉ. दिनेश मनोहर वाकणकर अपने भीतर एक गहरी उद्विग्नता महसूस करते। संघ को उन्होंने कांग्रेस और दूसरे राजनीतिक दलों से हमेशा अलग माना था। यह संगठन कम्युनिस्टों की तरह ही एक दूरगामी लक्ष्य और आदर्श को लेकर चलनेवाला संगठन था, लेकिन सत्ता तक पहुँचते ही

यह भिन्नता मिटती नजर आती थी। सत्ता में पहुँचकर कम्युनिस्ट भी तो भ्रष्ट और जनविरोधी हो गए थे।

इन दिनों डॉक्टर वाकणकर ने अपनी डायरी में लिखा :

'आजकल संघ में जो स्थिति है, मैं उससे बहुत विचलित हूँ। गुरुजी ने संघ के सदस्यों के लिए कुछ नैतिक और धार्मिक निष्ठाएँ निर्धारित कर रखी हैं। लगता है उनसे किसी को भी लगाव नहीं है।

क्या राज्य एक ऐसा शक्तितंत्र है, जिसका अपना एक सार्वभौमिक स्थायी चरित्र है। यह अपने पास आनेवाले हर समूह, दल, संगठन, विचारधारा और दर्शन को अपने उसी स्थायी, सर्वसमावेशी चरित्र द्वारा निगल लेता है। उन सबको अपना ही पुराना, परिचित चेहरा पहना देता है।

मैं इन दिनों संघ में लगातार अलग-थलग पड़ता जा रहा हूँ। सांगठनिक गतिविधियों के विस्तार में किसी की दिलचस्पी नहीं दिखाई देती। लगता है जैसे वर्षों के बुभुक्षुओं और अतृप्त लोलुपों की एक जमात संघ के रूप में एकत्र थी, जो भोज को देखकर अचानक अश्लील और अनैतिक ढंग से उस पर टूट पड़ी है। उल्टे ये लोग मुझे अव्यावहारिक कह रहे हैं।

कभी-कभी सोचता हूँ कि अपने निजी व्यक्तिगत स्वार्थ को लेकर चलना ही मनुष्य की स्वाभाविकता है। जो व्यक्ति इसका परित्याग करता है और इससे परे उठता है उसे ही औसत लोग अस्वाभाविक मानते हैं।

एक माह पहले जिले के जिन भ्रष्ट और रिश्वतखोर सरकारी अधिकारियों और कर्मचारियों की सूची हमने तैयार की थी, नेताओं ने उसे दबा लिया है। हीरालाल अग्रवालजी कह रहे थे कि इस सूची के दबाव में संघ अपना हित साध सकता है।

मैं एक गहरी बेचैनी अपने भीतर महसूस करता हूँ। कहीं ऐसा तो नहीं कि मेरा पूरा जीवन ही व्यर्थ चला गया?

उस रात सपने में डॉक्टर वाकणकर ने भाई मदन सोनीजी को देखा। उसे वे वर्षों से जानते थे। शुरू-शुरू में अखिल भारतीय विद्यार्थी परिषद् की गतिविधियों से होता हुआ वह संघ में आया था। छोटा-सा दुबला-पतला शरीर, लगभग चौकोर चेहरा जो नीचे की ओर पतला हो गया था। पंचतंत्र की कथाओं की चालाक लोमड़ीवाली चतुर शक्ल। भाई मदन सोनीजी ने बातचीत करने, मुहावरों और जुमलों का इस्तेमाल करने का कठिन अभ्यास कर रखा था। डॉक्टर वाकणकर अच्छी तरह से जानते थे कि ऐसे व्यक्ति की निष्ठा किसी भी मूल्य या संगठन से नहीं हो सकती। वह एक फर्जी व्यक्तित्व था। उसे वे आजकल संघ के हर बड़े नेता के आसपास बहुत त्वरित गति में दाहिने-बाएँ होते देखते थे। वह संघ के नए नेता के रूप में उभर रहा था। कलेक्टर से लेकर पटवारी तक उसकी पूछ होती।

संघ का भविष्य भाई मदन सोनी था। फर्जी, चौकोर चेहरे का चापलूस और बनावटी लोमड़। उसकी नस्ल हर जगह बढ़ रही थी। वह संघ में व्यवहारवाद का युगांतकारी प्रवेश था।

सपने में मदन सोनी लगातार बोलता चला जा रहा था। बड़...बड़...बड़...

• •

कोतमा के इतिहास में भूकंप पैदा कर देनेवाली उस विस्फोटक घटना की शुरुआत बेहद मामूली थी। कोई सोच भी नहीं सकता कि बड़ी और गंभीर घटनाएँ जिस बिंदु से शुरू होती हैं वह अकसर एक बहुत मामूली, नगण्य और हास्यास्पद बिंदु होता है।

घटना यों थी।

कोतमा के महात्मा गाँधी इंटर कॉलेज में ग्यारहवीं कक्षा में पढ़नेवाले एक छात्र नितिन शर्मा ने एक सिंधी दुकानदार मोतीलाल ठाकरवाणी से जूता खरीदा। जूता एक सौ साठ रुपए में खरीदा गया। कोतमा के ज्यादातर सिंधी राष्ट्रीय स्वयंसेवक संघ में थे। इसका कारण हिंदूवादी दल

के सबसे बड़े राष्ट्रीय नेता का सिंधी होना था। कोतमा के उसी इंटर कॉलेज में बारहवीं में पढ़नेवाले एक दूसरे छात्र मुकेश यादव ने एक दूसरी दुकान से वैसा ही जूता एक सौ बाईस रुपए में खरीदा।

शहर बहुत छोटा था और कीमत में फर्क बहुत ज्यादा था। शहर के छोटा होने के कारण ही दूसरे दिन दोनों छात्र नितिन शर्मा मुकेश यादव एक-दूसरे से टकर गए। कोतमा में हर कोई एक-दूसरे को जानता था। दोनों ने एक-दूसरे के जूते के बारे में बातचीत की।

'तूने जूता कितने में खरीदा?' मुकेश यादव ने पूछा।

'एक सौ साठ रुपए में?' नितिन शर्मा ने बतलाया।

'तुझे दुकानदार ने लूट लिया। देख, उसी कंपनी का जूता मैंने एक सौ बाईस रुपए में खरीदा।' मुकेश ने कहा फिर उसने पूछा, 'तूने किस दुकानदार से खरीदा?'

'मोतीलाल ठाकरवाणी से।' नितिन ने बताया।

'हरामी है साला। चल अभी उससे पैसे वसूलते हैं।' मुकेश ने ताव दिलाते हुए कहा और दोनों मोतीलाल ठाकरवाणी की दुकान की ओर चले गए।

ठाकरवाणी ने पहले बात सँभालने की व्यापारिक कोशिश की, 'दोनों की क्वालिटी में बड़ा फर्क है। एक नकली जूता है और दूसरा कंपनी का जेनुइन माल है साईं। पहन के देखो महीने-भर में वो वाला जूता टें बोल जावेगा। लिक्ख के ले लो साईं झगड़ा मत करो। हम जुबान दे रहा है साईं।'

'हमें चूतिया बनाता है! बेवकूफ समझ रखा है क्या! वही कंपनी है, वैसा ही जूता है। लूट मचा रखी है! पैसा क्या फोकट में आता है? चल रुपए निकाल।'

मोतीलाल ठाकरवाणी ने थोड़ी-सी ना-नुकुर की तो नितिन शर्मा ने जूता उतारकर उसके मुँह पर मार दिया। मुकेश यादव भी ताव खा गया था। उसने भी गाली बकते हुए मोतीलाल ठाकरवाणी को दो-चार थप्पड़ लगा दिए।

झगड़ा देखकर अगल-बगल के दुकानदार इकट्ठे होने लगे। वह पूरी पट्टी सिंधी दुकानदारों की थी। चौथी दुकान गुलाबचंद कुंदनानी की थी। मोतीलाल ठाकरवाणी उसका चाचा लगता था। चाचा की बेइज्जती गुलाबचंद से बर्दाश्त नहीं हुई। उसने ललकारना शुरू किया, 'मारो सालों को। पकड़ो। जाने न पाएँ। गुंडागर्दी मचा रखी है। दुकान के भीतर घुसकर लूट-पाट मचाते हैं।'

दुकानदारों की तादाद ज्यादा थी। उन्होंने नितिन शर्मा और मुकेश यादव को पकड़ लिया। नानकचंद भी बाहर निकल आया था। 'अरे साईं, इन लौंडों-लपाड़ियों को ऐसे ही छोड़ते गए तो साले गुल्लक से रुपया निकालने लगेंगे।'

मोतीलाल ठाकरवाणी हाँफ रहा था। उसकी कमीज की बाँह फट गई थी। गुलाबचंद कुंदनानी ने कहा, 'इनको थाने ले चलो। हम सब गवाही देंगे।'

दोनों लड़के ताव-ताव में फँस गए। उन्हें पकड़कर धकियाते हुए थाने ले जाया गया। थाने में उस वक्त इंस्पेक्टर नहीं था सिर्फ हेडकांस्टेबल पांडे था। पांडे देवरिया जिले का था और चौबीसों घंटे धुत्त रहता था। कोतमा में उसकी अच्छी आवभगत होती थी क्योंकि वह छुट्टे या अद्धा-पौवा लेकर ही छोटा-मोटा मामला निपटा देता था।

गुलाबचंद कुंदनानी अभी जवान था। उसका खून कुछ गर्म था। अपने चाचा मोतीलाल की फजीहत से उसे गुस्सा चढ़ आया था। वह हवलदार पांडे को अलग ले गया। पचास का नोट उसकी जेब में डाला और कहा कि दोनों लौंडों की थोड़ी-बहुत ठुकाई कर दी जाए। पांडे के लिए यह पेशेवरी का काम था।

पांडे ने दो घूँट मारे फिर वर्दी में मुँह पोंछता हुआ नितिन शर्मा के पास गया। 'जूता तो तूने खरीदा था, ये तेरा चमचा वहाँ क्यों आया था। तुझे पता नहीं कि ये साला धंधेबाज चोर है।'

पांडे ने मुकेश यादव को तड़ातड़ डंडे जमाए। 'बाप ससुर दुनिया को

दूध में पानी मिलाकर चूतिया बनाता है और तू ससुर जजमेंट करने आया था।'

दोनों लड़के डर गए थे। तीन-चार सिपाही थाने में और मौजूद थे। हवलदार पांडे ने दोनों के कान पकड़कर उठक-बैठक करवाई और कहा कि चुपचाप घर चले जाओ। ज्यादा आय-बाय किया तो एक सौ सात-सत्तरा और तीन सौ छप्पन में बंद कर दूँगा।

• •

शहर छोटा था। जूतों की कीमत में फर्क ज्यादा था और झगड़े की घटना भी कोतमा के लिए बड़ी घटना थी। देखते-देखते इस कोने से लेकर उस कोने तक खबर फैल गई कि महात्मा गाँधी इंटर कॉलेज के दो लड़कों को सिंधियों ने और पुलिसवालों ने मारा।

अगले दिन कॉलेज खुला तो वहाँ तनाव था। हर लड़का नितिन शर्मा और मुकेश यादव से घटना के बारे में पूछ रहा था। एक-डेढ़ घंटे के भीतर-भीतर छात्रों की भीड़ इकट्ठा हो गई। यह कॉलेज की प्रतिष्ठा का मामला बन गया था। कुछ अध्यापक भी पुलिसवालों द्वारा अपने छात्रों को पीटे जाने के खिलाफ थे। इन अध्यापकों ने छात्रों को सलाह दी कि वे घटना की रिपोर्ट प्रिंसिपल के पास करें। प्रिंसिपल जगदेव सिंह चौहान थे। उन्होंने भी इसे अपने कॉलेज की इज्जत का मामला माना और छात्रों से कहा कि वे घटना के बारे में एक मेमोरेंडम एस.डी.एम. गुप्ता को सौंपें तथा दोषी हवलदार और सिंधी दुकानदारों को सजा देने की माँग करें।

लगभग डेढ़ सौ छात्रों का जुलूस, जिसमें छात्राएँ भी शामिल थीं, एस.डी.एम. गुप्ता के बँगले की ओर चला। गुप्ता दिल्ली में पढ़ा-लिखा था और पाँच साल के आई.ए.एस. पेपर का रट्टा मारकर, कोंचिग सेंटर से कोचिंग लेकर दो साल पहले भारतीय प्रशासनिक सेवा में आया था। उसके पिताजी दिल्ली में दो नंबर का धंधा करते थे। अपने बेटे की शादी उन्होंने एक मारवाड़ी परिवार की कान्वेंट में पढ़ी-लिखी लड़की से की थी और तीन

लाख का नगद दहेज तथा फियेट, जेवरात, फर्नीचर और बहुत सारा सामान वसूला था।

गुप्ता और उसकी पत्नी रीतू दोनों अंग्रेजी बोलते थे, शराब पीते थे और कोतमा के लोगों को जाहिल, गँवार और पिछड़ा हुआ मानते थे।

बँगले की ओर डेढ़-दो सौ छात्रों की भीड़ को आता देखकर एस.डी. एम. गुप्ता जरा-सा घबड़ा गया फिर उसने अपनी मंसूरीवाली ट्रेनिंग को याद किया और राजेश खन्ना की तरह मुस्कराता हुआ फाटक पर आकर खड़ा हो गया।

'हवलदार पांडे मुर्दाबाद। कोतमा थाना मुर्दाबाद।'

'पांडे को फाँसी दो! फाँसी दो! फाँसी दो!'

लड़कों का जुलूस चीख रहा था। एस.डी.एम. गुप्ता ने मौके की नजाकत को समझा और उसने अपने गले में सारी ताकत लगाकर हिंदी में कहा, 'आप लोग थाने पहुँचिए। शांति बनाए रखिए। मैं वहीं पहुँच रहा हूँ।'

लड़कों की भीड़ नारे लगाती तब तक इंतजार करती रही जब तक अपनी फियेट में गुप्ता थाने की ओर रवाना नहीं हो गया।

कोतमा की नीरस एस.डी.एम. की नौकरी में गुप्ता भी अब तक अच्छा-खासा बोर हो चुका था। वह बंबइया फिल्मों, जासूसी उपन्यासों और ब्लू फिल्मों का शौकीन था। उसके बारे में मशहूर था कि वह अलग-अलग मौकों पर हिंदी फिल्मों के अलग-अलग हीरो लोगों के डायलॉग्स बोलता है। वैसे ज्यादातर जब वह अपने मातहतों से बात करता था, तो कुछ इस लहजे से बोलता था, जैसे उसे हिंदी नहीं आती।

'शिट! आइ आल्वेज फाइंड डिफिकल्ट टू स्पीक दिस लैंग्वेज... !' वह अकसर कहता।

थाने के फाटक पर पहुँचकर छात्रों की भीड़ रुक गई। फाटक अंदर से बंद कर दिया गया था। कोतमा थाने में सिर्फ दस सिपाही, एक इंस्पेक्टर और एक हवलदार थे। दो पुरानी थ्री नॉट थ्री की राइफलें थीं, जिन्हें वर्षों से इस्तेमाल नहीं किया गया था।

एस.डी.एम. गुप्ता अंदर थाने के गलियारे में इंस्पेक्टर की कुर्सी पर बैठ गया था और पुलिसवालों से बात कर रहा था।

इसी वक्त छात्रों की निगाह हवलदार पांडे पर पड़ी। उसी ने मुकेश यादव को डंडे से मारा था और नितिन शर्मा से कान पकड़कर उठक-बैठक करवाई थी। वह आज भी अपने फॉर्म में था। नशे में धुत्त। उसकी समझ में स्थिति की गंभीरता नहीं आ रही थी और वह डंडा पटकता हुआ बीच-बीच में गालियाँ बकने लगता था। उसे एक-दो बार इंस्पेक्टर ने डाँटा भी लेकिन थाने के अहाते के भीतर वह बागड़-बिल्ला बना अपनी ठसक में था। दारू के नशे में तो था ही।

एक पत्थर सनसनाता हुआ भीड़ की तरफ से आया और हवलदार पांडे की कनपटी में लगा। 'हाय, माड़ डाला मादर... ने !' उसने जोरों से चीखते हुए गाली बकी और कनपटी पकड़कर बैठ गया। इतने में तीन-चार पत्थर सनसनाते हुए और आए और एस.डी.एम. गुप्ता के सामने मेज पर आकर लगे। थाने के अंदर भगदड़ मच गई। एस.डी.एम. गुप्ता मेज के नीचे छुप गया और चिल्लाया, 'गन्स कहाँ हैं ! हथियार निकालो।'

थाना चारों तरफ से अहाते से घिरा हुआ था। निकास का एक ही रास्ता था—मुख्य फाटक, वहाँ छात्रों की भीड़ जमा हो गई थी। वहाँ नारे लग रहे थे और पत्थर चल रहे थे। पुलिसवालों को डरा हुआ और एस.डी.एम. गुप्ता को मेज के नीचे छुपा हुआ देखकर लड़कों का जोश और बढ़ गया था।

हवलदार पांडे को बाहर निकालो! बाहर निकालो!

दारूखोर पांडे को बाहर निकालो! बाहर निकालो!

छोकरीबाज एस.डी.एम. हाय-हाय! हाय-हाय!

तीन-चार लड़के फाटक के बाहर खड़ी एस.डी.एम. गुप्ता की दहेज में मिली फियेट के बोनट पर बैठ गए थे और लकड़ी के डंडों से उसे नगाड़े की तरह बजा रहे थे।

झन्न की आवाज के साथ फियेट का शीशा टूटकर बिखर गया। एस.डी.एम. गुप्ता को अपनी कार की फिक्र हुई। उसने इंस्पेक्टर से कहा,

'आस्क देम टू फायर! हवा में गोली चलवाओ। मेरी कार खतरे में है।'

इंस्पेक्टर ने फ़ायर करने की लिए कहा। कोतमा शहर में पहली बार गोली चलने की आवाज सुनी गई।

भीड़ में भगदड़ मच गई। लड़के इधर-उधर भाग रहे थे। लेकिन भीड़ का एक छोटा-सा हिस्सा अभी भी फाटक पर खड़ा हुआ नारे लगा रहा था।

इसी भीड़ में बाईस साल का लड़का तौफीक अहमद खड़ा था। वह लड़कों को शांत करने की कोशिश कर रहा था और बीच-बीच में एस.डी. एम. गुप्ता की ओर देखकर चिल्लाता था, 'सर, आप फाटक तक आ जाइए! लड़कों से बात करिए। आपको कुछ नहीं होगा। मैं गारंटी लेता हूँ।'

तौफीक अहमद कोतमा में इसी साल बनी सांप्रदायिक शांति समिति का सदस्य था। प्रेमचंद और मंटो की कहानियाँ उसे पसंद थीं। कोतमा में उसे एक संजीदा, समझदार और विनम्र लड़का माना जाता था। पढ़ाई के साथ-साथ उसने पत्र-पत्रिकाओं की एक छोटी-सी दुकान खोल रखी थी।

यह सांप्रदायिक शांति समिति तब बनी थी, जब अयोध्या में मंदिर-मस्जिद को लेकर तनाव पैदा किया जा रहा था और कुछ दुकानदार एक औरत की खतरनाक आवाज का कैसेट बाजार में जोर-जोर से बजाते रहते थे।

कोतमा में मुसलमानों के मुश्किल से चालीस-पचास परिवार थे। ज्यादातर गरीब थे। कसाई या मनिहारी का काम करते थे। तौफीक अहमद की अम्मा खुद काँच के बक्से में चूड़ियाँ, बालियाँ, काजल, कंघी-काँटे जैसी स्त्रियों के शृंगार की चीजें लेकर गाँवों में जाकर बेचती थी।

एस.डी.एम. गुप्ता ने तौफीक को देखा। 'ये लड़का कौन है ? लीडर लगता है।' उसने इंस्पेक्टर से पूछा।

हवलदार पांडे की कनपटी से खून निकल रहा था और वहाँ पर गूमड़ उठ आया था। 'कटुआ है सर। कुंजड़िन की औलाद। लड़कों को भड़का रहा है।'

दूर से देखने पर गुप्ता को भी यही लगा था कि तौफीक लड़कों को समझाने में नहीं, भड़काने में लगा हुआ है। तभी उसने देखा कि चार-पाँच लड़कों का एक झुंड एक गैलन में संभवतः पेट्रोल लेकर वहाँ पहुँचा। उन लोगों ने गैलन फिएट पर उलट दी।

तौफीक अहमद चीख-चीखकर उन लड़कों को ऐसा करने से मना कर रहा था। ये लड़के छात्र नहीं थे। वह कोतमा के समाज का निष्कासित और अनुपयोगी हिस्सा था, जिसे आज अपनी उपस्थिति और सार्थकता सिद्ध करनी थी।

एस.डी.एम. गुप्ता ने अंदाजा लगा लिया कि अभी उसकी फियेट जलकर राख हो जाएगी। 'फायर' उसने जोर से कहा, 'आइ, सब डिवीजनल मैजिस्ट्रेट ऑर्डर यू ऑल टू फायर।'

फायर !

फायर !

फायर !

नशे में धुत्त बागड़-बिल्ला हवलदार पांडे को अफसर के सामनेवाली वफादारी और योग्यता दिखलाने का इससे अच्छा मौका और कहाँ मिलता। उसने झपटकर मुरारीलाल कांस्टेबल के हाथ से राइफल झटक ली और निशाना साधकर गोली दाग दी।

धाँय।

धाँय।

गोली सिर के पीछे की ओर लगी। वहीं, जहाँ दिमाग होता है।

तौफीक औंधे मुँह जमीन पर गिर पड़ा। एक अजीब-सा शोर उठा। जैसे भीड़ के सामूहिक गले से कोई डकार निकली हो। या शायद कराह।

इसके बाद तड़ातड़ लाठियाँ चलीं। आसमानी फायरिंग भी हुई।

बहुत-से लड़कों के सिर, कनपटी, आँख, जबड़ों से खून बह रहा था।

पिटनेवालों में छात्राएँ और उन लड़कों के अभिभावक भी थे।

• •

डॉक्टर वाकणकर अस्पताल में ही थे, जब घायल लड़कों के जत्थे वहाँ आने शुरू हुए। अस्पताल में डॉक्टरों की कुल तादाद चार थी। एक छुट्टी पर था। आज से पहले इतने सारे लोगों को एक साथ सँभालने का अनुभव वहाँ किसी को नहीं था। घबराहट फैल गई।

लगभग सत्रह लड़के ऐसे थे, जिन्हें ज्यादा चोटें आई थीं। रक्तस्राव के कारण वे कभी भी बेहोश हो सकते थे। अस्पताल में कुल जमा आठ बेड थे।

बाहर के दालान में दरी बिछा दी गई और घायलों को वहाँ लिटा दिया गया।

इक्का-दुक्का लड़के अपनी चोटें लिए बाद में भी आते रहे।

डॉक्टर वाकणकर ने इतने सारे घायलों से निपटने के लिए कोतमा के कुछ प्राइवेट डॉक्टरों को भी बुला लिया था। तीन लड़कों की हालत गंभीर थी।

एक तेरह साल की लड़की सुषमा कोरी के दोनों गालों की हड्डियाँ (चीक बोंस) टूट गई थीं।

उसका चेहरा डरावना लग रहा था। जब वह थूकती थी तो उसमें खून के कतरे होते थे।

डॉक्टर वाकणकर ओ.पी.डी. रजिस्टर में खुद घायलों के नाम, उम्र, पता अैर चोट का ब्यौरा लिख रहे थे। दोपहर दो बजते-बजते अस्पताल आनेवाले घायलों की संख्या बत्तीस पहुँच गई थी।

पता चला जिला मुख्यालय से एस.पी. और पुलिस के दस्ते कोतमा पहुँच चुके हैं। दुकानें बंद हैं। बाजार में सन्नाटा है।

तौफीक अहमद सवा दो बजे तक थाने के बाहर उसी तरह औंधे मुँह पड़ा रहा।

जैसे वह कोतमा की जमीन को चूम रहा हो।

शाम साढ़े तीन बजे पी.डब्ल्यू.डी. की जीप में लादकर तौफीक को अस्पताल लाया गया।

तौफीक अहमद, उम्र बाईस साल, वल्द रफीक अहमद उर्फ चचा तहमतिया, पुरानी बस्ती...एलॉटेड बेड नं. तीन एमर्जेंसी।

डॉक्टर वाकणकर ने उसे चेक किया। डॉ. तिवारी, डॉ. सोनवलकर और डॉ. अग्रवाल ने भी देखा।

पौने चार बजे तक तौफीक की क्लिनिकल मृत्यु नहीं हुई थी, क्योंकि

उसका दिमाग पूरी तरह से नहीं मरा था। इसलिए उसे ऑक्सीजन देने की कोशिशें की गईं।

चार ब्रजने में पाँच मिनट पर यानी तीन बजकर पचपन मिनट पर उसे मृत घोषित कर दिया गया।

तौफीक के पिता चचा तहमतिया और उसकी अम्मा अस्पताल के बाहर बैठी भीड़ में थे। अस्पताल के भीतर किसी को नहीं आने दिया जा रहा था। पुलिस का पहरा था।

किसी ने खबर लीक कर दी होगी क्योंकि बाहर से रोने और विलाप करने की आवाजें उठने लगीं।

तौफीक की शादी हो चुकी थी। उसकी एक बेटी भी थी।

पाँच बजे के आसपास एस.पी. और जिला चिकित्सालय के सिविल सर्जन एक ही जीप द्वारा वहाँ पहुँचे।

सिविल सर्जन बी.एन. गुप्ता ने अस्पताल का मुआयना किया। वहाँ की व्यवस्था देखी फिर डॉक्टर वाकणकर को अपने साथ अलग ले जाकर बातचीत की।

'सब ठीक-ठीक तो है न?' सिविल सर्जन ने पूछा।

'जी हाँ, शुरू में थोड़ी दिक्कत हुई थी। फिर कुछ लोकल डॉक्टर्स को बुलाकर हमने मैनेज कर लिया।' डॉ. वाकणकर ने कहा।

'आपने ओ.पी.डी. रजिस्टर में सभी घायलों की एंट्री क्यों दिखाई? और अगर एंट्री चढ़ा भी दी तो सारी चोटों का ब्यौरा क्यों लिखा...?'

'क्यों? क्या नहीं लिखना चाहिए? नियम तो यही है!' डॉ. वाकणकर थोड़ा-सा चौंके।

'अरे बाबा, आप भी...' सिविल सर्जन गुप्ता झुंझला गए। 'क्या आपने कभी ऐसा केस टैकल नहीं किया है इससे पहले...? करते भी कैसे, जिंदगी-भर तो आप आदिवासी इलाके में पड़े रहे।'

'मैं समझा नहीं सर !' डॉ. वाकणकर की समझ में कुछ नहीं आ रहा था। 'इधर आइए जीप में। एस.पी. साहब आपको समझाएँगे।' सिविल

सर्जन गुप्ता ने कहा और डॉ. वाकणकर को लेकर जीप की ओर चले गए।

तौफीक की अम्मा छाती पीट-पीटकर रो रही थी। उसकी बीवी को कई औरतों ने पकड़ रखा था। वह पता नहीं कहाँ भागकर जाना चाहती थी। उसका चेहरा विरूप हो उठा था।

तौफीक की तीन साल की बेटी एरोमा चुप थी। डरी हुई। उसकी समझ में कुछ नहीं आ रहा था। या शायद वह अपनी उम्र की सीमा से ज्यादा समझ गई थी। इसलिए पत्थर हो गई थी।

डॉ. वाकणकर, एस.पी. और सिविल सर्जन गुप्ता पी.डब्ल्यू.डी. के रेस्ट हाउस में पहुँचे। पता चला, आधे घंटे के भीतर कलेक्टर रंधावा वहाँ आनेवाले हैं। एस.डी.एम. गुप्ता भी वहाँ मौजूद था। उसके चेहरे पर हवाइयाँ उड़ रही थीं।

सबसे पहले चाय मँगाई गई फिर रेस्ट हाउस का कमरा भीतर से बंद कर लिया गया।

सिविल सर्जन बी.एन. गुप्ता ने ही बात शुरू की।

'देखिए, भोपाल से मैसेज आ रहे हैं। हमें मिल-जुलकर मामले को सँभालना पड़ेगा। एमोशंस में (भावुकता में) आने की बात नहीं है। सीरियस मामला है। एस.डी.एम. गुप्ता की पोस्टिंग यहाँ ऊपर से हुई थी। अपने ही आदमी हैं। थोड़े यंग हैं। इसलिए गलती हुई।'

'आप साफ-साफ कहिए' एस.पी. ने कहा। फिर उसने खुद ही कहना शुरू किया। 'देखिए डॉ. वाकणकर, आपके बारे में हमने जो सुन रखा है, वो अच्छी रिपोर्ट्स नहीं हैं। लेकिन आज आपको जरा समझदारी से काम लेना पड़ेगा।'

'कई लोगों की नौकरी का सवाल है। एडमिनिस्ट्रेशन और पुलिस, दोनों के लोग इसमें इनवाल्व हैं।'

कमरे की हवा अचानक भारी हो गई। डॉ. वाकणकर को लगा कि बल्ब की रोशनी कुछ मद्धिम हो गई है। एस.पी. और सिविल सर्जन के चेहरे बहुत दूर दिखाई देने लगे।

एस.पी. की आवाज बहुत भारी थी। भारी और सख्त जैसे उस आवाज में धीरे-धीरे लोहा भरता जा रहा हो।

'थाने का मेन गेट एक ही था। उसे लफंगों ने घेर रखा था। दो सौ की भीड़ थी। अगर फायरिंग न की गई होती तो उन्होंने एस.डी.एम. और पुलिसवालों को लिच (काटकर टुकड़े-टुकड़े) कर दिया होता। मैंने मौके का मुआयना किया है। देखिए डॉ. वाकणकर, मैं नहीं चाहता कि इस केस में मेरे लोगों पर आँच आए। एंक्वायरी होगी तो बाद में होगी, अभी तो इसे डिफ्यूज करना है।'

सिविल सर्जन डॉ. वाकणकर को देख रहे थे।

डॉ. वाकणकर ने कहा, 'मुझसे आप साफ-साफ बताएँ। मुझे क्या करना है? जो हो पाएगा, वह करने के लिए मैं तैयार हूँ।'

'ये हुई न बात!' एस.पी. ने कहा। कमरे की रोशनी लौट आई। हवा हलकी हो गई। सिविल सर्जन गुप्ता ने कहा, 'चाय मँगाई जाए।' चाय का ऑर्डर हो गया।

'देखिए दो चीजें हैं। पहला तो यह कि ओ.पी.डी. रजिस्टर आप यहीं मँगा लें और घायलों की सूची में अपने थाने के सिपाहियों की भी एंट्री चढ़ा दें। हमने सारी ब्रीफिंग दे दी है। दो-तीन एंट्री सीरियस होनी चाहिए।' एस. पी. ने कहा।

'और दूसरा यह... कि' सिविल सर्जन ने चाय का कप मेज पर रख दिया। उनका चेहरा बहुत गंभीर हो उठा था। 'दूसरा यह कि तौफीक की डेथ पत्थर लगने से दिखानी है। स्टोन इंज्यूरी !'

कमरे में अचानक सन्नाटा छा गया। बल्ब फिर मद्धिम पड़ गए। डॉ. वाकणकर को लगा जैसे वह किसी बहुत पुराने किले में फँस गए हैं और बाहर निकलने का रास्ता भूल गए हैं। यही वह तंत्र था, जिसके वे भी एक हिस्सा थे।

'पोस्टमार्टम आज ही होना है। पोस्टमार्टम के लिए जो पैनल बना है उसमें तीन डॉक्टर्स हैं। मैं भी हूँ। ब्लॉक मेडिकल ऑफिसर और सीनियर

डॉक्टर होने की वजह से आप भी हैं। फिक्र करने की कोई बात नहीं। गवर्नमेंट यही चाहती है...' सिविल सर्जन इतमीनान में थे।

बाहर जीप रुकने की आवाज आई। कलेक्टर रंधावा आ गए। ऊँचा पूरा पंजाबी जिस्म। पचास के आसपास उम्र। संघ के साथ पुराना रिश्ता। एक बार तो यह भी अफवाह थी कि वे अपनी नौकरी से इस्तीफा देकर चुनाव लड़नेवाले हैं और स्टेट कैबिनेट में उनके लिए मंत्री का पद पहले से रिजर्व है।

'हैलो बॉयस ! क्या चल रहा है?' रंधावा के चेहरे पर कोई शिकन नहीं थी। 'इट सीम्स एवरी थिंग इज ऑलराइट।' कलेक्टर रंधावा भी कमरे में बैठ चुके थे। मीटिंग फिर शुरू हो गई। डॉ. वाकणकर का परिचय उनसे कराया गया।

'ये पूरे देश में हो रहा है। जब से पार्टी पॉवर में आई है तब से ये चल रहा है। जगह-जगह दंगे। अब कोतमा जैसे पिछड़े इलाके को भी पोलिटिसाइज कर दिया गया।' कलेक्टर रंधावा ने सभी के चेहरे देखे फिर वे ठहर गए। उनकी नजर डॉ. वाकणकर के चेहरे पर जम गई...

'क्या बात है? आपकी तबीयत तो ठीक है न?' रंधावा ने पूछा।

'दिन-भर का एक्जर्शन होगा। सुबह से घायलों को सँभाल रहे हैं...' सिविल सर्जन गुप्ता ने कहा।

'क्या नाम था उस लड़के का...?' कलेक्टर ने पूछा।

'तौफीक अहमद!'

'हाँ-हाँ, तौफीक अहमद! किस पार्टी ने लगाया था उसे, कुछ पता चला?' सवाल एस.पी. से पूछा गया था।

'हमारी बात अग्रवालजी से हुई थी। भोपाल से लॉ मिनिस्टर टी.पी. सिंह का भी फोन आया था। मामला पोलिटिकल है। उनकी कांस्टीटुएंसी में उनको कमजोर करने के लिए ऐसा किया गया है।'

'सिंह साहब आ रहे हैं क्या?'

'हाँ, कल दोपहर।'

एस.पी. ने कलेक्टर रंधावा को देखा फिर उनसे कहा, 'हमने कम्यूनल रॉयट का ही मामला बनाया है। लड़कों के दो गुटों में। जो अलग-अलग कम्युनिटी के थे। आपस में क्लैश हुआ...'

'ठीक है... ठीक है...' कलेक्टर ने कहा, 'यही तो हर जगह हो रहा है। जब से ये पार्टी थोड़ी मजबूत हुई है। यहाँ भी यही था। वो लड़का तौफीक किसी का प्लाट था। अब देखना कल से धरना, भूख हड़ताल और जुलूस शुरू होंगे। सिंह साहब के पुतले जलेंगे...अच्छा। पोस्टमार्टम की टीम बनी...?'

सिविल सर्जन गुप्ता बोलने ही जा रहे थे कि डॉ. वाकणकर सोफे पर अधलेटे से हो गए।

'क्या हुआ...?'

'कुछ नहीं, लगता है चक्कर-सा आ गया। मैं ठीक हो जाऊँगा।' डॉ. वाकणकर ने कहा। उनकी आवाज कहीं फँस रही थी। लगता था कि वे दूर किसी खँडहर के कोने में टूटी-फूटी चीजों के बीच पड़े हैं। उन्होंने अपनी ताकत समेटी और उस मद्धिम पड़ती जाती रोशनी में दूर दिखाई देते चेहरों से कहा, 'सर, मुझे छुट्टी दे दीजिए। सिक लीव ! मुझे इस पोस्टमार्टम के पैनल में शामिल मत करिए।'

दो पल के लिए कमरे में फिर सन्नाटा छा गया।

कलेक्टर रंधावा ने स्थिति सँभाली। 'आई अंडरस्टैंड! आप थक गए हैं... एक्जर्शन है। जरा-सा आराम कर लीजिए, सब ठीक हो जाएगा।'

इसके बाद कलेक्टर ने मजाक किया। 'बड़े किस्से सुने थे डॉ. वाकणकर के... ! संघ के लिए कितना स्ट्रगल किया... प्रधानमंत्री तक को नचा डाला... हो हो हो!'

'और आज बिना लड़े ही मैदान छोड़ रहे हैं... हो हो...' एस.पी. ने अपना हिस्सा जोड़ा। 'अग्रवालजी कह रहे थे कि अपोजीशन पार्टियों और माइनरिटीज में साँठ-गाँठ है...'

'इसीलिए तो मैं कहता हूँ डॉ. वाकणकर कि अब लड़ाई का असली दौर आ गया है... आप सोचते हैं कोतमा में जो कुछ हुआ वह जूते के लिए

हुआ... ? दुनिया इतनी आसान नहीं रह गई है डॉक्टर साहब... ! तौफीक विरोधी पार्टियों का एजेंट प्रोवोकेटुयोर था... वह जूते के लिए नहीं, भोपाल में सिंह साहब और अयोध्या में बाबरी मस्जिद के लिए वहाँ मौजूद था...' कलेक्टर रंधावा की आवाज ऊँची हो गई ... 'एंड आई कैन प्रूव इट ! इट वाज अ वेल प्लान्ड हुलिगनिज्म... । इन लोगों को इसी तरह ठीक करना पड़ेगा...'

'डॉक्टर वाकणकर को थोड़ी देर आराम करने दिया जाए। हम लोग बाहर बैठें।' एस.पी. ने प्रस्ताव रखा।

कमरे में डॉ. वाकणकर सोफे पर अकेले पड़े थे किसी किले के भीतर। उनका रक्तचाप असंतुलित हो गया था। आँखें लाल होने लगी थीं। वे सोना चाहते थे, लेकिन आँखें मूँदते ही एक तेज बेचैनी का बवंडर उनके भीतर पैदा हो जाता था। थोड़ी देर बाद वे उठे। बैग से कागज और कलम निकाला और एक छोटा-सा अप्लीकेशन सिविल सर्जन बी.एन. गुप्ता के नाम लिखा :

श्रीमान जिला चिकित्सा अधिकारी।

महोदय,

निवेदन है कि स्वास्थ्य खराब होने के कारण मैं चिकित्सालय आ सकने में असमर्थ हूँ। कृपया मुझे पंद्रह दिन का अवकाश प्रदान किया जाए।

डॉ. दिनेश मनोहर वाकणकर
एम.बी.बी.एस., एम.डी.
जनपद चिकित्सा अधिकारी
कोतमा।

लाश, धर्म और गहन चिकित्सा कक्ष

छुट्टी की अप्लीकेशन कलेक्टर रंधावा के हाथ में थी। वे पहली बार परेशान दिखाई पड़ रहे थे। उनके गोरे-चिट्टे पंजाबी चेहरे पर पसीने की बूँदें झलक आई थीं।

‘ये क्या है... डॉक्टर ? इट्स स्ट्रेंज!’

सिविल सर्जन डॉक्टर बी.एन. गुप्ता थोड़े गुस्से में थे, ‘आपको पता है आप छुट्टी नहीं ले सकते। अगर छुट्टी लेनी थी तो आप सुबह से ही ले लेते। आपने सारे घायलों की एंट्री और उनके चोटों के ब्यौरे अपने हाथ से लिखे हैं। सारे प्रिस्क्रिप्शंस आपकी हैंडराइटिंग में हैं। कमाल है डॉक्टर... आप अब छुट्टी की बात कर रहे हैं...! अगर आप छुट्टी पर गए तो अफवाहें फैल जाएँगी।’

डॉक्टर वाकणकर की तबीयत कुछ सँभल गई थी। वे अब थोड़े संतुलित लग रहे थे। उन्होंने बहुत तटस्थ आवाज में कहा, ‘मैंने अब तक जो किया, ठीक किया। क्लर्क छुट्टी पर था इसलिए रजिस्टर मैंने खुद भरा। चोटों के जो डिटेल्स लिखे वे भी सही और एक्जैक्ट हैं। लेकिन बेहतर है आप लोग मुझे मुक्त कर दें...’

‘क्या मतलब?’ कलेक्टर रंधावा की आवाज ऊँची हो गई। ‘आप पोस्टमार्टम के पैनल में नहीं रहना चाहते?’

‘ये आपकी ड्यूटी है,’ सिविल सर्जन ने आधिकारिक ढंग से कहा।

‘अगर ये मेरी ड्यूटी है तो मेरी ड्यूटी ये भी है कि मैं तौफीक अहमद की मौत का सही क्लिनिकल कारण लिखूँ। आप जानते हैं कि उसकी मौत सिर में गोली लगने से हुई है... सेरेब्रल ब्रेन इंज्यूरी, काज्ड, बाय दि गन शॉट!’ डॉक्टर वाकणकर की आवाज में ठंडापन था, ऐसा ठंडापन जो किसी निर्णय पर पहुँचने के बाद आता है।

‘आप कैसी बात कर रहे हैं?... बच्चों जैसी बातें।’ एस.डी.एम. गुप्ता, जिसके आदेश पर गोली चली थी, भी वहाँ मौजूद था।

‘आप इन्हें समझाइए एस.पी. साहब...! कई ऑफिसर्स और पुलिस वालों के कैरियर का सवाल है।’ कलेक्टर रंधावा ने एस.पी. से कहा।

एस.पी. ने जेब में हाथ डालकर कुछ कागज निकाले।

‘पता है ये क्या है? ये अप्लीकेशन हैं, मेमोरेंडम्स हैं। तौफीक के घरवालों, उसकी बीवी, माँ और बाप की तरफ से अर्जी आई है कि

पोस्टमार्टम डॉ. वाकणकर से करवाई जाए। ये कोतमा के नागरिकों की तरफ से भेजी गई दरख्वास्त है। अपोजीशन पार्टियों ने भी मेमोरेंडम भेजे हैं। सबकी कापी दिल्ली और भोपाल तक गई है।'

'आपने लोकल लोगों पर अच्छा चक्कर चला रखा है। आप आर.एस.एस. में हैं और मुसलमान आपसे अपनी लाश का पोस्टमार्टम कराना चाहते हैं?' सिविल सर्जन ने व्यंग्य किया।

डॉ. वाकणकर चुप रहे।

'आप अच्छी तरह से सोच लीजिए। पैनल में तो आपको रहना ही रहना है।' कलेक्टर ने कहा। 'एस.पी.साहब! इनको इनके रेजिडेंस में छोड़ आइए। और हाँ, जब तक आप फैसला नहीं करेंगे। तौफीक की लाश यों ही पड़ी रहेगी।'

••

एस.पी. अपनी जीप से डॉ. वाकणकर को छोड़ने उनके आवास तक गया।

जीप उनके आवास के फाटक पर रुकी। डॉ. वाकणकर उतरकर घर की ओर बढ़ रहे थे कि एस.पी. ने उन्हें वापस बुलाया। इस बार उनका चेहरा बिलकुल अजनबी हो चुका था। वह एक सपाट, ठंडा, मशीनी चेहरा था।

उसने कहा, 'तौफीक अहमद डाइड ऑफ स्टोन इंज्यूरी। एक मुसलमान के लिए अपनी सरकार और अपनी फैमिली के सामने प्राब्लम मत खड़ी करो... समझ में आई बात...'

जीप झटके से रवाना हो गई। थोड़ी-सी धूल और धुआँ अपने पीछे छोड़ती हुई।

डॉ. वाकणकर उसी गर्द और पेट्रोल के धुएँ में घिरे गेट पर खड़े रहे। थोड़ी देर बाद उन्हें घर के अंदर से अपनी बेटियों के हँसने की आवाज सुनाई पड़ी और वे धीरे-धीरे चल पड़े।

पूजा उनके लिए चाय दे गई थी। वे अपने कमरे में बिस्तर पर

चुपचाप पड़े थे। एस.पी. का चेहरा बार-बार उनके सामने आ जाता था। उनकी नाक में पेट्रोल का धुआँ निकलता था और डॉ. वाकणकर का दम घुटने लगता था।

डॉ. दिनेश मनोहर वाकणकर एम.बी.बी.एस., एम.डी., ब्लाक मेडिकल ऑफिसर कोतमा, जिनके लिखे हुए कई रिसर्च पेपर्स अंतर्राष्ट्रीय मेडिकल जर्नल्स में छप चुके थे। जिन्होंने उपनिषदों, महाकाव्यों से लेकर बुद्ध और गाँधी तक को पढ़ा था। जिनके अंदर धर्म के प्रति बहुत गहरी आस्था थी। जिन्होंने अपने जीवन के कई वर्ष हिंदुओं के पुनर्जागरण और राष्ट्रीय स्वयं सेवक संघ के लिए खर्च कर डाले थे। जिन्होंने अपनी बेटियों का नाम पूजा, उपासना, प्रार्थना और तपस्या रखा था, उन्हीं डॉ. वाकणकर के दिमाग़ में इस समय जैसे कोई फिल्म चल रही थी। वे जान गए थे कि कोतमा में घटी ये छोटी-सी घटना उनके अपने जीवन और परिवार के लिए एक भयावह भूकंप साबित होगी। वे जानते थे कि पूरा कोतमा जानता है कि तौफीक की मौत गोली लगने से हुई है। घायल लड़कों ने बताया था कि उन्होंने एस.डी.एम. को फायरिंग का ऑर्डर देते और नशेबाज सिपाही पांडे को गोली चलाते अपनी आँखों से देखा है।

उनकी आँखों के सामने घायल लड़कों-लड़कियों के चेहरे एक-एक कर आने लगे। तौफीक अहमद की बीवी का विरूप होता चेहरा दिखाई पड़ा। वह अपने पति की मौत की खबर पाकर सब लोगों से छूटकर कहाँ भागना चाहती थी? क्या वहाँ जहाँ वह अपने बाईस साल के जवान शौहर को एक बार फिर जिंदा देख सके... और उसके खून से सने चेहरे को चूम सके... और तीन साल की वह छोटी-सी लड़की एरोमा, उसने क्या समझ लिया था, जो उसके उम्र के मुताबिक ज्यादा था और जिसे समझकर वह पत्थर हो गई थी?

डॉ. वाकणकर जान गए थे कि अब ये घटना साधारण नहीं रह गई है। कोतमा लॉ मिनिस्टर टी.पी. सिंह का चुनाव क्षेत्र था। संघ और हिंदूवादी दल के बहुत पुराने कार्यकर्ता। लेकिन अब वे सत्ता में थे और

राजनीतिक सत्ता को प्रशासनिक सत्ता की मदद करनी ही थी। नौकरशाही और राजनीतिक-तंत्र। ये राज्य तंत्र के ही दो हिस्से थे। एक-दूसरे के पूरक। एक-दूसरे से अभिन्न। कोतमा की इस घटना में एस.डी.एम. गुप्ता, इंस्पेक्टर और पुलिस तथा हिंदूवादी राजनीतिक दल जो अब सत्ताधारी था, एक तरफ थे।

डॉ. दिनेश मनोहर वाकणकर के सामने, जिनका जीवन अपने चिकित्सा के पेशे, धर्म और राष्ट्रीय स्वयंसेवक संघ के प्रति निष्ठा और सेवा में गुजरा था, एक गहरी विडंबना मौजूद थी।

डॉक्टरी के पेशे में आज तक उन्होंने ईमानदारी और समर्पण की भावना से काम किया था। सरकारी नौकरी में रहते हुए उन्होंने हर नियम, कायदे और प्रशासनिक अनुच्छेदों का पालन किया था। उन्होंने नकली और घटिया दवाइयाँ मरीजों को कभी नहीं दीं। सरकारी डॉक्टर होने के कारण मरीजों से निजी फीस कभी नहीं ली। प्राइवेट प्रैक्टिस नहीं की बल्कि सरकारी नियमों की अवहेलना करनेवालों, भ्रष्टाचार और बेईमानी करनेवालों का एक हद तक विरोध भी किया। फिर जब उन्होंने यह देखा कि यह भी संभव नहीं है तो उन्होंने कम-से-कम अपनी नैतिकता और अपने आचरण को तो ठीक रखने की बात सोची। वर्षों आदिवासी, पिछड़े इलाकों में रहे। वहाँ रहते हुए भी उन्होंने चिकित्सा शास्त्र के कई पक्षों पर काम किया, अध्ययन किया। संघ में सक्रिय रहते हुए उन्होंने उपेक्षित और पराभूत हिंदुओं के भीतर उनके कुचले हुए आत्मगौरव और पश्चिमीकरण की तेज आँधी के सामने डगमगाती हुई उनकी धार्मिक आस्था तथा जातीय अभिमान की पुनर्स्थापना की कोशिश की। लेकिन अचानक ऐसा क्यों हुआ? उन्होंने तो ईश्वर का आविष्कार करना चाहा था। वे किसी ईश्वरीय तंत्र का निर्माण चाहते थे। अचानक वे शैतानों के किले में कैसे दाखिल हो गए?

डॉ. दिनेश मनोहर वाकणकर का रक्तचाप फिर असंतुलित होने लगा था। उन्होंने देखा कि एस.पी. का चेहरा अचानक कमरे में उभरा। वह अपनी नाक से पेट्रोल का धुआँ छोड़ रहा था। फिर उन्होंने देखा कि

नशेबाज कांस्टेबल पांडे उनके कमरे में घुस आया है और इधर-उधर दौड़ रहा है। कोने में ज्योत्स्ना वाकणकर रो रही है।

तभी उन्हें दिखाई दिया कि पूजा मिचुड़ा हुआ मटमैला जाँघिया पहने उनकी ओर भागती हुई आ रही है। उसकी उजली, अबोध जंघाएँ खून में लिथड़ी हैं, और पीछे-पीछे एक पुरुष दौड़ रहा है।

उन्होंने गौर से देखा। वह विधि मंत्री टी.पी. सिंह था। संघ का पुराना कार्यकर्ता। उसे वे पिछले पंद्रह सालों से जानते थे। वह दौड़ता हुआ चीख रहा था, 'मंदिर वहीं बनाएँगे ! हम मंदिर वहीं बनाएँगे।'

पूजा 'पापा-पापा' कहती हुई उनकी तरफ भाग रही थी। उनकी नाक बजने लगी। यह इतनी गहरी नींद थी कि उसे ठीक-ठीक नींद नहीं कहा जा सकता था। वह संभवतः एक छोटी-सी मृत्यु थी या अर्द्धमूर्च्छा।

रात के दो बजे होंगे जब ज्योत्स्ना ने हिलाकर उन्हें जगाया। पूजा और प्रार्थना भी उठ गई थीं।

'पापा, आप इस तरह सो रहे थे कि आपने हमें डरा ही डाला। इत्ती देर से मम्मी आपको हिला रही थीं।' पूजा ने कहा।

'आपके लिए एक कप चाय बना दें पापा?' प्रार्थना ने पूछा।

'बाहर जीप खड़ी है। आपको बुलाने आए हैं। सुना है मिनिस्टर साहब आ गए हैं।' ज्योत्स्ना वाकणकर ने बतलाया।

'उन्हें तो कल आना था।' डॉ. वाकणकर फुसफुसाये।

उन्होंने प्रार्थना से एक कप चाय बनाने के लिए कहा और मुँह धोने बाथरूम में चले गए।

विधि मंत्री टी.पी. सिंह सर्किट हाउस में रुके थे। पता चला पेपर मिल ऑनर मलकानी के हेलिकॉप्टर से आधा घंटा पहले वे कोतमा पहुँचे हैं।

डॉ. वाकणकर जब वहाँ पहुँचे तो कलेक्टर रंधावा, एस.पी. सिविल सर्जन और कुछ दूसरे अफसरों के अलावा जिले के जाने-माने अपराधी गुंडू भइया भी मौजूद थे। पार्टी बदलकर वे भी इस दल में आ गए थे और टी. पी. सिंह के दाहिने हाथ माने जाते थे।

उन्हें देखकर टी.पी. सिंह खड़े हुए, नमस्कार किया और परेशान आवाज में कहा, 'आपकी वजह से मुझे यहाँ आना पड़ा भाईजी! आप क्या कह रहे हैं। हमसे इतना पुराना संबंध है और ये लोग कह रहे हैं कि भाईजी अपोजीशन और फिरकापरस्तों के मोहरे बने हुए हैं। ये सिर्फ मेरे खिलाफ साजिश नहीं है। पार्टी के खिलाफ भी साजिश है।'

डॉ. वाकणकर ने टी.पी. सिंह को देखा। चेहरे पर चर्बी चढ़ गई थी। थोड़ा-सा मोटापा आ गया था। उसका चूने और सीमेंट का थोक व्यापार था। संघ और हिंदूवादी में ज्यादातर परचूनिये और व्यापारी ही थे।

डॉ. वाकणकर ने कहना शुरू किया, 'असल में समस्या यह है भाईजी कि सबकी आँखों में धूल नहीं झोंकी जा सकती। तौफीक की मौत को सबने देखा है। मैं अगर पोस्टमार्टम रिपोर्ट में स्टोन इंज्यूरी भी लिख दूँ तो कौन मानेगा?'

एस.पी. अचानक बीच में टपक पड़ा, 'किसने देखा है गोली चलाते? आप जानते हैं उसे! उसका नाम बताइए।'

विधि मंत्री टी.पी. को हँसी आ गई, 'क्या बच्चोंवाली बात कर रहे हैं भाईजी। किसी ने कुछ नहीं देखा है। ऐसी चीजें कोई नहीं देख सकता। आपका तो इन बातों से कोई संबंध भी नहीं है। आपको तो सिर्फ पोस्टमार्टम रिपोर्ट लिखनी है...'

डॉ. वाकणकर को किसी चक्रव्यूह में घेर लिया गया था। वे अब लड़ना नहीं चाहते थे। सिर्फ छुटकारा चाहते थे जिससे वे अपने परिवार के साथ महीने-पंद्रह दिन के लिए पंचमढ़ी या कहीं और चले जाएँ और इस दुःस्वप्न से उनका पीछा छूटे।

उन्होंने याचना-भरी कमजोर आवाज में टी.पी. सिंह से कहा, 'भाईजी, मुझे छुट्टी दिला दीजिए। आप लोगों को जो करना है, कीजिए, मुझे इसमें शामिल मत करिए। मैं आपके हाथ जोड़ता हूँ।'

विधि मंत्री टी.पी. सिंह का चेहरा गंभीर हो गया, 'आप जो कह रहे हैं वह मैं नहीं कर सकता। सेंटर में हमारी सरकार नहीं है। आपको पोस्टमार्टम की टीम में शामिल करने के लिए तमाम अर्जियाँ और दरख्वास्तें

यहाँ से भेजी गई हैं। प्रेसवाले भी लगे हुए हैं। मेरी समझ में ये नहीं आता कि आप डर किससे रहे हैं। इतनी बड़ी ताकत आपके साथ है। आपकी अपनी सरकार है। इसी के लिए आपने वर्षों संघर्ष किया है। पूरे राज्य में संघ के लोग आपके बारे में जानते हैं। हम सब आपका सम्मान करते हैं। यह तो राजनीति है। आप अपने लोगों को, इन सरकारी मुलाजिमों को जेल भिजवा देंगे, उन्हें सस्पेंड करवा देंगे, मुझे इस्तीफा देने के लिए मजबूर करवा देंगे—तो इससे किसका भला होगा ?' टी.पी. सिंह ने पास आकर डॉ. वाकणकर के कंधे पर हाथ रखा, 'अरे भाईजी, पोस्टमार्टम रिपोर्ट तो आप ही लिखेंगे।'

'यकीन करिए भाई साहब। मैं इतना बड़ा झूठ नहीं लिख सकता। यह मेरे मेडिकल प्रोफेशन के खिलाफ है।' डॉ. वाकणकर ने कहा।

'आप संघ में रहे हैं। आप अग्रवाल भाईजी से बात कर लें सभी इससे सहमत हैं। आपको अपनी सरकार का साथ देना चाहिए...' टी.पी. सिंह ने फिर कहा।

डॉ. वाकणकर का सिर घूम गया। यानी सब यही चाहते हैं। कौटिल्य का अर्थशास्त्र भी तो इसी राज्यतंत्र की परंपरा में रहा है।

पहली बार जिले के माफिया सरगना गुंडू सिंह की आवाज सुनाई पड़ी, 'जैसा भाईजी कह रहे हैं वैसा कर दो भाईजी। आप तो खुद बाल-बच्चेदार हो...ऊपर से हिंदू हो। काहे को दूसरे लोगों की रोजी-रोटी पर लात मारते हो।'

यह आवाज ऐसी थी, जिसकी सहजता के भीतर कोई खतरनाक-सी आकृति अपना चेहरा उठा रही थी।

क्या यह धमकी थी?

पहले जीप से उन्हें घर छोड़ते हुए एस.पी. ने हिदायत दी थी। अब विधि मंत्री के सामने अपराधी गुंडू सिंह बोल रहा था।

डॉ. वाकणकर अचानक खड़े हो गए। उन्होंने घूरकर गुंडू सिंह को देखा, 'आपने मेरे बाल-बच्चेदार होने की बात क्यों कही? क्या आप मुझे धमकी दे रहे हैं?'

टी.पी. सिंह ने उन्हें शांत करने की कोशिश की। लेकिन डॉ. वाकणकर का रक्तचाप असंतुलित होने लगा था। 'नहीं भाईजी। मेरी फैमिली की याद मुझे एस. पी. साहब ने भी दिलाई थी। आप लोग मुझपर दबाव डालकर मुझसे गलत काम करवाना चाहते हैं ?'

'कैसी बात कर रहे हैं आप। आप हमारे अपने आदमी हैं। आपकी फैमिली हमारी फैमिली है। क्या हो गया है आपको... गुस्सा थूकिए... आप नहीं चाहते तो चलिए मैं कोशिश करके आपको पोस्टमार्टम के पैनल से हटवा देता हूँ।'

विधि मंत्री टी.पी. सिंह ने मुस्कुराते हुए उन्हें प्यार से मनाया।

डॉक्टर दिनेश मनोहर वाकणकर थोड़ी देर में शांत हुए। उनके लिए चाय लाई गई।

रात में लगभग पौने तीन बजे डॉ. दिनेश मनोहर वाकणकर एम.बी. बी.एस., एम.डी. ने पोस्टमार्टम के लिए अपनी स्वीकृति दे दी।

यह विधि मंत्री टी.पी. सिंह की राजनीतिक जीत थी। तय किया गया कि साढ़े चार-पाँच बजे तक तौफीक की लाश की पोस्टमार्टम रिपोर्ट तैयार हो जाए।

एस.डी.एम., पुलिस, संघ, मंत्रीजी, कलेक्टर सबको थोड़ी-सी राहत मिली। तौफीक की लाश जिला चिकित्सालय के लिए पहले ही रवाना कर दी गई थी। बीस मिनट में डॉ. वाकणकर, सिविल सर्जन गुप्ता और डॉ. तिवारी वहाँ पहुँच जाएँगे और पाँच बजते-बजते पोस्टमार्टम पूरा हो जाएगा।

• •

जिला चिकित्सालय के लिए रवाना होने से पहले डॉ. वाकणकर मुश्किल से दो मिनट के लिए अपने आवास पर गए थे। वहाँ उन्होंने गणेश की मूर्ति के सामने एक बार हाथ जोड़कर सिर झुकाया था। ज्योत्स्ना को मुस्कुराकर देखा था। बेटियाँ सो रही थीं। उन्होंने सबसे छोटी बेटी तपस्या के माथे को सहलाया था? फिर बाहर अपने इंतजार में खड़ी जीप की ओर रवाना हो

गए थे, जो उन्हें जिला चिकित्सालय ले जाने के लिए आई थी।

जिला चिकित्सालय के चीर घर में बाईस साल के तौफीक अहमद की लाश पोस्टमार्टम के लिए उनका इंतजार कर रही थी।

जीप तेजी से भाग रही थी। डॉ. तिवारी भी बगल में बैठे थे। डॉ. वाकणकर ने गुनगुनाना शुरू किया :

'नमस्ते सदा वत्सले मातृभूमे...'

'बहुत अच्छा गाते हैं आप!' डॉ. तिवारी ने कहा। 'जरा जोर से गाइए।'

'अभी नहीं। रात-भर जागते रहने से मेरा गला जरा खराब है। सुनाऊँगा आपको...पर बाद में।' डॉ. वाकणकर ने मुस्कुराते हुए कहा। उनका चेहरा अलसुबह की हवा में ताजा लग रहा था। 'यह ब्राह्म मुहूर्त है डॉक्टर तिवारी। वह वेला, जब देवता जागते हैं और असुर सोते हैं और असुर का नाम कालनेमि भी होता है। जो ऋषियों का रूप बनाकर रहता है...मरीच भी गेरुआधारी था। राक्षस ही मायावी होते हैं। कुछ समझे आप?'

सनकी है यह आदमी। ऊलजलूल बातें करता है। डॉ. तिवारी से सोचा। गाता ही रहता तो गनीमत थी।

• •

...टेबिल पर तौफीक की लाश थी। ज्यादा चीर-फाड़ करने की जरूरत ही नहीं थी। सिर का पिछला हिस्सा टूट-फूट गया था। वहाँ खून में रेत और कोतमा की मिट्टी लिथड़ी हुई थी। औपचारिकता पूरी करनी थी। सो की गई।

पोस्टमार्टम रिपोर्ट का साइक्लोस्टाइल्ड फार्म आ गया। रिपोर्ट डॉ. दिनेश मनोहर वाकणकर, एम.बी.बी.एस., एम.डी., ब्लॉक मेडिकल ऑफिसर कोतमा को ही लिखनी थी।

डॉ. वाकणकर ने कलम निकाली, एक बार उन्होंने डॉ. तिवारी और

सिविल सर्जन बी.एन. गुप्ता को देखा फिर वे बुदबुदाने लगे–

प्रणम्य शिरसा देवम् गौरीपुत्रं विनायकम्

भक्तावासं स्मरेनित्येमायुः कामार्थ सिद्धये...

प्रथमं वक्रतुण्डम् च एक दंतम् द्वितीयकम्

तृतीयं कृष्ण पिंगाक्षम् गजवक्त्रम् चतुर्थकम्...

इसके बाद वे झुके और उन्होंने लिखना शुरू किया :

नाम : तौफीक अहमद, एज : ट्वेंटी टू, सेक्स : मेल, फादर्स नेम : रफीक अहमद, एनीमार्क : ब्लैक पैच ऑन राइट थाई, काज ऑफ दि डेथ :

मौत का कारण?

डॉ. दिनेश मनोहर वाकणकर की कलम पर सबकी निगाह थी। आठ जोड़ी आँखें। एक जोड़ी आँख एस.पी. की भी थी, जो अभी-अभी वहीं आ गया था। नियम न होने के बावजूद कलम फिर चली।

...सेरेब्रल हेड इंजुरी, प्रूव्ड फैटल, कॉज्ड बाय दि गन शॉट, टाइम ऑफ डेथ : फाइव मिनिट्स टु फोर, पी.एम...

इसके बाद नीचे दस्तखत–डॉ. दिनेश मनोहर वाकणकर!

'ये आपने क्या किया?' सिविल सर्जन डॉ. गुप्ता ने लगभग हड़बड़ाते हुए कहा। उसे विश्वास नहीं हो रहा था।

'आप लोग भी दस्तखत कर दीजिए। जो सच है, उसे पुष्ट करिए। मैंने जो किया है, सोच-समझकर किया है।' डॉ. वाकणकर की आवाज में कोई कंपन नहीं था। यह सीधी साफ-सुथरी, किसी ठंडी धातु की तरह ठोस आवाज थी, जो यहाँ से नहीं, किसी दूसरे ग्रह से आती हुई लग रही थी। उसमें कुछ था, जो अलौकिक था।

...लम्बोदरम् पंचमं, षष्टम् विकट मेव च...

सप्तमम् विघ्नराजं, धूम्रवर्णम् तथाष्टमम्...

नवमं...

डॉ. तिवारी और सिविल सर्जन डॉ. गुप्ता जैसे किसी वशीकरण या सम्मोहन में बँधे हुए चुपचाप उठे और उन्होंने पोस्टमार्टम रिपोर्ट पर डॉ.

वाकणकर के दस्तखत के नीचे अपने हस्ताक्षर भी कर दिए।

ऑपरेशन केबिन से जैसे ही डॉ. वाकणकर गलियारे में पहुँचे, एस.पी. ने उनके कंधे पर हाथ रखा। ठीक इसी वक्त डॉ. वाकणकर के कदम डगमगाने लगे।

एस.पी. की नाक से पेट्रोल का धुआँ निकल रहा था। डॉ. वाकणकर ने देखा कि गुंडू सिंह उनके घर की ओर दौड़ता हुआ जा रहा है। फिर उन्होंने ज्योत्स्ना वाकणकर को अपनी ओर भागते हुए देखा। उसके बाल बिखरे हुए थे। भय और बदहवासी में वह चेहरा विकृत हो गया था...!

वह चेहरा शायद तौफीक की बीवी का था... उनके कानों में अपनी बेटी पूजा के रोने की आवाज आ रही थी। रोती हुई वह गा रही थी : 'चाय आपके लिए बनाऊँ पापा! बनाऊँ पापा!! बनाऊँ...पापा!!!'

...दशमं तु विनायकम्, एकादशं गणपतिम्...

डॉ. दिनेश मनोहर वाकणकर फर्श पर गिर गए। एस.पी. ने उनकी कमीज पीछे से पकड़ रखी थी।

डॉ. वाकणकर के गले से खर्राहट निकलने लगी। लेकिन उनके चेहरे को देखकर लगता था जैसे किसी बहुत पुराने तनाव में खिंचती और टूटती हुई उनकी नसें धीरे-धीरे शिथिल होती जा रही हों। चेहरे पर एक शांत शिथिलता और निश्चित स्मित थी।

एस.पी. घबड़ा गया था। डॉ. बी.एन. गुप्ता दौड़कर वहाँ आए। उन्होंने एस.पी. के हाथ को झटका दिया, झुककर डॉ. वाकणकर को देखा, फिर जोरों से उन्होंने कहा, 'स्ट्रेचर लाओ। फौरन। वी हैव टू टेक हिम टू दि इंटेंसिव केयर यूनिट। मुझे शक है कि यह ब्रेन हेमरेज है।... ही इज़ इन कॉमा।'

स्ट्रेचर में डॉ. दिनेश मनोहर वाकणकर को इमर्जेंसी कक्ष की ओर ले जाया गया...

'ही इज़ अ ग्रेट मिसचीफ...! इतना घाघ चालबाज ! इस शातिरपने की खातिर उसने अपनी जान दाँव पर लगा दी।'

सिविल सर्जन डॉ. गुप्ता की आवाज भर्रा रही थी। वे स्तब्ध थे। नाटक के इस अनपेक्षित दृश्य की उन्होंने कल्पना तक नहीं की थी।

अचानक उनकी नजर एस.पी. की ओर घूमी... 'आप यहाँ क्या कर रहे हैं? हू आर यू टू एंटर इनसाइड हास्पिटल विदाउट माय परमीशन...? आप उनकी कॉलर पकड़ रहे थे...?' एस.पी. भीतर से हिल गया था। उनकी गर्दन नीचे थी।

'इट वाज़ टू मच ! उन्हें छुट्टी दे देनी चाहिए थी। पोस्टमार्टम तो फिर भी हो जाता। वी ऑल फोर्स्ड हिम टु...टु...' डॉ. तिवारी की आँखें भीग गई थीं।

डॉ. दिनेश मनोहर वाकणकर इंटेंसिव केयर यूनिट में पड़े थे। बीच-बीच में उन्हें कृत्रिम श्वास दिया जा रहा था और ग्लुकोज चढ़ाया जा रहा था। ई.सी.जी. की रिपोर्ट क्रिटिकल थी। स्कैनिंग से पता लगा था कि आंतरिक रक्तस्राव बंद नहीं हो रहा है।

उनके गले से निकलनेवाली घर्राहट पूरी इंटेंसिव केयर यूनिट में गूँज रही थी।

स्थानीय अखबारों में छोटी-सी खबर थी, जिसमें तौफीक अहमद के पोस्टमार्टम रिपोर्ट की सूचना थी। ये अखबार वे थे, जिनका संस्करण सुबह छपता था। दूसरी खबर यह थी कि कोतमा में कानून और व्यवस्था को बनाए रखने के लिए कर्फ्यू लगा दिया गया है।

नीचे मुर्दाघर में तौफीक अहमद का शव बर्फ की सिल्ली पर रखा हुआ था।

ज्योत्स्ना वाकणकर और तौफीक अहमद के पिता चचा तहमतिया को चिकित्सालय की ओर से इत्तला भेज दी गई थी।